고르게 가난한 사회

고르게
가난한
사회
／

이
계
삼 칼
림
집

한티재

'고르게 가난한 사회'를 위하여

지금 세계를 파괴하고 있는 악마적인 과정을 중단시키기 위한 유일한 대안은 진정으로 인간적인 사회주의 사회이며, 그것은 고르게 가난한 사회이다.

— 카말 줌블라트(1970년대 레바논 진보사회당 지도자)

1.

인생을 그리 오래 산 것도 아닌데, 기억의 시침은 자주 유년기의 고향 마을로 향한다. 밀양 시내에 살고 있지만, 자전거를 탈 만한 시간이 나면 어김없이 나는 그곳으로 간다. 남포리. 밀양에서도 가난한 사람들이 모여 산다는 가곡동에서도 제일 못사는 마을로 손꼽히던 강변 마을. 까닭 없이 그리워서, 익숙한 걸음에서라도 나는 그곳으로 향한다. 그러나 남포리는 지금 형편없다. 뒷산은 국도 확장공사로 터널이 뚫렸고, 강 건너편 벌판으로는 고속도로가 거대한 금을 그어 놓았다. 그 맑고 풍요롭던 강은 상류의 운문댐, 밀양댐과 하류의 낙동강 하구둑과 4대강 공사로 그저 물만 가두어 놓은 수로가 되어 버렸다. 늙고 퇴락한 마을은 갈수록 쪼그라들어 100가구 가깝던 마을은 이제 10여 가구 남짓 남았다.

나는 거기서 태어나 만 12년을 살았다. 내가 왜 그곳을 잊지 못하고 있는지를 스스로에게 가끔 묻곤 한다. 가난한 동네가 늘 그러하듯 밤이면 취한 아저씨들의 주정과 쌈박질이 있었다. 민정당 일을 봐 주던 마을지도자가 있었고, 일거리 없는 동네 아재들이 날품팔이를 위해 새벽 자전거를 타고 읍내로 나가던 길목에 우리 집이 있었다. 농사일과 술심부름과 주낙과 그물 손질 뒷수습까지 어린아이가 감당해야 할 노동의 목록은 주렁주렁 널려 있었으나, 내가 누릴 아무런 인생의 권리가 없다고 여겼다. 텔레비전 드라마 〈호랑이 선생님〉에 나오는 또래 서울내기 아이들의 삶은 신천지였고, 이런 곳에 사는 내 처지가 한심했다. 여름날 지겹고 지겹던 모기떼들과 기나긴 장마와 습기, 홍수로 쓸려 버릴 위험을 안고서도 놓지 못하던 들판의 농사들까지, 모두 그랬다.

그런데 나는 그 시절 그 마을을 그리워한다. 되돌아갈 수만 있다면 되돌아가고 싶다. 그 유년 시절, 남포리에서 나는 무엇을 보았던 것일까. 그 농민, 날품팔이 일꾼들에게서 무언가 일생토록 그리워할, '사람의 얼굴'을 보았는지도 모르겠다. '비천함 뒤에 감추어진 슬픔'을 '무지의 가면 속에 숨어 있는 눈물 젖은 얼굴'(톨스토이)을 말이다. 나는 지금 신작로에 늘어선 키 큰 미루나무들과 한겨울 강 건너편 벌판에서 새카맣게 날아 오르던 청둥오리떼들과 꽁꽁 언 강에서 종일토록 지치던 썰매놀이와 불콰한 얼굴로 드잡이질하던 동네 아재들의 막걸리 마당을 그리워한다. 학살자의 역겨운 얼굴과 독재의 공기도 틈입할 수 없었던, 산업화와 착취의 기계 소리로부터 멀리 떨어져 있었던 내 고향 남포리, 그 '고르게 가난한 사회'를.

2.

사춘기 시절로부터 시작된 정신적 방랑은 성장통이라고 말할 수만은 없을 것이다. 우리 집은 남포리를 떠나 밀양 시내로 이주했고, '빈민 계층'에 편입되었다. 학교에서 내게 출신 성분에 대한 열패감을 가르치는 동안, 어머니는 하루 열네 시간 동안 좁은 식당에서 일했고 손등과 손가락 곳곳에 칼자국을 새겼다. 학교는 우리에게 '쪽팔리는' 1차 산업 농업의 비중은 작으면 작을수록 좋은 것이라고 가르쳤고, 공장 노동자의 육체노동은 비록 2차 산업이나 고되고 비루하니 그대들은 돈을 벌어 3차 산업 나이키 대리점을 내라고 했다. 학교는 번쩍이는 도시의 풍요와 첨단의 고부가가치를 가르치면서 땀 흘려 일하는 삶과 그들의 가난한 공동체에 대한 경멸을 가르쳤다. 학교 교육의 가르침에 비추었을 때 내 고향 마을과 어버이들의 삶은 가장 비천한 존재였다.

나는 그때부터 세상과 불화하기 시작했던 것 같다. 학교가 싫었고, 학교 교육이 거짓임을 깨달았던 것 같다. 그래서 나는 교육을 둘러싼 지위 경쟁에 적응하지 못했고, 땀 흘리지 않는 삶에 편입되기 위해 자행하는 학교의 인권 유린을 받아들일 수 없었다. 경제, 법, 기술, 과학, 수치와 체계로 구성된 근대적 학문 세계에서도 적응하지 못했다. 나는 무언가 따뜻한 것, 의로운 것, 꺼칠하지만 인간적인 것을 그리워했다. 그러나, 달리 다른 길이 없었다. 나는 이 불화를 그리움을 언어화할 지성도 없었고, 그 불화와 그리움에 불을 지르는 어떤 계기도 찾지 못했다. 대학생이 되어 운동의 세계를 만났으나, 금속성의 언어와 유물론적 사고방식, 남성주의적 힘의 논리에 적응하지 못했다.

일찍부터 교회를 다녔으나, 나는 기독교 교리의 핵심인 산상수훈을 아주 뒤늦게 이해했다. "가난한 자, 의로움에 주린 자, (그러므로) 슬퍼하는 자, 핍박받는 자들에게 내려지"는 것이 바로 지복至福이며, 그것은 현세에서 풍요와 기쁨과 의로운 혁명으로 뒤집히는 질서를 기약해 주는 것도, 죽어서 찾아가는 세계에서 구현되는 것도 아니었다. 그 복된 세계는 바로 지금 여기, "우리들 안에, 이미, 와 있다"는 것이다.

3.

그런 정신을 잃지 않고 내가 살 수 있을 것이라고 생각한 곳은 교직이었다. 허술한 인간이지만, 아이들을 좋아하는 마음만, 불의에 분노하는 정신만 잃지 않으면 견뎌낼 수 있는 곳이 교실이라고 생각했다. 실제로 내 기대는 틀리지 않았고, 수많은 일들이 있었으나 아이들과 행복했다. 그러나, 나는 11년 만에 학교를 그만두고 말았다. 그 과정을 필설로 옮기기는 쉽지 않다. 한 가지 기억만을 펼쳐 놓기로 한다.

2008년이었다. 그때 나는 비정규직 장기 투쟁 농성장을 취재해서 『녹색평론』에 르포를 기고했다. 기나긴 투쟁에 지쳐 있던 KTX 여승무원 노조의 한 노동자를 인터뷰했을 때의 일이다. 나는 인터뷰 막바지에 내가 가르치는 고등학생 친구들을 위해 한마디 이야기를 부탁했다. 내가 기대했던 답이 있었다. 그러나 그는 뜻밖에도 나에게 이런 세상의 모습, KTX 투쟁을 비롯한 비정규직의 삶을 아이들에게 가르치지 말았으면 좋겠다고 이야기했다. 꿈을 깨게 하고 싶지 않다는 이유였다. 자기는 친구들 손잡고 떡볶이 먹으러 다니고, 패션잡지 보면서 예쁜 옷 고르던 고등학교 시절이 제일 행복했다고, 그리고 대학 시절 열심히만 하면 나에게 길이 열릴 거라 믿었다고 했다. 그래서 그 어려운 경쟁을 뚫고 KTX에 입사했지만, 그 몇 년 동안 끔찍한 일들을 겪었고 지독한 세상을 알게 되었다고 했다.

너무 힘이 들어 울고 싶어도 언니 동생들 기운 빠지게 하는 것 같아 농성장에서는 울지 못하고 집에서 샤워하며 운다는 이야기, 승무원 제복에 쇠사슬 걸고 카메라 플래쉬 받으며 거리에서 농성하는 이런 이야기를 꼭 가르쳐야 하나. 인생에서 제일 좋은 시절을 지나는 아이들의 꿈을 깨게 할 필요가 있는가.

나는 꽤 오랫동안 이 문제를 고민했다. 그리고, 비정규직과 노동문제를 가르치는 주제별 수업 시간에 나는 그이의 이야기를 녹음한 파일을 틀었다. 그 첫 시간의 분위기를 잊을 수 없다. 찬물을 뒤집어쓴 듯 고요한 교실, 그 여성 노동자의 이야기가 깊어져 갈 무렵, 여학생들이 주루룩 눈물을 흘리고, 남학생들이 말할 수 없이 슬픈, 괴로운 얼굴을 하고 앉아 있었다. 가슴이 맥박쳤다. 그들은 자신의 미래를 듣고 있었던 것이다. 그러나 그들이 얼마 뒤 만날 세상을 미리 알려주는 이 잘난 선생은 정년이 보장된 정규직 교사였다.

문득, 나는 아득함을 느꼈다. 대체 나는 무엇을 가르칠 수 있는가. 공교육 교사로서 내가 할 수 있는 최선의 실천이라고 생각했던 이런 수업이 위선일지도 모른다는 생각이 들었다. 그때부터 나는 학교를 그만둘 생각을 했던 것 같다. 틈틈이 공부를 했고, 한 마리의 경주마가 되어 16년 동안 공교육 사교육을 넘나들며 죽도록 경쟁의 트랙을 질주해도 끝내 비정규직 산업예비군으로 편입시키는 이 어이없는 체제에 도사린 시대 정신을 깨닫게 되었다. 내 결론은 단순했다. "작은 농사학교를 만들자. 거기서 농사짓는 법을 배우고 문학 역사 철학을 공부하자. 그리고, 함께 시골에서 농사짓고 살자. 비정규직 산업예비군으로 도시를 떠돌지 말고. 우리, 이 트랙에서 함께 빠져나오자!"

나는 '고르게 가난한 사회'를 몸으로 직접 살아내는 사람으로 비약하고자 했다. 그러나 5년이 되도록 나는 그 꿈을 향해 나아가지 못하고 있다. 학교를 그만둔 2012년부터 밀양송전탑 투쟁에 뛰어들게 되었기 때문이다. 약간의 우연과 거부할 수 없는 필연이 겹쳤다. 필연은 밀양송전탑 투쟁이 담고 있는 중요한 가치만을 뜻하지 않는다. 그것은 이 싸움에서 만난, 이 책 곳곳에서 내가 수없이 드러내는 어르신들에 대한 존경과 사랑, 그분들이 내게 베풀어 준 우정, 그리하여 형성된 어떤 '의리'일 것이다. 그것은 나를 포함하여 밀양송전탑 투쟁을 통해서 삶의 방향이 바뀐 많은 이들이 한결같이 고백하듯, 그 '고운 얼굴들'이 나를 지난 4년간 이 자리에 서 있게 했다. 그들은 의로움에 주리고, 지금 핍박받고 있으며, 마음이 가난한 사람들이었다. 그들과 나는 지난 4년간 열심히 살았다. 풍찬노숙으로 점철된, 때로는 어이없는 폭력과 선동에, 때로는 두려움에 시달리기도 하였으나, 끝내 넘어서고 말았던, 패배하였으나 이미 승리한 이 싸움의 정신은 이 어르신들의 의로움, 가난한 마음들에서 비롯되었다고 나는 감히 말할 수 있다.

그리고 이 싸움을 지나오면서 나는 결국 정치의 문턱을 넘게 되었다. 선거에 나설 것을 청하는 존경하는 벗들의 제안을 거부해 오면서 나는 문득 '내 삶과 내 사회적 체모'만을 생각하는 자신을 발견하게 되었다. 지금 세상이 아주 가파른 속도로 무너지고 있고 그것은 상당 부분 '정치의 부재'에서 기인한다는 것을 지난 밀양송전탑 투쟁 4년 동안 나는 뼈저리게 느끼지 않았던가. 그러나 정치만은 내 몫이 아니라며 누군가에게 떠넘기는 것은 의롭지 않은 일이었다.

4.

이 책을 읽는 이들에게 묻고 싶다. 지금 이 시대는, 그리고 다가올 시대의 현실은 '풍요'인가, '가난'인가. 또 하나, 고르게 풍요로운 사회가 가능할 것인가, 고르게 가난한 사회가 가능할 것인가.

이 책에 실린 글들은 '고르게 가난한 사회'를 향한 과정에서 만난 싸움의 편린들이다. 고민하는 이들, 꿈꾸는 이들, 지금 싸우고 있는 이들에게 작은 읽을거리라도 된다면 더 바랄 것이 없겠다.

돌아가신 지 10년이 다 되어 가지만, 시간이 흐를수록 그리움은 깊어지기만 하는 내 어머니 박옥실의 영전에 이 책을 바친다. 어머니는 서재에 걸어 놓은 사진 속에서 내가 머리를 쥐어짜며 글을 쓰고, 다듬는 모든 꼴을 지켜보셨다. 사랑하는 아내와 아들, 밀양 대책위의 김준한 신부님과 동료 일꾼들, 30년 친구 김지호, 그리고 일생의 동지가 되어 버린 존경하는 밀양송전탑 반대 주민 어르신들께 큰절을 올린다. 이 책을 펴내 준 한티재의 변홍철, 오은지 선배님께도 아울러.

녹색당이 2016년 총선에서 승리하기를 기도하는 마음으로 이 책을 세상 앞에 내놓는다.

2016년 1월 25일

이계삼

차

례

제 1 부

내가 꿈꾸는 나라

1.

나는 1973년에 태어났다. 나는 내가 태어난 해가 가진 역사적 의미를 몰랐다. 유신 독재 시대였고, 긴급조치가 남발되던 때였다. 아버지는 동네 점방에서 막걸리를 드시다 동네 아저씨와 시비가 붙었는데, 박정희를 욕했다는 이유로 유치장에서 이틀인가 고초를 겪고 풀려나신 일이 있었다고 한다. 그렇긴 하지만, 어린 아이였던 내가 독재의 공기를 느낄 리 만무했고, 부모님들 또한 밀양강에서 그물과 주낙으로 생선을 잡아 인근 5일장에 내다 팔면서 하루 벌어 하루 먹고 살아야 하는 고된 나날을 사셨을 뿐이었다.

생태경제학의 선구자 E. F. 슈마허는 4차 중동전쟁이 시작된 1973년 10월 6일을 세계사적 의미를 가지는 날로 지목한다. 그 날로부터 이른바 '오일쇼크'가 시작되었고, 석유를 기반으로 한 이 산업기술문명의 민낯이 처음으로 사람들의 입길에 오르내리던 시점이다. 슈마허는 그날을 산업기술문명이라는 거대한 열기구에 처음으로 작은 구멍이 생긴 날로 기록한다. 1972~1973년은 독립적인 경제학자들이 공히 인정하듯, 세계 자본주의가 1930년대의 공황을 세계대전으로 넘기고 급속한 성장으로 부풀어오르던 정점을 찍은 해이다. 이른바 저성장·탈성장의 거대한 세계사적 흐름이 시작되던 시기에 내가 태어난 것이다.

어쨌든 나는 1973년에 태어났고, 밀양강변 남포리라는 마을에서 12년간 살았다. 또래 아이들보다 가난했고, 채워지지 못한 갈증들 때문에 유년의 기억은 대체로 어둡다. 그러나 톨스토이의 소설 「이반 일리치의 죽음」에서 암에 걸린 중견 판사 이반 일리치가 고통 속에서 뒤척이며 아무리 돌이켜보아도, 자신의 삶에서 행복한 순간이란 그저 철없이 놀던 유년시절뿐이었던 것처럼, 나에게도 가장 좋았던 시절은 바로 이때 밀양강에서 실컷 놀던 기억뿐이다. 한여름 얼굴만 한 큼직한 물안경을 끼고 강으로 들어갔을 때 펼쳐지던 신천지의 기억은 지금도 그려 놓은 것처럼 선명하다. 은빛 몸들을 번뜩이며 지나가는 은어떼와 모랫바닥에 웅크린 자라들, 모래무지들이 모래 속으로 서둘러 숨어 버리고 나면 그 위를 유유히 뱀장어가 떠다니곤 했다. 그 큼직한 어미 자라들은 어머니가 밭을 매고 있는 강변 밭둑길로 느릿느릿 올라와 알을 낳고 다시 강으로 돌아가곤 했다. 피라미라도 낚아보겠다고 대나무로 만든 조악한 낚싯대를 드리우고 있을 때, 강변 저편으로부터 노을이 천천히 번져오고, 여기저기서 첨벙첨벙 숭어가 뛰었다. 아름다움이라는 것, 아름다움으로 살아 있는 세계의 모습이라는 것, 30년이 넘도록 지워지지 않는 영상이다.

그러나 우리 집은 전두환 시절, 귀에 못이 박히도록 들었던 이른바 '86 아시안게임, 88 서울올림픽'을 앞두고 외국인 관광객들에게 보여주기 부끄러운 철로변 민가로 낙인찍혀 얼마의 보상금을 받고 밀양 시내로 강제로 이주당하고 말았다. 그리고 낙동강 하구언이 완공되고, 상류의 운문댐과 밀양댐이 물길을 막고, 수없는 지천 공사로 제 모습을 잃어가던 강은 오늘날 4대강 사업에 이르러 완전히 망가져 버리고 말았다.

2.

나는 지금 불행한 의식 속에서 살아가고 있다. 내가 유년 시절 누린 자연의 은총을 내 자식에게는 전혀 베풀어주지 못하고 있다는 죄의식, 그리고 나와 내 자식의 미래가, 그들이 살아갈 세상의 미래가 밝지 않을 것이라는 불안 속에서 산다.

나의 출생과 성장에도 지울 수 없는 선을 그어 놓은 이 역사의 수레바퀴 속에 내 삶은 여전히 끼어 있다. 해방되지 못한 나라가 겪은 예속과 한 줌 가진 자들의 독점과 전횡, 그리고 불행한 미래를 예고하는 이 시대의 여러 암울한 지표 속에 나도 내 자식의 삶도 끼어 있다.

나는 질주하는 자동차가 싫고 무섭다. 도시의 번쩍이는 밤풍경이 싫다. 세상은 24시간 내내 끓어오르는 대낮 같다. 이 가속의 질주를 잊을 수 있는 길은 더한 가속의 질주밖에 없다는 듯이 나라는 욕망의 과잉, 다툼의 과잉, 그저 과잉으로 넘쳐 오른다. 길을 가다가 '어이' 하고 부르면 앞서 가던 열의 일곱은 성난 얼굴로 뒤돌아보는, 적의와 긴장의 나날이다. 소란스러움, 번잡함, 인간성의 한 줌까지 다 쥐어짜야 겨우 밥을 버는, 황소개구리처럼 우악스러운 삶이다. 그리고 2011년 후쿠시마 사태를 겪었다. 후쿠시마 사태 이후 몇 달간 나는 종종 가위눌리곤 했다. 우리의 삶이 팽팽한 습자지 위를 걷는 것 같다고 생각했다. 언제 부욱하고 찢어질지 모를, 몹시도 위험한 세계에서의 나날.

"1986년 4월 26일, 하룻밤 사이에 우리는 새로운 역사적 공간으로 이동했다." 체르노빌 사고 이후, 고통 속에서 살아가는 피해자들을 인터뷰한 기념비적 저작 『체르노빌의 목소리』의 저자 스베틀라나 알렉시예비치는 서문에서 이렇게 적고 있다. 그는 또 이렇게 말한다. "예술이 지금껏 지구의 종말을 그려냈지만, 우리의 삶보다는 기이하지 않다"고. 그 책에 등장하는 한 가지 이야기만 들려주고 싶다. 체르노빌 사고 직후 원자로의 불을 끄기 위해 동원된 소방대원의 아내가 임신한 몸으로 의료진들의 만류와 제지에도 굴하지 않고 혼신의 힘을 다해 남편의 곁을 지켰다. 아내는 남편을 너무나 사랑했고, 사랑 때문에 제정신이 아니었고, 자신과 임신한 아기에게 어떤 피해가 미칠지에 대해서는 생각하지 못했던 것이다. 남편은 처절하게 죽어갔다.

하루에 20번, 30번씩 대소변을 받았다. 피와 점액이 뒤섞여 나왔다. 손발의 피부가 벗겨지기 시작했다. 온몸이 물집으로 뒤덮였다. 남편이 머리를 움직이면 베개에 머리카락이 한 줌씩 떨어지곤 했다. (…) 나는 천 조각을 매일 갈았지만, 저녁 때면 피로 흠뻑 젖었다. (…) 폐와 간의 조각이 목구멍으로 타고 올라와 숨을 못 쉬었다. 손에 붕대를 감아 입 속에 있는 것을 다 긁어냈다. 말로 할 수가 없다! 글로도 남길 수 없다! 견뎌낼 수도……

그리고 남편은 죽었다. 발이 부어서 신발을 신길 수 없었던 까닭에 아내의 꿈에 남편은 계속 맨발로 나타난다. 피와 상처로 뒤덮인 몸, 방사선 수치가 너무 높아 시신을 폴리에틸렌 비닐로 싸고, 밀폐된 아연관에 넣은 뒤, 1.5미터 두께의 콘크리트벽을 싸서 묻었다. 유사 이래 없었던, 기괴한 무덤이었다. 남편이 죽어가는 동안 그에게 병원의 누군가가 말한 바 있다. "잊지 마세요. 당신 앞에 있는 사람은 남편도, 사랑하는 사람도 아닌 전염도가 높은 방사성 물질일 뿐"이라고. 사랑하는 존재를 방사능 덩어리로 받아들여야 한다는 사실, 인간의 사랑이 맞닥뜨린 유례없는 한 양상이다.

그리고, 아기가 태어났다. 간이 딱딱했고, 심장이 정상이 아니었고, 결국 네 시간 뒤에 죽었다. 그런데, 아내는 살아 있다. 어떻게 된 일일까. 아내의 몸이 받아들인 방사능을 태중의 아기가 다 빨아들인 것이다.

딸이 나를, 살렸다. 그렇게 작은 아이가 딸이 나를 지켜줬다. 사랑으로, 사랑으로 죽이는 게 가능한가?

이것이 오늘날 우리의 삶에 대한 완벽한 은유가 되었다. 뱃속의 아기가 어머니의 방사능을 받아들여 어머니의 죽음을 대속하였듯이, 오늘날 내가 살고 있는 이 세계는, 여전히 이 세대의 안위를 위하여 다음 세대에 모든 고통과 책임을 떠넘기는 체제가 아닌가. 대한민국, 이 나라는 핵발전소 한 기에서 일어나는 사고만으로도 순식간에 지옥이 되어 버릴 가능성을 깔고 앉은 채 일상을 이어가는 실로 위태롭기 짝이 없는 체제가 아닌가. 후쿠시마 사태를 겪으며, 뒤늦게 체르노빌과 방사능의 공포에 대해 공부하면서 나는 '진보'에 대해 자주 생각하곤 했다. 세상이 나아질 것이라는 기대, "100년 후면 사람이 아름다워질 것"이라던 러시아 작가 안톤 체호프의 믿음 같은 것이 지금 얼마나 부질없는 것이 되어 버렸는지를 생각했다. 이 좁은 땅덩어리에 핵발전소 25기를 밤낮없이 가동하는 이 나라는 지금 어디로 가고 있는 것일까, 지금 우리의 삶은 또 얼마나 아슬아슬한 것일까.

3.

내가 살고 싶은 나라는 마을 공화국이다. 풍요와 안락의 광태가 사그라든 뒤에야 찾아올지도 모를 고르게 가난한 사회다. 관건은 '민주주의'이리라. 민주주의는 복잡하고, 더디며, 소란스러운 것이며, 주권은 누군가에게 양도하는 것이 아니라 나 자신이 직접 행사해야만 주권일 수 있을 것이다. 그러므로 엄밀한 의미에서 민주주의는 개인의 책임성 범위 내, 곧 마을 수준에서만 가능한 것인지도 모른다.

2008년 늦은 봄부터 여름까지 내가 사는 밀양에서 두 달 넘게 지속된 촛불집회는 내 삶을 많이 바꾸어 놓았다. 밀양이라는 극보수의 도시에서 익명의 존재로 살아가던 시민들이 40차례가 넘는 정기적인 집회에서 만났고, 서로 친구가 되었다. 몇 년 사이 우리는 거의 한 식구처럼 어울리게 되었고, 여러 모색과 공부 끝에 생협과 공부방을 시작하게 되었고, 기금을 모아 2층짜리 번듯한 공간을 열어 우리들의 아지트로 사용하고 있다. 우리는 지금까지 벌써 7년이 넘도록 지역의 일들을 함께 했고, 밀양송전탑 싸움을 5년째 함께 돕고 있다.

이 작은 노력들이 다가올 재난 앞에서 무슨 의미가 있을 것인가. 결국 우리는 '무력감'을 넘어서기 위해, 나 자신이 먼저 좀 숨통을 틔우고 '살기' 위해 이런 일들을 시작했는지도 모른다. 그리고 나와 내 벗들은 지금도 그렇게 '살고' 있다.

4.

여전히 나는 꿈을 꾼다. 오래된 미래처럼 우리에게 다가올 어떤 그림을. 고르게 가난한 나라, 그 가난이 가져다줄 삶의 평화, 그 평화의 정경을. 불과 80년 전 이 땅에 구체적으로 존재했고, 백석이라는 천재의 손길에 의해 그려진 삶의 형상이 아직 우리에게는 있지 않은가.

졸레졸레 도야지 새끼들이 간다

귀밑이 재릿재릿하니 볕이 담복 따사로운 거리다

잿더미에 까치 오르고 아이 오르고 아지랑이 오르고

해바라기 하기 좋을 볏곡간 마당에
볏짚같이 누우란 사람들이 둘러서서
어느 눈 오신 날 눈을 츠고 생긴 듯한 말다툼 소리도 누우라니

소는 기르매 지고 조은다

아 모도들 따사로히 가난하니

— 백석, 「삼천포 —남행시초 4」

(2013)

밀양송전탑의 어떤 하루

2013년 12월 15일, 아침에 눈을 뜨다.

며칠 계속 유한숙 어르신 분향소에서 노숙을 했더니 몸살 기운이 번져서 간만에 집에서 잠을 청하다. 11시 20분 서울 가는 기차를 탈 때까지 『녹색평론』 원고를 조금이라도 써 놓아야지 싶어서 노트와 볼펜을 꺼내 보지만 좀처럼 글이 나가지 않는다. 글 쓰는 일은 지금껏 늘 힘겨웠지만, 그건 공부가 짧거나 생각을 갈무리할 만한 힘이 없을 때의 이야기였고, 송전탑 싸움 이후는 좀 다른 경우였다. 한꺼번에 너무 많은 말들이 닥쳐 왔지만, 무슨 말부터 해야 할지 가늠이 되지 않았던 것이다. 그랬지만, 결국 옮겨 놓고 보면 권력에 대한 분노, 시국에 대한 한탄, 어렵게 싸우는 주민들에 대한 애틋한 마음, 이 범주 안에서 벗어나지 못했고,

세상은 이미 이런 언어들을 충분히 알고 있다는 듯 무심하게 흘려 넘길 것 같았다.

말이 되지 않는 상황을 말로 옮기는 것도 힘겹지만, 그 말이 별다른 공명을 일으킬 수 없으리라는 생각은 사람을 몹시 외롭게 한다. 주민들은 맨몸의 육성을 내지르고 공권력은 원시적인 폭력으로 말한다. 그 사이에 '말'이 설 자리는 없다. 한국전력은 주민들의 표현을 빌리자면 '숨 쉬는 것 빼고는 다 거짓말'인 집단이고, 그러면서도 그들은 "우리의 진정성을 믿어주십시오!" 따위 역겨운 수사들을 남발한다. 정치권이든 언론이든 그들은 자신들이 그어 놓은 한계치를 넘어서는 이 맨몸의 말들에는 철저히 귀를 막는다.

결국 한 줄도 나가지 못한 채, 11시 20분 기차를 타려고 씻고 준비하는 중에도 여기저기서 전화가 온다. 유한숙 어르신의 맏아들로부터 다급한 전화가 왔다. 오늘 밀양시청으로 유족들이 시장 면담을 하러 가기로 했다. 벌써 두 번째다. 어떻게 알았는지 경찰 병력과 공무원들이 겹겹이 에워싸고 있는 모양이다. 내게 어찌하면 좋을지를 묻는다. 면담이 성사되지 않더라도 최대한 버텨 보시는 게 좋겠다고 이야기한다.

밀양 사람들

그들의 아버지 고故 유한숙 어르신은 향년 74세로 세상을 떠났다. 밀양 삼랑진 출신으로, 해병대를 나와 젊은 시절에는 소방관으로 근무했고, 건설현장 소장으로 중동에도 다녀왔다 한다. 중년의 기로에서 그는 타향살이를 접고 처가 근처에 있는 상동면 고정리에서 양돈 농장을 시작했다. 그 28년 동안 그는 세 남매를 공부시켰고, 결혼까지 시켰다. 노년을 즐기며 황혼을 바라보는 시절에 그에게 닥쳐온 횡액은 다름 아닌 765kV 초고압 송전탑이었다. 해병대 후배였던 이웃 마을 주민 백영민 씨에게 그가 종종 되뇌곤 했다는 지론은, "국가는 국민에게 폭력을 행사할 수 있지만, 국민이 국가에 똑같이 대해서는 안된다"는 것이었다. 상동면 고정마을이 송전선로 경과지라는 사실은 진작에 알았지만, 그는 지난 8년간의 송전탑 싸움 내내 적극적으로 참여하지 않았다. 마을 전체 모임 때 농장의 돼지를 후원하는 정도로 찬조만 했을 뿐이다. 그런데 지난 11월 초 한국전력 과장이라는 사람과 전자파를 전공했다는 교수 한 명이 집으로 찾아왔다. 그렇게 자신의 집과 양돈 농장이 118~119번을 지나는 송전선에서 불과 300미터 떨어져 있다는 사실을 알게 된 것이다. 그리고 집과 농장이 주택 매수 범위인 180미터에서도 벗어나 있다는 사실도 알게 된 것이다. 청천벽력 같은 소리였다. 그때부터 그는 도곡저수지에 차려진 인근 4개 마을 주민들의 농성장에 매일처럼 드나들기 시작했다. 병력 교대 중인 경찰 차량들을 막아서거나, 작업하러 올라가는 한전 인부들을 붙잡아 놓고 드잡이를 하는 용맹한 할머니들 곁에서, 그런 일에는 체질적으로 익숙지 않았던 유한숙 노인은 모닥불을 피워 놓은 저수지 둑방길 위에서 소주를 마셨다. "765, 그거 들어오면 나는 몬 산다. 내는 다 살았다. 한전 놈들 직이뿌릴 기다. 저거를 우째 막겠노." 두 병, 세 병. 만취해서 집으로 들어올 때도 있었다. 서둘러 1,300평 집과 농장 부지를 내놓았지만 보러 오는 사람이 없었다.

12월 2일 밤 8시, 농장일을 함께 하는 큰아들이 시내에서 김장 양념거리를 사서 돌아왔을 때 유한숙 노인은 아들을 주방 식탁으로 불렀다. "그동안 못해 줘서 미안하다. 너는 유한숙의 아들이라는 사실, 그 하나만을 기억해라." 그 말을 남기고 컵에 이미 따라 놓은 제초제 그라목손을 순간적으로 들이켰다. 깜짝 놀란 아들이 제지했지만 이미 때는 늦었다. 그리고 병원으로 옮겨졌다. 나흘간 장기가 녹아나고 굳어가는 고통 속에서 그는 서서히 숨져갔고, 12월 6일 새벽 3시 53분, 세상을 떠났다.

12월 4일, 유한숙 노인은 딸에게 "대책위 사람이 보고 싶다"는 말을 전했다. 대책위 공동대표인 김준한 신부와 곽빛나 활동가가 병실에서 그를 만났고, 유한숙 노인은 자신이 송전탑 때문에 음독하였음을 밝히며, "송전탑이 들어오면 나만 죽는 게 아니라

다 죽는다, 그런데 왜 저게 들어오느냐", 실낱같은 목소리로 외쳤다. 이야기하면서 그는 가끔 피를 토했고, 곁에 섰던 이들은 땀에 흠뻑 젖었고, 병실을 나온 뒤 모두 울었다.

그러나, 그가 사망하고 나서부터 납득할 수 없는 일이 벌어진다. 경찰은 응급실로 찾아와 고인이 자신의 입으로 음독한 이유를 밝힌 것을 녹음까지 해 갔고, 그 모습을 고인의 딸도 지켜보았지만, 같은 시간 수사관들로 하여금 무려 네 번이나 그의 집을 찾아가게 하여 "집안 식구들 사이에 불화는 없었는지, 돈 문제는 없었는지"를 집요하게 캐물었다. 남편의 음독으로 거의 심신상실 상태에 놓인 고인의 부인에게는 너무나 잔인한 처사였다. 황망한 와중에 제대로 된 답이 있을 리 없었고, 경찰은 그 당시 고인의 부인이 송전탑 이야기를 직접적으로 하지 않았다는 것을 근거로, '돼지값 하락, 음주' 등의 복합적 이유로 자살에 이르게 되었다는 수사 결과를 발표했다. 죽음에 직접적 책임이 있는 한국전력은 지금 이날까지 고인의 죽음에 대해 아무런 입장도, 사과 표명도 없고, 공사는 계속 진행되고 있다.

밀양시는 경찰의 발표를 곧이곧대로 인용하며 시민분향소 설치까지 불허하였고, 경찰에 시설보호 요청을 했다. 결국 시내 곳곳이 경찰버스와 수백 명의 병력으로 틀어막히게 되었고, 장소를 구하지 못한 주민과 유족들은 결국 시내 체육공원 입구에 분향소를 차리려 했다. 12월 8일이었다. 천막을 치자마자 경찰이 새카맣게 달려들어 천막을 찢고 부숴 버렸다. 할머니 한 분은 웃통을 벗고 항의했고 경찰 누군가는 그에게 발길질을 했다. 지옥이 따로 없었다. 노천에서 버티다가 밤이 되어 이슬이라도 피하려고 비닐 한 장을 치려 하니 그것도 막아섰다. "니들이 인간이냐" 눈물겨운 절규로 겨우 비닐 한 장이 허용되었다. 그때부터 지금까지 비닐 포장을 친 움막 같은 분향소가 유지되고 있다.

그 사이 억울함이 겹겹이 쌓인 유족들은 이제 기자들을 대동하고 밀양시청으로 가 시장을 만나려 한다. 좀 있으니 유한숙 어르신의 둘째 딸로부터 전화가 온다. 자신도 입구에서 막혀서 오빠를 만나지 못했다고 한다. 대학병원 간호사를 하다가 결혼 후에는 은행 다니는 남편과 어린아이를 뒷바라지하는 평범한 주부로 살다 졸지에 이 험악한 싸움판에 뛰어들게 된 딸의 목소리는 다급한 분위기 속에서도 물기가 묻어 있다. 오빠의 위치를 이야기해 주고, 기운 내시라고 전하고는 전화를 끊는다.

밀양역에 도착하니 다시 KBS와, 우리가 '관제 찌라시'라고 부르는 인터넷신문 한 군데서 전화가 온다. 받기도 싫지만, 일부러 받지 않는다. KBS를 비롯한 공중파 방송들은 이번 밀양 사태에는 지독하리만치 침묵과 무시로 일관하고 있다. 어딘가 컨트롤타워가 있을 것이다. 종편 MBN에서는 보도국장이 한전 편으로 보도하라는 지침을 내렸고, 거기에 따르지 않는 기자들이 있었는지, 전담 취재팀을 사회부에서 경제부로 교체시켜 버린 일이 『미디어 오늘』에 의해 폭로되기도 했다. 이 사태에 침묵하거나 한국전력 편을 노골적으로 드는 언론사는 거의 이런 식일 것이라 짐작한다. 그런 저들이 나에게 전화를 한 것은, 며칠 전 주민 박영란 님(가명) 음독 관련한 취재 때문일 것이다. 그들이 어떤 입장으로 보도를 하려는지 의도를 알고 난 뒤에 취재에 응할지 말지를 결정할 작정이다. 아니나 다를까, 곧이어 박 씨의 남편에게서 전화가 온다. KBS에서 연락이 왔다고, 취재에 응할지 말지를 묻는다. 알아서 판단하시되, 개인적인 이야기를 물으면 답하지 않는 게 좋겠다고 했고, 이미 우리가 보도자료로 폭로하기도 했던 사고 당시 경찰의 어이없는 행태와 관련한 질문이라면 답하시는 게 좋겠다고 했다.

박 씨와 남편은 6년 전, 이곳 ○○마을에 집을 샀다. 매도자도, 중개인도 이 집이 765kV 송전선로 경과지라는 사실을 알려주지 않았다. 전원주택 삼아 몇 년 동안 주말에만 다녀가다가 작년 초에 이곳으로 완전히 이주했다. ○○마을은 작년 여름까지는 반대운동이 거의 일어나지 않았던 곳이었다. 작년 여름, 마을 뒷산에 송전탑 공사가 들어오고서야 실체를 깨닫게 되었다. 아내 박 씨는 정의로운 분이었고, 상식적으로 납득할 수 없는 일이 자행되는 것을 좀처럼 견디지 못했다. 그리고 바지런히 무언가 일을 하고 누군가를 돕고 싶어 했다. 매일처럼 마을 농성장에 나와 살다시피하면서 농성장에 드나드는 할머니들의 밥을 했다. 경찰에게 폭행당한 동네 주민이 해당 경찰관을 고소했던 일이 있었다. 그때 함께 고소인으로 참여한 박 씨는, 경찰이 고소인 조사를 하면서 적반하장 격으로 "육하원칙에 맞게 답하라"며 시비를 걸고 "마을 대책위 조직도를 가져오라"는 등 납득할 수 없는 소리를 하자, 수사관 교체를 요구하여 끝내 관철시켜 내기도 했다.

그런데 일 년 남짓 마을의 반대투쟁을 이끌던 마을 이장이 올해 10월 어느 날부터 찬성 입장으로 돌변하면서부터 마을이 분열되기 시작했다. 그리고 한전이 주민들 한 명 한 명을 각개격파할 요량으로 던진 '개별 보상금 지급' 카드가 주민들에게 먹히기 시작하면서, 박 씨를 비롯한 반대 주민들은 더욱 고립되었다. 가구별로 지급하는 개별 보상금 이백 몇십만 원을 12월 31일까지 수령하지 않으면 마을 공동자금으로 돌려버린다는, 유치하면서도 잔인한 술책에 주민들이 흔들린 것이다. 120가구 중에 20가구 남짓 남았다. 마을 뒷산 철탑은 이미 조립을 시작해서 탑신이 하루가 다르게 올라가고 있고, 경찰은 진입로를 막아선 채 주민들이 산으로 올라가는 것을 원천봉쇄하고 있다.

박 씨는 12월 13일 오전 11시경, 96번 공사 현장에 있는 황토방 농성장으로 올라가려고 했다. 이미 얼굴을 잘 아는 주민임에도 경찰은 주민등록증을 요구하고, 채증을 해댄다. 경찰과 대판 싸우고 황토방으로 올라간 박 씨는 유서를 남겨 놓고 음독자살을 기도했다. 그때가 오후 2시께였다. 2시 13분경 박 씨는 남편에게 전화를 했다. 남편은 마을 후배 한 명과 함께 산 아래 진입로로 달려갔다. 그런데 역시나 경찰은 주민증을 요구했고, 긴장과 분노로 다리가 풀려버린 남편은 주저앉아 버렸다. 동네 후배가 올라가려는데도 역시 주민증을 요구했다. 트럭까지 달려갔다오느라 또 시간이 지체되었다.

내가 연락을 받은 것은 2시 20분경, 마침 국가인권위 조사관들과 만나기로 약속이 되어 있었다. 그 사람들과 서둘러 ○○마을 현장으로 차를 몰았다. 들것을 든 구급대원 두 사람이 산 아래 진입로에서 주춤주춤하고 있었다. "약은 안 먹은 것으로 확인했다"고 경찰이 올라가지 말라고 해서 그러고 있노라고 했다. 노인 한 분이 정신없이 야단을 쳤다. "약을 먹었다고 하잖느냐, 잘못되면 니들이 책임 질 거냐"면서 어서 올라가라고 고함을 질렀다. 그 서슬에 구급대원들도 우리 뒤를 따랐다. 경찰 저지선을 뚫고 정신없이 산길을 올랐다. 입구 아래쪽에서 경찰이 "약은 먹지 않았다"고 하는 이야기를 나도 똑똑히 들었고 그래서 적이 안심했지만, 불안은 가시지 않았다. 아니나 다를까, 경찰의 말은 거짓이었다. 박씨를 들것에 옮겨 산길을 타고 내려왔다. 밀양병원으로 달려가서 위세척을 두 차례 했지만, 미덥지 않았다. 창원 삼성병원으로 옮겼다. 수면제만으로는 사망에 이르지 않는다고는 하지만, 후유증이 남을지도 모를 일이었다. 생명에는 지장이 없고, 후유증도 없을 것 같다는 의사 소견을 듣고서야 마음이 놓였다.

중환자실에 있는 박 씨를 면회했다. 박 씨는 하염없이 눈물만 흘렸다. 앞으로 우리들 앞에 무슨 일이 닥칠 것인가. 힘든 하루였다. 병원 가족대기실에 있는 컴퓨터로 '대국민 호소문'을 작성해서 보도자료로 전송했다.

이튿날 아침 곧장 남편과 주변분들의 진술을 종합해서, 그날 보여준 경찰의 어이없는 행태——'주민증 제시 요구, 채증, 구급대원 진입 거절, 약 안 먹었다는 허위사실 유포'에 대해 국가인권위에 진정을 넣었다. 검찰에 고발해 봤자 검찰은 다시 경찰에 이첩을 시킬 것이고, 고양이에게 맡긴 생선을 그들이 어떻게 처리할지는 불을 보듯 뻔하다. 지금껏 경찰청을 담당하는 국회 안행위 소속 야당 의원실에 이야기를 넣어 보았지만 "경찰은 야당의 말을 듣지 않는다"는 답만 돌아온다. 민사소송은 시간이 너무 오래 걸린다. 이런 상황에서 우리가 할 수 있는 일은 겨우 국가인권위 진정이다.

중환자실에 격리된 박 씨와 면회를 마친 뒤에 병원 앞 식당에서 아구탕으로 늦은 저녁을 먹고 병원으로 돌아오면서 남편은 주머니에서 뭔가를 꺼내 나에게 보여 주었다. 복권이었다.

"이거 사는 바람에 이리 된 게 아닌가 싶네요. 이것만 맞으면 ○○마을 집 내삐리고, 고마 다른 데로 갈라 캤는데……. 내가 쓸데없이 그런 맘을 먹는 바람에……"라며 희미하게 웃었다.

국회에서

이제 서울로 가는 기차를 탔다. 여기저기서 걸려 오는 전화는 계속 이어지지만, 잠시 전화를 꺼 놓고 눈을 붙인다. 내가 오늘 서울로 가는 이유는 국회 법사위에서 18일 송주법을 처리할 거라는 소식을 들었기 때문이다. 그래서 우리 대책위에서 국회 법사위원장인 박영선 의원과 야당 법사위원들과 면담하고 법사위 나머지 의원실을 방문해서 우리의 입장을 전달하려 한다.

'송·변전설비 주변지역 보상 및 지원에 관한 법률', 줄여서 송주법이라고 부르는 이 법은 한동안 '밀양법'이라고 불려 왔다. 밀양 주민들은 보상에 반대했고, 765kV 송전탑으로 주민들이 입게 될 재산과 건강의 피해를 보상으로는 도저히 풀 수 없으니, 보상 대신 송전선로를 지중화하든지, 기존 선로의 용량을 높여서 보내든지, 아니면 핵발전소를 더 짓지 말라고, 그러니까 보상이 아닌 패러다임의 전환을 요구했다. 그것은 8년간 한 번도 변치 않고 지속된 밀양 주민들의 일관된 주장이었다. 그러나 저들은 결국 쥐꼬리만 한 보상을 더 얹어 주는 길을 찾았다. 어떤 연유인지 야당 의원들이 먼저 법안을 상정했다. 민주당 김관영 의원이 대표 발의한 송주법은 그러나 그 자체로 너무나 허술하여 법안 공청회에서 여야 모두에게서 지적을 받았고, 그래서 우리는 안심하고 있었다. 그러나 정부가 어느 틈엔가 새누리당 의원까지 새로 발의한 두 법안을 묶어서 정부 발의안을 만들었고, 해당 상임위인 국회 산업위 법안심사소위를 통과했다. 전격적으로 그리고 기습적으로 벌어진 일이었다. 그리고 잘 짜 놓은 각본처럼 국회 산업위 전체회의를 통과했다. 몇 사람의 반대가 있었지만, 중과부적이었다. 의원들은 그동안 한전이 자체 내규로 법적 근거도 없이 임의로 보상금을 집어 주던 것에 비하면 상당한 진전이라고 나름대로 의미를 부여했다. 그러나 이것은 전혀 사실과 다르다.

송주법은 송전선로 갈등을 '얼마 되지 않는 쥐꼬리 보상'으로 틀어막으려고, 그러니까 주민들이 입을 피해를 덜어 주거나 갈등을 예방하기 위해서가 아니라 송전선로를 더 쉽고 원활하게 깔려고 만들어진, 철저히 한전과 정부의 이익을 위하여 입안된 것이다. 저들은 보상의 기초가 되는 주민들의 재산 피해와 건강 피해에 대한 실태조사 없이 자기들이 임의로 선을 죽죽 그었다. 765kV 송전선로의 경우 "직접보상은 송전선로 좌우 3미터에서 33미터로 확대, 간접보상 1킬로미터 이내 마을 지원금, 주택 매수 송전선로 좌우 180미터 이내 주택"으로 정했다. 직접보상 33미터, 간접보상 1킬로미터, 주택 매수 180미터로 설정된 근거가 없다. 주민들의 피해 정도가 아니라 한전의 손익 관계가 기준이 되었음이 분명하다. 밀양송전탑을 계기로 어느 정도 알려졌지만, 초고압 송전선에서 발생하는 소음 문제는 매우 심각하다. 잠을 잘 수 없을 정도라고 한다. 서산시 팔봉면을 지나가는 345kV 송전선로 200미터 이내에 사는 주민들 세 명 중에 한 명이 암으로 죽거나 투병하고 있다는 끔찍한 뉴스가 있었지만 송전선의 전자파 문제는 여전히 빙산의 일각만이 드러나 있다. 100미터가 넘는 위압적 철탑이 그 곁에 사는 주민들의 심리에 미치는 경관 피해도 예사롭지 않다. 그런데 송주법에는 이러한 건강권 문제가 완전히 빠져 있다. 명색이 지원법이라면서도 피해 지원을 주민들에게 어떻게 할 것인지 방안도 적시되어 있지 않다. 이렇게 되면 매년 마을로 돌아가게 되어 있는 간접보상금을 분배하는 과정에서 주민 간의 갈등의 골은 깊어질 대로 깊어질 것이다.

이 법이 이미 국회 산업위를 통과해서 법사위에 계류 중이다. 그러나 수많은 법안들을 다루는 법사위원들이 이 내용을 잘 알리 없다. 그래서 우리가 먼저 법사위원장과 야당 법사위원들에게 면담을 요청했다.

국회의원회관에 도착하자마자 송주법 문제점의 핵심만 간추린 유인물과 송주법 관련 자료집을 들고 법사위 소속 의원실을 돌았다. 익숙한 풍경. 바삐 일하는 의원실에 노크하고 들어가서 "밀양에서 왔다"고 소개를 하고, 보좌관에게 5분 정도 시간을 내달라고 부탁하고, 외판원처럼 주섬주섬 설명을 늘어놓는다. "의원께 잘 좀 전해달라"고 부탁하면 보좌관은 "노력해 보겠다"고 답한다. 거기에 한두 마디 덧붙는 이야기들도 비슷하다. "법사위는 법안의 체계와 자구를 심의하는 곳이다. 내용을 다룰 수 없다. 이미 상임위를 통과한 법안을 수정할 권리가 없다." 우리도 비슷한 대거리를 한다. 우리도 알고 왔다, 너무 절박하니 이렇게 온 것이다, 이 법이 통과되면 한전은 이제 모든 상황이 종료된 것처럼 선전들을 해댈 것이다, 그 사이 두 사람이 목숨을 끊었고, 새롭게 한 사람이 더 목숨을 끊으려 했다, 이 법이 이렇게 졸속으로 통과되면 전국 곳곳에서 결국 밀양 같은 싸움은 이어질 수밖에 없다, 이 법은 송전선로 갈등을 예방하는 것이 아니라 더 키우고 구조화시킬 것이다 운운. 그러나 이 말이 그들에게 잘 먹히지 않을 것임을 안다. 나도 알고, 보좌관들도 안다. 도덕적 당위와 합리성이 아니라, 주어진 틀의 완강함이, 힘의 관계가 구조화시켜 놓은 압도적인 완력이 작동하는 것이 오늘날의 한국 정치다. 그들은 정치인이 아니라 '힘의 운반자들'일 뿐이다.

국회 본청으로 들어가 법사위원장실로 향한다. 면담자는 그 사이 합류한 김준한 신부와 나, 문정선 밀양시의원이다. 법사위원장실에는 박영선 위원장과 박지원, 신경민, 진선미 의원이 와 있고, 좀 이어 박범계 의원이 들어온다. 내가 약간 떨면서 10분 정도 브리핑을 했다. 이미 한전 사장이 먼저 찾아왔다고 한다. 의원들은 우리의 설명을 잘 이해하고 공감하는 듯하지만, 이미 법사위까지 와 버린 상황에서 되돌리기 어려운 사정들을 이야기한다. 그래서 한전과 한 번 더 대화할 것을 권고한다. 당장 18일로 예정된 법사위 통과는 유예될 것 같지만, 그 뒤는 기약할 수 없을 것 같다. 한전이 얼마나 완강하게 나오는지가 느껴지는 대목들이 있다. 여당 의원들은 법안의 내용들을 이미 다 알고 법사위 회의에 임하더란다. 그리고 한전은 지금도 한 명 한 명 집요하게 접촉들을 하는 모양이다. 박영선 위원장과 의원들은 그래도 힘 내시라고 위로해 준다. 마음은 누그러지지만, 달라질 것은 별로 없을 것 같다는 판단이 든다. 법사위 소속도 아닌데 함께 배석했던 진선미 의원이 우리에게 차를 한잔 대접하겠다며 국회 본청 내 식당으로 우리를 이끈다. 국회를 상징하는 커다란 돔이 올려다보이는 넓은 홀을 지난다. 나라가 위급한 순간에는 바로 저 돔이 열리며 마징가제트가 나온다고 했던가. 어린 시절 들었던 빛바랜 유머가 떠올라 피식 웃음이 나왔다. 마징가제트는 바라지도 않는다. 우리 편이 되어 줄 한 사람의 국회의원에 갈급할 따름이다.

진선미 의원은 소속된 안행위에서 경찰의 행태를 지속적으로 문제제기 해 주었다. 그러나 그들은 야당 의원을 겁내지 않는 것 같다고 했다. 정권은 무력과 불통으로 똘똘 뭉쳐 있고, 어떤 견제도 양보도 용납하지 않겠다는 의지는 확고하다. 80일 사이에 56명의 노인이 병원으로 실려갔고, 필설로 다할 수 없는 초법적인 공권력이 제멋대로 준동했지만, 그들은 아무런 제지도 받지 않았다. 따뜻한 차와 빵을 대접해 준 진 의원은 "미안하다, 힘 내시라"면서 먼저 자리를 떴다.

그 자리에 장하나 의원이 연락을 받고 찾아왔다. 서른여섯의 청년 비례대표 초선 의원, 밀양에 몇 번이나 찾아와 주민들과 함께 짧지 않은 시간 동안 자리를 지켰다. 지금은 대선 불복 선언으로 집중포화를 받고 있지만, 별로 주눅들어 보이지는 않는다. "임금님 귀는 당나귀 귀" 이 한마디를 못 해서 다들 속병이 들어가는 시절에 터져 나온 젊은 국회의원의 패기 있고 씩씩한 선언. 그런데 그 한마디로 국회의원직에서 제명하겠다느니, 릴레이로 전국 규탄집회를 한다느니, 한심한 꼬락서니가 우습지도 않다. 그는 밀양송전탑 일을 여러가지 방식으로 정말 성심껏 도와주었다. 지난 5월 공사 강행 당시에 전쟁 같은 상황에 놓인 주민들을 만나러 밀양에 왔을 때, 그는 어르신들 앞에서 "제발 죽는다는 말씀은 하지 마시라"며 눈물을 줄줄 흘리며 말을 이어갔다. 국회의원의 눈물이 우리에게는 위로가 되었다. 우리를 위해 울어 주는 국회의원이 있다는 사실, 국회의원이란 이런 오갈 데 없는 폭력으로 고통받는 이들을 위해 대신 울어 주라고 뽑아 놓은 '곡쟁이'일지도 모른다.

그런데 이런 국회의원의 진심 어린 행동은 이제 매우 낯설고 예외적인, 그러니까 젊은 치기이거나 제스처거나, 어쨌든 뭔가 비정상적인 것으로 치부된다. 그러면서도 정치하는 자들은 '미래'와 '희망'이라는 수사를 절대 포기하지 않는다. 현실 속에서 싸우거나 아픔에 함께하지도 않으면서, 미래를 위해서 희망을 위해서 참담한 오늘과 단절할 용기도 의사도 없으면서도, 말은 언제나 '미래'와 '희망'이다. 지금, 밀양은 정치의 사각지대에서 다만 벼랑까지 내몰린 자들의 절규만으로 지탱하고 있다. 장하나 의원이 몇몇 동료 의원들과 밀양송전탑 공사 중단 촉구 결의안을 준비하고 있다고 한다. 100명을 목표로 한다는데, 말씀만으로도 눈물겹게 고마웠다.

함께 손을 잡자

장하나 의원과 헤어져 국회에서 걸어 나오면서 나는 다시금 이 거대한 건물들과 바삐 오가는 사람들을 되돌아보았다. 그리고, 외로움을 느꼈다. 지난 2년 동안 수십 번 국회를 오가면서 한 번도 이런 감정 속에 빠지지 않은 적이 없었다. 우리는 너무 약하고, 초라하다. 그리고 아무 일 없다는 듯, 대한민국에서 벌어지는 수많은 고통과 눈물의 사연들을 익숙한 방식대로 '처리'하고 '소화'해 버리는 이 괴물 같은 공간에서 우리는 외롭지 않을 수 없었다. 저들은 저렇게 번듯하지만, 그러나 저들도 실은 무력하기 짝이 없는 '힘의 운반자'일 뿐인 것을, 우리는 결국 다시 터덜터덜 이곳을 떠난다. 밀양송전탑 일만 아니라면 쳐다보고 싶지도 않다. 근처에도 오기 싫다.

서울시청 앞에 마련된 유한숙 어르신의 분향소에 잠시 들르고 싶었지만 동행한 문정선 시의원의 몸 상태가 몹시 안 좋아 보여 서울역으로 방향을 틀었다. 그는 작년 여름 동화전마을 공사 현장에서 공사용 장비를 점거하고 며칠을 노숙했고, 헬기 이륙을 막으려고 뛰어들어간 헬기장 입구에서 인부들에게 한 시간가량 내리눌리는 폭력을 당해, 어깨 인대가 끊어져 몇 달을 입원해야 했다. 밀양이라는 극보수의 도시에서 유일한 야당 시의원으로, 그것도 여성에 비례대표라는 약점이라는 약점은 모두 짊어지고, 거기다 송전탑 일로 이렇게 뛰어다니니 그를 향한 시선이 고울 리 없다. "나댄다, 주민들 선동한다, 무책임하다"는 악담까지 들어가며 지난 2년을 버텨와야 했다. 문 의원뿐이겠는가. 그런 소리는 아마도 나에게도 그리고 대책위 대표인 신부님에게도 마찬가지일 것이다.

서울역 식당에서 죽을 좀 포장해서 기 차를 탔다. 문 의원은 피곤한 듯 눈을 붙이고 있고, 나는 후루룩 죽을 먹는다. 늘 이런 나날들의 연속이었다. 현장에서 주민들과 함께 있을 때가 차라리 행복했고, 좋았다. 싸움은 깊어질 대로 깊어졌고, 싸움판은 커질 대로 커졌다. 그리고 저 공권력과 언론과 정치권의 합작으로 조성된 압도적인 완력에 밀려 이 싸움은 조금씩 기울어져 가고 있는지도 모른다. 지금껏 버텨온 게 기적이라고 이야기해도 될 것이다. 그러나 나는 이 싸움을 벗어날 수 없고, 마지막까지 버티는 주민들과 함께해야 한다. 내 삶이 송전탑 싸움 이전으로 되돌아갈 수 없음을 나는 조금씩 느끼고 있다.

밀양송전탑 싸움은 분명 이 사회에 중요한 화두를 던졌다. 막무가내의 핵발전소 증설과 그에 따른 장거리 송전선로가 야기하는 불의하고 모순에 찬 구조가 폭로되었다. 대기업을 위해, 도시 생활자들의 맹목의 소비생활을 위해 누가 어떤 고통의 맷돌 속으로 내던져지는지를 밀양송전탑 싸움은 대낮처럼 드러내 보여주었다. 탈핵운동의 지평이 송전선까지 넓어졌다. 송전선을 확보하지 못함으로써 핵발전소 증설이 억제되는 효과를 기대할 수 있게도 되었다. 누군가들은 밀양송전탑 싸움으로 에너지정책이 달라질 것이라고 했다. 그러나 아직 달라진 것은 없다.

무엇이든 남긴 남을 것이다. 그러나 우리는 무언가를 남기기 위해 싸우는 것은 아니다. 이 불의한 힘 앞에서 굴복하지 않고, 죽지 않고, 살아남기 위해서이다. 서로 손을 놓아서는 안 되는 분명한 이유는 누군가가 손을 놓아 버린다면 또다시, 좌절과 우울을 견디지 못한 다른 누군가의 죽음이 예비될지도 모를 것이기 때문이다.

많은 것을 잃었고, 또 놓쳤지만, 우리는 지금껏 정말로 온 힘을 다했다. 그 과정에서 수많은 이야기들을 만들어냈다. 남은 시간도 그러할 것이다. 이 싸움을 통해서 만난 소중한 인연들, 그들은 모두 약한 사람들이었고, 또한 마음이 가난한 소수자들이었다. 비정규직 노동자, 해고 노동자, 사랑 깊은 종교인, 다음 세대를 걱정하는 엄마, 세상 일에 분노하는 청년 학생, 인권운동가, 정의의 편에 선 소수의 법조인·의료인·지식인들, 결코 이 사회의 주류이거나 다수에 속할 수 없는 이들이 밀양과 함께했다. 그리고 지금껏 130차례의 촛불집회와 수많은 마을 단위의 행사, 수십 차례의 상경집회와 연대행사를 치러냈고, 지금도 분향소에 계시는 어르신들의 밥을 매일처럼 해 나르는 우리 너른마당 조합원 식구들과 제 발로 밀양에 찾아온 자원봉사자들은 지금껏 잡은 손을 놓지 않고 걸어갈 것이다.

의롭고 고통받는 자를 돕는 힘을 나는 믿는다. 함께 손을 잡자. 우리 어르신들의 손을 누군가가 잡아 다오. 같이, 손을 놓지 말고 함께 걸어가자! 살아 있으라. 누구든, 살아 있으라. (2014)

밀양과 나

'밀양' 하면 사람들은 영화 〈밀양〉을 먼저 떠올린다. 거기서 밀양은 '비밀스러운 빛'secret sunshine이라는 한자어 풀이를 깔고 있는, 극단의 고통과 상처를 안고 죽지 못해 사는 한 여인의 '구원'이 싹트는 종교성의 공간으로 설정되어 있다. 그러나, 이창동 감독이 밀양에 그런 이름을 부여한 것은 일종의 지적 넌센스라 할 수 있다.

밀양은 오래도록 '미리벌'로 불리었고, 변진 24국의 하나인 '미리미동국'이라는 작은 도시국가였다. '미리'의 의미에 대해서는 지금도 의논이 분분하지만 6세기 지증왕 대에 미리미동국이 신라에 병합되면서 한자식 지명으로 표기되었을 때 불린 이름이 '불기운을 밀어낸다'는 뜻을 가진 '추화'推火군이었던 점이

나, 다시 8세기 경덕왕 시절 '밀성군'으로 개칭될 때에도 한자어 밀密 자의 소리를 빌어온 점을 고려하면, '밀어낸다'는 뜻이 가장 근사한 것으로 보인다. 그러므로 소리를 빌어온 '밀'密 자에 덧붙은 '비밀스럽다'는 뜻과 강을 끼고 있는 양지바른 평원 지역의 지명에 붙였던 '양'陽 자에서 '볕'의 의미를 추출하여 거기서 구원의 종교성을 입힌 것은 실상과는 거리가 있는 것이다.

영화 속에서 카센터 사장으로 분한 배우 송강호는 "밀양이 어떤 곳이냐"는 거듭된 질문에 "다른 데랑 똑같다"고 답한다. 영화에서 '밀양'은 구체적인 장소성을 거세한, 구원과 종교성을 담지한 공간의 일반명사인 것이다. 영화는 영화일 뿐이다. 대학과 군대, 교직 초년을 합한 10년을 제외한 나머지 30여 년의 시간을 살아온 나에게 밀양이란 "다른 데와 똑같"을 수 없는 것이다.

나는 1973년 밀양에서 태어났다. 함평 이씨 장양공파에 속한 내 6대조 조부님들은 서울에서 한미한 양반으로 지내다 밀양으로 이주하여 남인 계열의 여주 이씨 집안의 소작을 살았다. 수십 년 고생스럽게 살며 자작농의 경계까지 올라왔다고 했다. 그러나, 그들이 '왜정'이라고 부르던 일제 강점 초기 동양척식주식회사의 토지조사사업 때 다시 땅을 빼앗기고 내 증조부님, 조부님 대 어른들은 일본 오사카 인근 와카야마和歌山 현으로 건너가 공장 노동자 생활을 했다. 거기서 아버지 형제들이 태어났다. 일제 강점 말기, 일본 본토에 대한 미군 공습이 극심해질 무렵, 조부님은 밀양으로 되돌아올 생각을 하고, 가산을 정리한 뒤 조모님과 아버지 형제들을 먼저 조선으로 돌려보냈다. 맨 마지막으로 나오시던 길, 조부님이 타고 계시던 관부연락선이 미군의 폭격으로 침몰하여 조부님은 끝내 수중고혼이 되셨다.

아버지의 생은 이때부터 결정적으로 엇갈리기 시작했다. 조선말이 서툰 아버지는 학업은 고사하고, 조모님을 도와 주렁주렁 매달린 여동생들을 건사하기 위해 구두닦이, 날품팔이, 행상의 기약 없는 소년 가장 노릇을 해야 했다. 아버지는 조기 파시철에는 멀리 연평도까지 가서 풀빵장사를 했는데, 거기서 평양 출신으로 미군의 폭격을 견디다 못해 떠나 왔다가 전쟁 고아가 되어 푸줏간집 수양딸로 자라난 어머니를 만나 밀양으로 데려왔고, 그리고 내가 태어난 것이다. 아버지는 마흔이 넘어 나를 얻었다. 부모님은 낙동강 지류인 밀양강변에 무허가 슬레이트 집을 짓고 강에서 민물생선을 잡아 근처 5일장에 내다 파는 것으로 생계를 이어갔다.

또래 아이들보다 가난했고, 밤낮없이 이어지는 부모님의 고된 노동을 지켜보면서 자랐지만, 그 시절이 행복했던 것은 아마도 내가 낙동강 지류에 자리잡은 아름다운 강변 마을에서 살았기 때문이었을 것이다. 초등학교 3학년 여름방학을 마치고 개학했을 때 새카맣게 탄 내 얼굴을 보고 동무들이 깜짝 놀랐던 일이며, 첫 산수 시간에 숫자를 어떻게 쓰는지를 잊어버려 헤매던 기억이 난다. 경부선 기찻길 옆 허름한 우리 집은 결국 1986년 아시안게임을 앞두고 약간의 보상금을 받고 밀양 시내로 강제로 이주당하고 말았는데, 그 시절부터 사춘기가 시작되었다. 출신 성분에 대한 열등감과 입시 교육의 고통으로 자주 우울한 기분에 젖어 있었고, 이것을 잊기 위해 교회를 다녔다. 아무 희망이 없던 시절, 전교조 선생님들을 보면서 큰 충격을 받았는데, 그 감동이 결국 나를 교사의 길로 이끌어 주었다.

대학을 마치고 경기도 김포에서 교사 생활을 시작하여 고향으로 학교를 옮겨 그만두기까지 11년간 중등 국어교사로 일했다. 나는 왜 다시 고향으로 돌아온 것인가. 나는 사춘기 시절 오직 이 답답한 도시를 떠나기 위한 목표 하나로 살았다. 해방공간 당시 온 도시에 넘쳐흘렀던 진취적이고 혁명적인 열기를 일거에 쓸어내고, 끔찍한 살육으로(밀양에는 보도연맹 학살지가 세 군데나 있으며, 빨치산 투쟁이 매우 치열했던 것으로 기록된다) 말깨나 하고 글깨나 읽은 사람들을 모조리 죽이거나 어딘가로 떠나게 했던 이 극우의 소도시, 반공주의와 속물적인 인생관만이 횡행하는 남성 가부장들의 소도시에서 나는 깊은 목마름을 느꼈다. 그러나, 이곳 밀양으로 객지 생활 10년 만에 나는 되돌아온 것이다.

무엇보다, 도회적 삶이 생리에 맞지 않았다. 내 삶이, 이 시대의 생존 방식이 근본적으로 잘못되어 있다는 것을 깨닫게 되었다. 나는 달리 갈 데가 없었던 것이다. 나는 뿌리내리는 것에 대해 골똘하게 생각하게 되었다. 인생은 짧았고, 나는 하나의 식물이 되어 어딘가에 뿌리내리고 싶었다. 도회의 유목적 삶, 겨우 정붙인 곳에서 떠밀려 나야 하는 생존 방식에 나는 진저리를 쳤고, 그곳들도 극우 남성 가부장의 생존방식이 횡행하는 것에는 밀양과 하나 다르지 않았다. 모두는 모두에게 익명의 존재로, 늘 성난 얼굴을 하고서 언제든 누군가와 싸울 준비를 하고 있는 자들의 공간이 바로 도시였다. 아무것도 생산하지 않으며, 모든 것을 빌어다 쓰는 생태계의 종양이 곧 도시였다. 그런 자각이 일었을 때 아버지를 잃은 어머니가 밀양에서 외롭게 살고 있었다. 나는 아내와 어린 아들을 데리고 학교를 옮겨 밀양으로 내려왔다.

학교를 그만둔 직후, 또 무슨 공교로운 인연인지 밀양송전탑 싸움에 끼어들게 되었다. 사람들은 경과지 주민이 아닌 내가 가던 길을 멈추고 이 일에 4년간이나 몰두하는 것에 더러 경의를 표하기도 한다. 그 반대편에서 나는 경찰 검찰 조사만 벌써 열 번이 넘게 받았고, 특수공무집행방해, 집시법 위반, 기부금품법 위반 등으로 기소되었거나 기소될 예정이다. 그동안 관계 맺어 온 어르신들과의 우정과 의리, 내가 빠졌을 때 생겨날 실무 역할의 빈자리 때문에 나는 어쩔 수 없이 이 자리에 남아 있다.

내게 던져지는 경의의 인사는 하루라도 빨리 이 싸움에서 벗어나고픈 소망으로 연명하는 나에게 별다른 의미를 갖지 못한다. 그러나, 송전탑이 다 들어서고 주렁주렁 걸린 송전선으로 76만

5천 볼트의 초고압 전류가 흐르는 밀양을 상상할 때가 있다. 그 아래에서 내가 사랑하는 어르신들이 살아가야 할 황망한 일상을 상상할 때가 있다. 우리가 목 놓아 부르짖었던 고리 지역의 노후 핵발전소 연장가동과 신규 핵발전소 증설은 하나도 막아내지 못한 채 패배감으로 주눅 든 여생을 보내야 할 어르신들의 생애를 상상할 때가 있다. 그럴 때면 나는 몸이 떨려온다. 결국 내가 송전탑 싸움 이전으로 되돌아가는 것은 불가능해짐을 알고 있다. 이 싸움이 끝나더라도 나는 이곳 밀양에서 우리의 몫으로 남겨진 이 싸움의 뒷설거지를 해야 하며, 끝내 어르신들의 손을 잡고 싸움을 이어가야 하는 것이다.

차라리 이른바 '외부 세력'들이 지금 기울어 가는 이 싸움을 응원할지언정, 송전탑 싸움을 바라보는 이곳의 여론은 차갑다. 그들에게 나는 '목적이 의심스러운' 별스런 한 밀양 출신 '운동권'이다. 나는 그런 수군거림에는 개의치 않는다. 나에게 밀양은 '비밀스러운 빛'을 담지한 구원의 공간이 아니다. 이곳은 해방공간과 한국전쟁의 잔혹한 살육을 겪은 대한민국 지방 소도시의 한 전형일 따름이다. 그리고, 배후의 대도시를 끼고 있는 퇴락한 농촌 공동체가 끝내 당할 수밖에 없는 끔찍한 유린을 지금 송전탑을 통해 10년째 처절하게 겪고 있는 가련한 노인들의 터전일 따름이다.

내가 이곳에서 일생을 버틴들 무엇이 달라질 수 있을지 자신

할 수 없다. 세월호 참사를 통해 확인했듯, 나라는 이미 망했다. 세상은 정글 같고, 이곳 밀양은 그러나 여전히 붉고 험악한 얼굴 그대로 씩씩대며 갈지자의 길을 간다. 밀양은 언제까지 존속할 수 있을까. 다만, 나는 내게 부여된 한정된 책임, 한정된 시간을 최선을 다해 살아간 한 사람이고 싶다. 이미 주사위는 던져졌고, 나는 달리 갈 데가 없다. 그리고, 골똘하게 생각해 보면, 이것은 20세기 후반기 밀양에서 태어나 21세기 전반기까지 펼쳐진 내 생애의 지평에서 내가 선택할 수 있는, 최선의 생존 방식임을 또한 깨닫게 되는 것이다. 나는 지금 내가 뿌리내린 이곳에서 조용히, 곱게, 그러나 치열하게 늙어가고 싶은 것이다. (2014)

제 2 부

푸른 하늘을

생각해 보니, 그때가 좋았다. 페스탈로치, 일리치, 간디, 함석헌, 이런 거인들의 글을 복사해서 친구들과 나눠 읽고, 토론하고, 교육 관련 강좌 쫓아다니며 선생이 되고 싶어 마음 들뜨던 예비교사 시절 말이다. 그때 읽었던 글들을 생각하고, 그때 내게 던진 다짐의 언어들을 지금 떠올리게 되노라면 손발이 다 오그라들 지경이다. 그때 벌인 토론들의 결론은 대개 "공교육 현장은 우리가 갈 곳이 못 된다"는 것이었고, 그래서 나 또한 '새로운 학교'를 꿈꾸었지만, 모임을 끝내고 뒤풀이를 하러 시내로 나오면 그 결심은 금세 풀이 죽곤 했다. 버스 안에서, 시내 곳곳에서, 교복을 입고 돌아다니는 아이들이 재잘대는 모습에 금세 마음이 설레어 왔기 때문이다. 그때 나는 '교육사랑방'이라는 멋진 모임의 말석에서 이런저런 심부름도 했는데, 거기 출석하는 선생님들은 나보다 더 공교육에 대해서 비판적이었지만, 아이들 이야기를 할 때는 자기도 모르게 행복감으로 얼굴들이 붉어지곤 했다. 이런 것들이 나를 공교육으로 이끌어 주었다.

그런데, 내가 시절을 잘못 타고 난 것일까. 교사가 되고 지난 십 년 동안 나는 단 일 년도, 아니 단 한 학기도 책 읽고, 토론하고, 아이들 이야기 나누며 여유 있게 시간을 보낸 기억이 없다. 늘 쫓기면서 허둥지둥 살았다. 무언가 자꾸 무너져 내리는 느낌 때문이었으리라. 그리고, 이명박 집권 2년이 다 되어가는 지금, 모든 것이 꿈만 같다. 자율형 사립고, 고교선택제, 입학사정관제, 미래형 교육과정, 그리고 일제고사와 성적공시. 이 모두는 우리 교육을, 무엇보다 우리 아이들을 도저히 헤어나올 수 없는 지옥의 수렁으로 밀어 넣을 폭주기관차들이 아닌가.

올 여름, 나는 틈날 때마다 일제고사에 관해 공부했다. 작년 겨울, 14명의 선생님이 해직당하는 모습을 보면서, 그리고 일제고사가 우리 교육 현장을 불과 반년 만에 거의 완전히 초토화시키는 것을 보고서 큰 충격을 받았기 때문이다. 그리고 한 달 전부터 경남지부 일꾼들과 함께 지역을 돌아다니며 일제고사에 관해 강의했다. 모두들 많이 지쳐 있었고, 또 두려워하고 있었다. 일제고사 바로 전날, 남해 강의를 마치며 돌아오다가 지부장님이 전어회를 사주셨다. 소줏잔을 기울이면서 지부 사무처장을 맡고 있는 권 선생님이 '희망'에 대해 이야기하셨다. 그래도 "무슨 희망이 있어야 할 것 아니냐"면서…….

희망이라. 솔직히 말하면, 공교육 학교로 들어오면서 나는 별스런 희망 같은 건 품지 않았다. 그저, 아이들과 놀고 싶었다. 법이 정한 만큼만 수업하고 집으로 돌려 보내는 학교. 때리지 않고, 차별하지 않는 학교를 꿈꾸었을 뿐이었다. 학교에서 농사짓는 법을 가르칠 수 있다면 얼마나 좋을까 하는 욕심을 품어 보기는 했지만. 그러나, 이 모든 평범한 희망도 완전히 불가능한 꿈이라는 것을 느낀다. 이명박 정부 5년 뒤에 이 교육 현장에서 과연 누가 제정신으로 선생 노릇을 할 수 있을까.

지난 13일, 나는 하루 종일 하늘을 바라보았다. 손톱으로 꾹하고 누르면 파란 물감이 주르르 흘러내릴 것만 같은 가을 하늘을 바라보면서 지난 두어 달 일제고사를 향해 달려온 시간을 생각했다. 모든 것이 너무 여전한데, 하늘이 너무 파랗고 맑았다. 공교육 학교로 들어온 것을 처음으로 후회했고, 그래서 슬펐다.
(2009)

입학사정관제?

지금, 교무실 내 자리 컴퓨터 화면에는 모 교육대학 입학사정관 전형에 제출할 교사 추천서 양식이 띄워져 있다. 몇 시간째 나는 모니터 앞에서 머리를 벅벅 긁고 있는 중이다.

조금 길지만, 추천서에 써야 할 항목들을 인용해 보겠다. '인성 및 교직 적성' 영역의 하위 항목은 '도전 의식, 책임감, 도덕성, 자기관리 능력, 봉사 정신, 협동심, 의사소통 능력, 친화력'이다. 각 항목별로 이 학생의 등급과 그 이유를 구체적으로 적어 넣어야 한다. 내가 추천하는 이 학생은 틈틈이 보육시설에서 영어 학습 도우미를 해 왔는데, 이걸 '봉사 정신' 항목에 넣어야 할지, '도덕성' 항목에 넣어야 할지 헷갈린다. 고3 시절에도 이 활동을 꾸준히 해 왔으니 '자기관리 능력' 항목에도 넣을 수 있을 것 같다.

항목이 너무 많고 세세하다. 책임감과 도덕성이 어떻게 다른지, 협동심과 의사소통능력과 친화력은 어떻게 구분되는지 나도 헷갈린다.

'학업수행 능력'과 관련한 대목을 보자. '표현력, 분석력, 창의력, 응용력, 정보 활용력, 문제 해결력, 외국어 능력' 항목이 있다. 학교생활기록부에 실려 있는 3년간의 영어 성적을 인용하면 되는 '외국어 능력' 항목만 빼면 또다시 막연해진다. 나는 이 학생이 내 수업시간에 쓴 여러 편의 글을 읽었고, 인문학 강좌도 함께 수강하면서 이야기를 나누어 왔지만, 솔직히 이 학생의 표현력과 분석력, 창의력, 응용력, 정보 활용력, 문제 해결력까지 세세하게 평가할 만치 꼼꼼하게 알고 있진 못하다. 부모인들, 이렇게 세세한 항목들을 써낼 수 있겠는가.

이제 장문으로 서술하는 항목이다. '초등교직 수행과 관련하여 지원자가 지닌 잠재적 능력'을 쓰라는 항목이 있다. 사실, 이미 앞에서 마르고 닳도록 했던 이야기다. 새롭게 쓸 말이 없다. 그러나 큼직한 네모 안에 뭔가를 메워 넣어야 한다. '인성 측면에서 미래 초등교사로서의 장단점'을 기술하라는 항목이 있다. 역시 했던 말들을 표현을 바꾸어 써 넣어야 한다. 마지막으로 '다문화, 글로벌 시대에 대비한 지원자의 노력'을 쓰라는 항목이 있다. 이미 지원자가 써 놓은 자기소개서에 다 나오는 이야기이다. 지원자와 추천자의 말이 어긋나는지를 확인하기 위한 것이 아니라면, 별 의미가 없는 항목이다.

　어제는 한 학생이 서울에 있는 어느 대학의 입학사정관 전형에 제출하기 위한 포트폴리오를 들고 왔다. 이 친구는 나뿐 아니라 다른 동료교사들도 공히 인정하는, 대단히 열성적이고 사려깊은 학생이다. 그런데, 그 포트폴리오에는 '굳이' 그 자신의 열성과 사려깊음을 드러내기 위한 온갖 가지 구체적인 자료들이 넘쳐난다. 그동안 받았던 상장, 임명장, 봉사활동하면서 찍은 사진, 봉사활동 증명서, 학교 바깥의 강좌수강 확인서, 그때 찍었던 사진, 학교신문 기자를 하면서 작성한 기사, 학교신문 원본들까지 온갖 자료들이, 활동에 관한 자료와 사진들과 함께 두툼한 파일에 정리되어 있었다. 이 자료들을 정리하기 위해 얼마나 힘이 들었을지, 감탄보다도 마음 짠할 따름이다. 한 달 가까이 걸렸다고 한다. 이제, 입학사정관제 아래서는 자신의 선함과 열성을 굳이 이렇게 기록하고 드러내지 않으면 안 된다. 결국 기록하고 드러낼 수 없는 일들, 그 자체로 선하고 즐거운 일들에 아이들이 마음 쓸 여유는 사라진다.

　입학사정관 전형이 올해부터 부쩍 확대되었다. 앞으로 더 확대될 것이다. 이 글을 읽는 분들은 어떤 예감이 드시는가. 과연, 이 제도는 학업성적 이외의 다양한 잠재능력을 발굴해 내는 계기가 될 수 있을 것인가. 안타깝게도 이 제도의 승자들은 우리 같은 시골 학교의 아이들은 아닐 것 같다. 입학사정관제는 결국

'스펙' 싸움이 될 것이고, 이 반교육적 괴질은 입학사정관제의 도입과 더불어 중등교육 현장에도 창궐하게 될 것이다. 이 체제에 가장 발빠르게 적응하고 스펙을 관리할 역량을 가진 유한 계층의 자제들에게는 가능성의 문이 활짝 열릴 것이다.

내신에, 수능에, 논술에, 이제는 '스펙'까지 얹혀졌다. 우리 입시제도는 뭐가 한 번 바뀔 때마다 학교 현장을 들었다 놓고 있지만, 아이들에게 지워지는 보따리만 무거워질 뿐이다. 손을 대면 댈수록 나빠지는 오늘날 한국 교육의 모습이다. (2010)

아이들에게 돈과 농업을

학교의 교육불가능 문제에 대한 한 대안

두 달 전에 쓴 「학교의 교육불가능에 대한 생각」에 대해 몇몇 분들이 "진단은 구체적인데, 대안이 너무 추상적"이라고 지적해 주었다. 교육학 연구자도 정책 입안자도 아닌 현장 교사에게 구체적인 대안까지 요구하는 것은 좀 가혹하다는 생각이 들지만, 어쨌든 그만큼 절박한 마음이라고 이해하고 싶다.

그 글을 관통하는 '교육불가능'이라는 문제의식은 지난 10여 년간 내가 학교 교육 현장에서 체득한 최대한의 실감을 표현한 것이다. 대안으로 이야기한 '기도와 노동의 교육'이란 어쨌든 내게는 아직 총론일 뿐이며, 각론은 앞으로 실천으로써 채워 나갈 것이다.

오늘 이 지면에서는 짧게나마 보론을 제출하고자 한다. 몇 년 사이 내게는 몇 가지 관심사가 생겼다. 하나는 '돈' 문제이고, 다른 하나는 '농업'에 관한 이야기이다. 그리고 나는 지금껏 한국 교육의 체제 대안으로 핀란드 교육을 주목하는 흐름에 대해 퍽 비판적이었는데, 최근 몇 가지 계기를 통해 핀란드의 역할 모델이었으면서도 이와는 질적으로 다른 덴마크 교육을 접하게 되었다. 덴마크 이야기는 다음을 기약하고, 오늘 이 자리에서는 앞선 두 문제에 대한 이야기를 짧게나마 풀어 놓고 싶다.

충청남도 홍성에는 '풀무학교'로 불리우는 풀무농업고등기술학교가 있고, 이 학교의 자매학교로 성인들을 대상으로 한 풀무학교 전공부가 있다. 존경하는 선생님과 벗이 이 학교에서 근무하는 이유로 몇 번 방문할 기회를 얻게 되었다. 첫 방문이었던 3년 전 여름, 짐을 풀기 위해 기숙사에 들어갔을 때 몰려오던 체취를 잊을 수 없다. 그것은 흙 냄새이기도 했고, 시큼한 땀 냄새이기도 했다. 빨랫줄에는 흙 묻은 작업복들이 널려 있었고, 작은 도서관에는 종교·철학·농업·환경 관련 서적들이 빽빽했다. 농부를 키우는 학교만이 가질 수 있는 정신적인 기품이 서려 있었다.

나는 우리 교육의 외적 환경을 '신자유주의 세계화'로 대략 둘러치는 습속에 반대한다. 식상해서가 아니다. 의식 있는 이들이 만악의 근원으로 지목하는 신자유주의 교육 체제는 사실상 지위 경쟁을 둘러싼 집단가학체제와 다름없는 한국 교육이 시절을 좇아 살짝 옷을 갈아입은 것에 불과하다. 교육 부담의 사적 전가,

교육 주체들 간의 경쟁 조장, 자본에 의한 교육의 종속과 상품화, 이들은 한 번도 공공적인 교육 체제를 수립해 보지 못했고 복지 국가의 근처에도 못 가 본 우리로서는 별로 새롭지 않은, 익숙한 것들이다.

나는 산업화와 경제성장이 우리 교육에 결정적인 변화를 가져왔다고 생각한다. 산업화가 불러온 농업의 죽음, 경제 성장이 낳은 껍데기뿐인 풍요. 이것들이 우리 교육과 아이들의 삶에 끼친 변화를 '어찌할 수 없음'으로 무심하게 괄호 쳐서는 안 된다고 생각한다. 교육적 견지에서 산업화와 경제성장은 악몽인 것이다.

박정희 시대 이래 우리는 가난을 박멸해야 할 바이러스로 여겼고, 농업은 쪽팔리는 '1차 산업'이었다. 고르게 가난했으므로 나눔과 유대가 숨쉴 수 있었고, 아직 돈에 오염되지 않았기 때문에 인간적이었던 것이 지난 시대의 '가난'이었다. 그러나 가난은 양극화 시대의 급격한 빈부 격차와 이로 인한 박탈감과 부서진 가족관계로써 삶을 망가뜨리는 '빈곤'으로 자태변환했다. '흙'은 아이들에게 사물과의 진정한 교섭을 가능케 했던 가장 교육적인 조건이었다. 농업의 죽음으로 한국 사회는 재생의 근거지를 잃었다. 그리하여, 아이들은 오직 '안락한 삶'으로만 나 있는 시스템의 상자 속에 유폐되었고, 극악한 지위경쟁의 트랙을 끝없이 질주해야만 한다. 어른 아이 할 것 없이, 한국인의 정신 세계에는

'안락'에 대한 희구와 그것을 잃었을 때의 공포밖에 없다.

풀무학교 전공부를 알게 되면서 나는 희망이 생겼다. 3학년 담임이던 나는 대학 진학 대신 농부가 되기를 원하는 아이를 알게 되었고, 풀무학교 전공부를 소개했지만, 마지막 순간에 부모님의 반대로 무산되고 말았다. 부모님의 심정도 충분히 이해할 수 있었다. 그 대신, 대학 1학년이 된 졸업생 아이들 여섯 명과 여름방학 때 그 학교에 다녀온 적이 있다. 아이들이 일주일간 했던 것이란 낮에는 논에서 엎드려 일하고, 밤에는 글을 쓰고 이야기 나눈 게 전부였다. 그러나, 아이들은 농업의 가치를 일생의 신념으로 실천하는 여러 스승들을 만났고, 풀무학교를 중심으로 홍동면 지역에 펼쳐진 여러 대안적인 삶의 현장을 직접 보았다. 그리고, 무엇보다 농사일이 의외로 즐겁다는 것을 깨달았던 것 같다. 진지하고 성실한 아이들이어서였겠지만, 이들에게 이 체험은 중요한 계기가 되었던 것이 분명하다. 최소한 이 아이들과는 농업과 시골의 삶에 대해 실감을 바탕으로 이야기할 수 있다. 나는 이것이 희망이라고 생각한다.

학교 교육을 통해서 아이들을 농민으로 길러내는 것은 지금 현실 속에서는 사실상 불가능하다. 공교육 학교의 일부를 농업계로 전환하는 것도, 학교 교육과정 속에 농적 요소를 결부시키는 것조차 지금은 불가능해 보인다. 그러나 연령이나 학력인증과 무관한 이런 뜻있는 작은 학교들이 곳곳에 세워진다면, 아이들로 하여금 이런 학교에서 스스로 체험한 것으로써 농업과 시골의 삶을 자신들의 인생에서 가능한 하나의 선택항으로 열어줄 수는 있다. 일주일이든, 6개월이든, 일 년이든, 공교육 학교에 재학 중인 뜻있는 아이들이, 혹은 인생의 길을 고민하는 청년들이, 새로운 삶을 모색하는 중·장년들이 이런 학교에서 생활하게 하는 것이다. 오늘날 학교 교육에서 가르칠 수 없었던 가치, 이를테면 철학·종교·문학·역사에 대한 공부와 농업을 통한 자립적 삶, 마을을 중심으로 펼쳐진 협동적 삶에 대한 체험, 이것이 뿌리내릴 수 있다면, 이것을 지렛대로 하여 교육불가능으로 허우적거리는 오늘날 학교 교육을 조금씩 천천히 들어올릴 수 있을 것이다.

뿌리내리기

그러나, 이런 교육적 노력 또한 그 자체로는 절름발이가 될 수밖에 없다. 물질적 삶의 문제를 풀어 줄 수 없기 때문이다. '기도와 노동의 교육'은 정당하고 아름다우며, '자발적 가난'이라는 내핍의 가치는 마음 깊은 이들의 영혼을 울릴 수는 있을 것이다. 그러나, 사회 변화의 도도한 흐름을 기약하기에는 부족할 수밖에 없다. 맹자의 말씀처럼 '항산'恒産이 있어야 '항심'恒心이 생겨

나는 것이 본연의 인간임을 부정할 수 없는 것이다.

내 삶에서 일어난 가장 중요한 변화는 확실히 '귀향'이다. 도회 생활에 적응할 수 없었고, 세입자로 부초처럼 떠도는 삶이 서글펐다. 아이가 몹시 아플 때, 맞벌이를 하는 우리 부부가 하루라도 맘 편히 맡길 만한 이웃이 없었다. 이렇게 살면 안 된다는 강박이 자리잡았을 때, 결국 시골의 삶을 생각하게 되었고 귀향을 결행했다. 그러나, 나는 잘 알고 있다. 어쨌든 고향에도 나의 '일자리'가 있었기 때문에 귀향이 가능했다는 사실 말이다.

나는 아이들의 삶에서 꼭 필요하다고 생각하는 주제들을 중심으로 수업을 준비한다. 거기에 농업과 식량 위기에 대한 이야기가 빠질 리 없다. 이대로 가면 먹을거리의 4분의 3을 사다 먹는 우리나라는 끔찍한 식량공황으로 무슨 일이 생길지 모른다는 극히 현실적인 위기의식을 내 수업을 듣는 아이들은 느끼는 것 같다. 그리고, 앞으로 농업이야말로 제법 전망 좋은 일자리가 될 것이라는 현실적인 계산속도 조금은 생각해 보는 것 같다. 이 수업의 끝머리에서 나는 이런 이야기를 던진다. "앞으로 너희 세대의 삶은 '계약과 해지를 반복하는 비정규직의 삶'인가, '고향에 뿌리내린 독립적 소농의 삶'인가, 라는 선택항으로 구성될 것"이라고 말이다. 아무리 젊고 까부는 아이들이라 하더라도 앞으로 자신의 삶이 호락호락하지 않을 거라는 것을 알고 있다. 텔레비전 드라마에 나오듯, 도회에서 좋은 승용차 굴리며 드넓은 아파트에서 폼나게 살아가는 것이 현실적으로 대단히 어려운 일이라는 것도, 이 답답한 시골이 그래도 도회에 비하자면 인간적이고 정겹다는 것도 알고 있는 것이다. 그러나 아이들도 또한 잘 알고 있다. "일자리가 없잖아요." "농사 지어서 돈 못 벌잖아요." 여기서 모든 이야기는 턱 막히고 만다. 결국 '돈' 문제인 것이다.

사실, 나는 진작부터 이런 딜레마를 생각했다. 그래서 나는 국가 혹은 지방자치단체가 이런 '시골의 삶'을, '농업'을 보호해 주어야 한다고 생각해 왔다. 농가 소득의 절반에 가까운 몫을 보조금으로 지급하는 것이 미국을 위시한 이른바 선진국들의 일관된 정책이 아닌가. 통계청에서 발표한 2009년 농가 평균 소득은 월 90만 원가량이다. 월 90만 원, 누가 이 돈으로 시골 들어와서 살겠다고 하겠는가. 국가가 농민들에게 100만 원의 보조금을 주어야 한다고 나는 생각했다. 인간 생존의 물질적 기초를 담당하는 농업의 가치를 인정하고, 이를 공적 개념으로 정립해야 하는 것이다. 월 100만 원의 소득을 보장하고, 자신의 노력으로 90만 원의 평균소득을 거둔다면, 즉 농가당 200만 원가량의 소득이 보장된다면 농사를 지으며 고향에 남을지를 아이들에게 물어본다. 손을 들게 하면, 적지 않은 아이들이 손을 든다. 결국 돈 문제를 풀어주어야 하는 것이다.

희망의 물적 기초 ─ 사회신용론과 시민배당

이런 생각을 오랫동안 굴려 가고 있을 때, 『녹색평론』을 통해 사회신용론과 시민배당에 대한 이야기를 접하게 되었다. 내게는 신천지의 발견처럼 벅차게 다가왔다. 대학이 이 모양인 줄 알면서도 아이들은 왜 대학을 가기 위해 이 난리들인가. 대학을 통과해서 기업에 고용되지 않고서는 '돈'에 접근할 길이 없기 때문이다. 그런데 기업에 고용되는 일이 갈수록 어려워지고 있는 것이다.

그러나, 돈은 사실상 '헛것'이 아닌가. 태환되는 금이나 지폐가 있는 것도 아니고, 은행이 통장에 찍어 주는 숫자로서만 존재하는 '신용'일 뿐이다. 이렇게 '신용'으로만 유통되는 헛것의 돈이 전체 통화량의 90퍼센트라고 하지 않는가. 은행은 예금자가 맡긴 돈에서 지급준비율이라는 명목으로 중앙은행에 일부만 예치해 놓고 그 나머지로 대출을 위시한 여러 금융기법으로 몇십 배의 돈(신용)을 새롭게 창조할 수 있다. 오늘날 돈은 분명 과잉인데도, 국가도 기업도 돈이 모자라 끝없이 돈을 빌리고, 빌린 돈을 갚기 위해 몸부림치고, 결국 사람 몫으로 돌아갈 돈을 가로챈다. 시장 경제에서 가장 약한 자리에 있는 농민에게 돌아갈 몫의 돈은 항상 이렇게 모자랄 수밖에 없는 것이다. 우리는 모두 '돈'의 노예이다. 그러므로 '돈'이 무엇인지, 오늘날 돈이 어떻게 만들어지는지를 질문해야 한다. 사회신용론이 거기에 답을 주고 있다. 신용을 사회화해야 하는 것이다. 그리고 이 사회화된 신용을 시민들에게 배당해 주자는 것이다. 은행이 아니라 국가가, 지자체가, 혹은 공신력 있는 민간의 어떤 단위가 돈을 발행해서 배당하면 되는 것이다.

'돈'을 모두에게 주는 것이 과연 온당한지 물을 것이다. 대단히 상식적인 답변을 시도해 본다. 누구나 돈에 접근할 권리가 있다. '부'富는 자본가와 창의적인 몇 사람이 아니라 모두가 각자의 방식으로 협력한 결과물이다. 스티브 잡스가 아이폰으로 벌어들이는 그 어마어마한 돈을 스티브 잡스와 그에게 투자한 인간들만 나누어 가져서는 안 된다. 스티브 잡스는 백지에서 아이폰을 만들어내지 않았다. 멀리 보자면 그는 까마득한 옛날부터 지금껏 이어져 온 인류 문명의 가장 첨단의 자리에서, 수학과 정보공학, 시각 예술뿐 아니라, 핵심 부품의 원료를 제공한 제3세계 민중들의 고통 위에서 아이폰을 만들어낼 수 있었던 것이다. 부는 근원적으로 자연의 선물이며, 인류의 축적된 유산의 결과물이다. 따라서 예수의 비유처럼 포도원 주인이 아침부터 일한 사람이든, 저녁 무렵에 도착한 일꾼이든 똑같은 한 닢 데나리온을 주는 것은 극히 당연한, 인간적이고 합리적인 분배 방식이다. 한 데나리온은 당시 유대 세계에서는 작은 돈이었다. 모든 돈을 그렇게 똑같이 나눠 주자는 것이 아니라, 누구에게나 '기본적 필요'를 충당할 권리를 주자는 것이다. 그 나머지를 각자가 스스로 일구어나가는 것이다.

'교육불가능'이 치유되기 위해서는, 당연하게도 경쟁 시스템이 완화되어야 한다. 누군들 아이들을 이렇게 키우고 싶겠는가. 결국 '돈'으로 향하는 이 길이 갈수록 좁아지는 상황을 풀어주지 못하는 한, 이 모든 교육 개혁 논의는 공허한 이야기가 될 수밖에 없다.

나의 희망

그러므로, 나의 희망은, '풀무학교 전공부' 같은 학교를 내가 사는 곳에서 소박하게나마 만드는 것이다. 이런 작은 학교가 곳곳에 만들어지고, 뿌리내릴 수 있다면 얼마나 좋겠는가. 그리고 그들의 최소한의 물질적 삶을 보장하기 위해 사회신용론에 바탕한 공공통화를 발행할 수 있도록 농업 부흥의 의제를 제기하고 실천하는 것이 또한 나의 꿈이다. 둘 다 그럴듯하게 들릴지언정, 꿈같은 소리로 치부될 가능성이 높다. 이 글을 읽는 많은 이들 또한 그러할 것이다. 그러나 분명히 말할 수 있는 것은 진보 진영에서 한창 이야기되는 '핀란드 교육 모델'이라든지 '복지 국가'보다는 이것이 훨씬 실질적이며 근본적이며 또한 가능성 있는 이야기라고 나는 생각한다. 가까운 벗들에게 이런 이야기를 하면 고개를 끄덕이면서 또한 갸웃거린다. 그러나 나는 이반 일리치가 말하듯, '기대'expect가 아니라 '희망'hope을 갖고 있다. 누군가에게 기대하는 것이 아니라 내가, 우리가, 직접 해 보자는 것이다. 아무리 생각해 봐도 이것 말고는 달리 다른 길이 없기 때문이다. (2011)

교육불가능의 시대

누군가가 총을 쏴서 사람이 죽었는데, 총알과 방아쇠가 범인으로 지목되어 처벌당하고 있다. 열네 살 소년이 모자를 눌러 쓰고 얼굴을 목도리로 둘둘 감은 채 형사들에게 끌려간다. 카메라 플래시는 쉴 새 없이 터진다.

나이는 어리지만, 사안의 중대성에 비추어 구속하지 않을 수 없다고 판사는 구속 사유를 설명한다. 경찰은 학교 폭력과의 전쟁을 선포하고, 교과부는 형사법상 미성년자를 열두 살로 낮추겠다고 나선다. 중학생을 감옥에 집어넣기 위한 조치다.

교과부 장관은 김정일의 현장지도에서 배웠는지 대구까지 내려가 시·도교육감회의를 주재하고, 학교들을 돌아다니기 시작한다. 일제고사를 도입하기 위해 그렇게 애를 쓰시던 이주호 장관은 정작 대구의 그 소년이 일제고사를 치르는 날 아침에 목숨을 버린 것에 대해서는 어떻게 생각하실는지 궁금하다. 그거하고 이거하고 뭔 상관이야, 그러실 것 같다.

조현오 경찰청장은 자신이 경기경찰청장으로 재임할 때, 쌍용자동차 공장에 경찰특공대를 투입해서 발암물질이 섞인 최루액을 뿌리고 테이저건을 쏘면서 힘없는 노동자들을 때려잡은 것과 이번 사태를 한번 견주어 보실 것을 부탁드린다. 왜 발암물질을 넣느냐고 물었더니, "몸에 좋은 거 넣을 수는 없지 않습니까?"라고 대답하셨더랬지. 어쨌든 청장님 또한, 그거하고 이거하고 뭔 상관이야, 그러실 것 같다. 그러나, 정말 몰라서 그러시는 것인지, 한번 되묻고도 싶다.

일진 아이들에게는 자신이 일진임을 확인시켜 주는 희생양이 필요하고, 일진이 아니지만 왕따도 아닌 아이들에게는 자신이 평균 집단의 일원임을 드러내는 아이템(이를테면 노스페이스 점퍼 같은 것)이 필요하듯이, 교과부 장관도 경찰청장도 자신이 교과부 장관임을 경찰청장임을 확인시켜 주는 계기가 필요한 것이다.

학교는 아이들을 맡아 보호해 주고, 성장시켜 주겠다는 사회적 계약으로 성립했다. 그래서 이런 사태는 학교 교육의 행로에서 벌어지는 한 일탈로, 정상으로 되돌려 놓아야 할 병리적 현상으로 치부된다. 그러나, 과연 그런가?

한 무리의 교사, 연구자, 시민들이 오늘날 한국의 학교 교육에 대하여 '교육불가능'이라는 표현을 쓰기 시작했다. 학교에 아이를 맡기지 않을수록 아이가 덜 고통받는다는 것, 학교가 아이들을 보호하고 성장시켜 주기는커녕 아이들에게 가해지는 폭력과 상처를 유발하는 숙주宿主가 되어 있다는 것, 그래서 '교육희망'이라는 기만적인 수사 말고 '교육불가능'이라는 한계선상에서 우리 교육을 바라보자는 제안이었을 것이다.

사실 말이지만, 지금 학교가 존립하는 것은 달리 다른 이유가 없다. 국가는 걷은 세금을 써야 하고, 교사는 월급을 받아야 하며, 학생은 졸업장을 받아야 하고, 부모는 아이를 맡길 데가 없기 때문이다.

나는 이렇게 말하고 싶다. 이 모든 일탈과 병리적 현상을 오늘날 학교 현장에 두루 퍼져 있는 '교육불가능'의 자연스러운 발현으로 바라보았을 때, 우리는 진정한 대책을 수립할 수 있다고 말이다. 하나마나한 소리라고 들리는가? 물론이다. 당장 내일부터라도 아이들은 학교에 가야 하고, 부모는 여전히 아이를 맡길 데가 없기 때문이다.

해결책이 있다면, 지금 학교 교육이 터해 있는 제도와 시스템, 경쟁과 입시를 향한 모든 관행과의 혁명적인 단절, 거기서 생겨날 혼란을 감당할 성숙한 용기뿐이다. 진정 이 사태가 그렇게 가슴이 아프다면, 죽어 간 아이들의 고통에, 친구에게 물고문을 자행하는 열네 살 아이의 내면에 구현된 지옥에 진정으로 가슴이 저리다면, 나 또한 이 폭력적인 사회의 구성원으로 힘없고 약한 이들에게 가해지는 폭력에 대해 묵인과 방조로써 이 지옥 같은 현실을 만들어낸 한 공범이라는 것을 인정한다면 말이다. (2012)

퇴직 소감

제목을 보고 짐작했겠지만, 나는 지난 2월 10일자로 학교를 그만두었다. 만 11년, 짧다면 짧은 시간이지만 하루하루 꽉꽉 채우는 기분으로 지냈기에 미련도, 후회도 없다. 아이들과 보냈던 행복한 시간들이 떠올라 더러 외로울 때가 있겠지만, 오랜 시간 고민 끝에 내린 결단이고, 앞으로의 내 생활이 그런 한가로운 상념에 빠져들 여유가 없을 가능성이 높기 때문에 별로 걱정되지는 않는다.

나는 비록 학교를 떠나지만, 공교육은 여전히 소중하다. 뭔가 희망적인 데가 있어서가 아니라, 아이들이 지금 다니고 있고, 앞으로도 다니게 될 것이고, 우리 모두는 이 체제 속에 '어쩔 수 없이' 묶여 있기 때문이다. 공교육은 이렇게 어이없는 방식으로 '동시대성'을 담지하고 있다.

아이들을 세상의 때를 묻히지 않고 무균질의 깨끗한 공간에서 키우겠다는 것은 만용이자 허영이다. 우리는 어떻게든 세상의 때를 조금씩은 묻히며 살게 되어 있다. 내 자식만은 좀 안전한 곳으로 도피시키겠다는 욕심이 오늘날 교육 개혁을 더욱 어렵게 만들고 있다. 서글프지만, 이런 현실이라도 몸으로 겪고 배우고 갈등하고 또 싸워야 할 이유가 있다. 이 또한 우리가 익히지 않으면 안 될 '동시대성'의 한 요소이므로.

지난 시절, 대안학교와 혁신학교, 그리고 핀란드 교육 열풍 따위 바람들을 지켜보았다. 헌신적인 이들의 노고를 존중하지만, 개인적으로는 퍽 회의적이었다. 교육은 백년의 대계이기도 하지만, 아이들에게는 나날의 삶이기도 한 것이다. 대안이라면서 거기에 참여할 기회를 제한당하는 사람이나 계층이 있다면 거기에다 대안이라는 이름을 붙여서는 안 된다. 핀란드든 어디든 훌륭한 교육 체제를 갖춘 나라들은 거의 200년에 가까운 갈등과 시행착오의 역사들을 갖고 있다. 200년 동안 따라가서 그런 체제를 만들어야 할 만큼 그 나라들이 매력적이지는 않다. 경기도 어느 지역에 생긴 혁신초등학교가 입소문을 타게 되니 그 동네 전세값이 바로 옆 동네보다 1억 이상 뛰었다는 이야기를 들으며 나는 또 한번 절망했다. 전가의 보도처럼 이야기되는 이 혁신학교 바람의 끝은 결국 부동산 가격 폭등인 것이다.

무엇이 문제인가? 제도와 정책의 문제가 아닌 것이다. 교육은 오늘날 한국인들의 사회적 삶의 성패를 규정하는 핵심적인 관문이다. 거기에는 중산층으로 안락하게 살고 싶다는 욕구와 여기서 밀려나면 끝이라는 공포가 서려 있다. 거기에는 믿을 건 내 가족, 내 자식밖에 없다는 가족주의와 가족애를 빙자한 끔찍한 자기애가 있고, 좋은 삶이란 그저 좋은 대학 나와서 그럭저럭 사는 것이라는 속물적인 인생관이 있다. 나와 내 자식이 이 체제의 피해자가 아니라 가해자일지도 모른다는 사실을, 내 자식이 기층 민중의 일원으로, 농민으로 노동자로 살아갈 수도 있다는 사실을, 이제는 원하든 원치 않든 많이 벌 수도 풍족하게 쓸 수도 없는 시대가 도래하고 있다는 분명한 사실을 자각하지 않는다면, 우리 교육 문제는 아주 작은 것도 풀리지 않을 것이다. 그리고, 어떻게 손을 써 볼 수도 없을 정도로 똘똘 뭉쳐 버린 이 완고한 체제 이곳저곳에 누군가가 숭숭 구멍을 뚫어 놓지 않는다면 출구는 열리지 않을 것이며, 아이들의 삶은 여전히 캄캄할 것이다.

학교를 떠나는 나의 가장 큰 화두는 '농업'이다. 그리고, 이 야만적인 현실을 온몸으로 들이받는 '투쟁'이다. 나는 입으로 떠들지 않고 몸으로 살기 위해 퇴직을 결행했다. 이 완고한 체제에 작은 구멍이라도 뚫을 수 있기를 진심으로 바란다. 수많은 이들이 먼저 걸어갔고, 지금 걷고 있는 길에 이제 나도 합류한다.

(2012)

나의 자녀교육법

학교를 그만두고 나니, 가끔 학부모들 앞에서 이야기할 기회가 생긴다. '교육불가능'을 떠들고 다니는 전직 교사라 하니, 무슨 이야긴가 들어 보고 싶은 마음들일 것이다. 가로세로 떠들고 나면 질의응답 시간에 가끔 "당신은 자식을 어떻게 키우는가?"라는 질문을 받기도 한다. 나는 '자녀교육'이라는 말 자체를 좋아하지 않는다. 그리고 지금 같은 세태에서는 부모가 자녀를 교육한다는 말 또한 여러 의미에서 적절치 않다고 생각한다. 스스로도 켕기는 게 많아서 답변을 피하고 싶고, 그래서 나는 '자녀교육'이라는 말이 적절치 않다고, 부모들이 뭔가 착각하고 있는 것 같다는 식으로 이야기를 돌리기도 한다.

내가 관찰하건대, 초등학교 고학년부터 사춘기 시절을 지나는 아이들에게 부모가 갖는 영향력이란 실로 미미하다. 생각해 보면 예전 부모님들은 땀 흘려 일하면서 자식들에게 정말 좋은 교육을 하신 셈인데, 오늘날 아이들은 부모가 어떤 노동을 해서 자신들을 먹여 살리고 있는지, 부모의 삶 자체를 잘 모른다. 무엇보다 오늘날 아이들은 또래 집단의 강력한 영향력 아래 놓여 있다. 부모는 책가방을 메고 집으로 들어오는 아이를 바라보다가 문득 '저 녀석이 저렇게 컸구나' 하는 마음으로 글썽이며 아이를 바라볼 때가 있을 것이다. 그러나 아이의 머릿속에는 오늘 학교에서 겪은 일, 어떤 아이가 지나가듯 던진 욕설 비슷한 한마디가 무슨 의미인지, 그 진의를 생각하느라 부모가 자신을 어떤 눈빛으로 바라보든 아무 생각이 없을 수도 있는 것이다. 우리 아이도 마찬가지일 것이다.

부끄러운 고백이지만, 나와 아내는 우리 아이에게 제대로 뭐 하나 해 준 게 없다. 아내는 임신 때 유독 힘겨워 했고, 우리는 나름 애를 썼지만 결국 자연분만을 하지 못했다. 그래서 녀석은 세상과의 첫 만남을 수술실에서 가져야 했다. 출산하고 나서도 아내가 젖몸살이 심해 모유를 먹이지 못하고, 결국 분유를 먹여야 했다. 우리 부부는 맞벌이였고, 양가 어른들 또한 여러 일들로 분주하셨던지라 녀석은 우리 집으로 출퇴근하시는 아주머니가 돌보아 주었고, 세 살부터 어린이집을 다녔다.

그리고 나는 내 아이에게 자연을 주지 못했다. 내 어린 시절의 여름날 살갗을 새카맣게 태워먹을 정도로 쉼없이 자맥질하던 강도, 한겨울 꿩과 토끼를 잡으러 뛰쳐다니던 산도, 책가방 던져 놓고 캄캄해질 때까지 땀을 뻘뻘 흘리며 놀던 시골 마을도 주지 못했다.

녀석은 휴일에도 전교조와 지역 활동을 하는 엄마 아빠를 따라 내내 집회 현장을 쫓아다녀야 했다. 그래서 다섯 살땐가, 〈철의 노동자〉를 완창해서 모두를 경악하게 만들기도 했다. 그러나 열두 살이 된 지금은 지역에서 몇 달째 이어지고 있는 송전탑 반대 촛불집회든, 무슨 행사든 도통 움직이려 하지 않는 '보수 반동'의 시기를 지나고 있다. 부모가 신경을 쓰지 않으니 책도 전혀 보지 않는 것 같고(『개똥이네 놀이터』 같은 어린이 잡지를 잠깐 보는 것 같긴 하다만), 수학이 신통치 않은 듯 성적 통지표에서 지난 몇 년간 담임 선생님들은 빠짐없이 '수학에 대한 자신감'을 언급하신다. 엄마 아빠가 밖으로 돌고 자신은 학원조차 다니지 않으니 혼자 있는 시간이 많은 녀석은 그 사이 홀로 지내는 법을 터득한 것 같다. 그것은 바로 '축구'이다. 축구공을 들고 근처 운동장으로 나가면 그럭저럭 축구하러 나온 형이나 또래들을 만나게 되는 모양이다. 그리고 EPL 축구 중계를 보겠다고 거의 텔레비전을 독점하다 보니 시청 시간은 평균치보다 훌쩍 높은 것 같다. 학교에서도 방과후 대부분의 시간을 축구에 바치고 있다.

요컨대 우리 아이는 사실상 방치되고 있는 것이다. 이걸 자랑이라고 써재끼는 건가? 자랑은 아니지만, 그렇다고 부끄럽다거나 딱히 잘못하고 있다고 생각지도 않는다. 체험학습이니 뭐니 하는 돈으로 세팅된 프로그램에 아이를 집어넣지도 않는다. 책 읽으라고 닦달한 적도 없다.

나처럼 심약하기 짝이 없는 인간이 이나마 인생을 주체적으로 살고 있는 것도 돌이켜 보면 우리 부모님이 나를 완전히 방임해 주셨기 때문이라고 나는 믿고 있다. 대학을 국문과로 진학해도, 자취방을 수없이 옮겨도 부모님은 모르셨다. 때로 한 달에 열흘 가까이 돈 한푼 없이 지내도 나는 부모님께 연락을 하지 않았고, 부모님 또한 그런 줄을 모르셨다. 대학 4년 학점이 바닥을 쳐도, 그 성적으로 뭘 하겠니? 하는 걱정 한 번 없으셨다. 아마 당신들은 학점 체제도 잘 모르셨을 가능성이 높다.

그러다가 겨우 학교를 졸업하고, 선생이 되었다. 도시에서 살다가 고향으로 돌아와도, 지역에서 벼라별 사회 운동에 다 껴들어도 부모님은 일절 말씀이 없으셨다. 부모님은 내 삶에 아무런 간섭도 하지 않으셨고 영향을 끼치려고도 하지 않으셨다. 내가 기억하는 부모님은 당신들의 인생에서 3분의 1은 행상, 3분의 1은 농사, 그리고 3분의 1은 식당 일을 하셨다. 당신들은 무엇보다 쉴 새 없이 일하셨다. 당신들은 다만 최선을 다해 열심히, 당신들의 인생을 사셨을 따름이다. 그리고 때때로 당신보다 딱한 처지에 있는 이웃들을 여러 경로로 도와주셨다. 아주 어릴 적, 여러 차례 이런 기억이 있다. 거지가 동네를 돌아다니다 우리 집을 찾아왔다. 없는 살림이었지만, 우리 먹는 밥보다 더 잘 차려 밥상을 내오던 어머니의 모습이 떠오른다. 동네 어른이 돌아가셨을 때, 앞장서서 시신을 수습하고 염을 해서 입관하시던 아버지의 모습도 떠오른다. 내가 가끔 힘겨운 순간에 놓였을 때, 이를테면 우리 학과에서 제일 늦게 가게 된 군대 생활 초입에서 빌빌거릴 때, 임용고사에서 떨어져 방구석에 틀어박혀 있을 때, 부모님은 내게 진심 어린 위로를 해 주셨다.

나 또한 그저 내 인생을 열심히 살 것이다. 자식의 삶에 대해 미칠 수 있는 부모의 영향력 또한 더없이 가녀린 시대에 부모가 자식 사랑이라는 이름으로 기울이는 관심은 대개 이 무한경쟁 시대를 살아가는 부모 스스로의 불안과 그간의 좌절의 기억에서 배태된 보상심리를 투사投射한 것일 가능성이 높다. 그리고 많은 경우, 자식에게 뭔가를 가르치려 드는 부모보다 아이들 자신이 더 나은 경우가 많다. 그건 아마 내 경우에도 마찬가지일 것이다!

그래서 "당신의 자녀교육은 어떠한지"를 묻는 사람들에게 나는 그냥 "방치하고 있다"고 답한다. 녀석은 중학교를 가지 말고 아빠가 곧 시작하는 귀농학교에서 농사짓는 법이나 목공 따위를 함께 배웠으면 하는 내 마음을 알고 있지만, 아마도 중학교에 진학하게 될 것 같다. 축구를 해야 하니깐. "거기 가면 형들이 돈 뺏어"라고 엄포를 놓아도 막무가내다. 녀석은 동시대^{同時代} 속으로 진입하고 있는 것이다. 다만, 나는 나대로, 그는 그대로, 각자의 인생을 최선을 다해 사는 것, 달리 다른 길은 없는 것이다. (2012)

끝장 대책

한국인들의 기대 수명을 따르자면, 나의 생몰 연대기는 20세기 후반기에서 21세기 전반기 어느 지점에 그어질 것이다. 이 짧고 유한한 시간을 살아가게 될 내가 학습을 통해 체득한 세상에 대한 바람이란, 이를테면 20세기 전반기 세계를 휩쓸었던 전쟁과 살육, 그리고 파시즘 체제를 다시 만나고 싶지 않은 바람 정도일 것이다. 더 나은 세상을 만날 수 있으리라는 기대도, 진보된 세상에 대한 희망도 조금씩 접혀간다. 더 나빠지지 않기만을 바랄 뿐이다. 자식에게 파국을 물려주어서는 안 된다는 책임의식 정도가 내 정치적 자의식의 대강이다.

학교 폭력으로 징계받은 아이들을 공립형 대안학교에 모아 놓고 감옥 체험을 시킨다. 학교 폭력에 관한 징계 기록을 학교생활

기록부에 남겨 '빨간 줄'을 긋는다. 말 잘 듣는 '범생이'들을 선정해서 교내와 피시방, 노래방과 학원을 순찰하게 한다. 이런 따위 발상이 난무하는 속에서 학교는 아주 짧은 시간에 가해자와 피해자, 감시자와 징벌자로 구성된 경찰체제로 돌변해버리고 말았다. CCTV가 없을 때는 무서워서 어떻게 살았을까. 그동안에는 경찰 없이 어떻게 이 무서운 아이들을 통제했을까. 폭력을 폭력으로써 다스리면 작은 폭력은 반드시 뿌리로 내려가 존재를 옴짝달싹 못 하도록 묶어버린다는 사실이 그렇게 오묘하고 어려운 진리인가. 학교 폭력 피해자들의 심리치료를 의무화한다고 한다. 아이가 치료의 대상자가 됨으로써 아이는 타인으로부터 낙인찍히고, 스스로를 병리적인 존재로 받아들이게 될 것이다. 그리하여, 폭력을 야기한 큰 그림 속에서 자신을 위치 짓기보다 자기 자신의 감정과 싸우게끔 문제 설정이 왜곡되어 버릴 것이다.

교육이 교육일 수 있는 이유는 폭력에 대한 즉물적인 대처가 아니라, 그래도 저 어른들보다 아이들이 반성하고 돌이킬 수 있는 가능성이 더 큰 존재라는 것을 인정하는 데서 출발한다. 설령, 반성과 돌이킴이 불가능할 정도로 망가진 아이라도 그들이 아이이기 때문에 지켜 주고 기다려 주어야 하는 것이다. 피해자의 고통은 오직 스스로의 힘으로, 그리고 폭력이 야기된 관계 속에서만 치유될 수 있다. 그 시간과 여유를 허락하고, 그것을 사회 전체가 감당하자는 약속이 있을 때 교육이 성립한다. 그러나, 이런 기대와 기다림을 헌신짝처럼 폐기하면서, 감시와 처벌을 제도화함으로써 교육 체제를 사법화하고, 사회를 경찰국가화하면서 달려가는 곳은 어디일까. 그것은 파시즘 사회다. 타인을 보지 못하는 사회, 생존을 위해 모든 것을 받아들이는 사회, 희생자의 고통에 공감하기는커녕 '당할 만한 이유가 있는 놈'으로 믿어버리는 사회, 그래야 자기가 살 수 있는 사회, 자기기만과 외면의 사회.

도저히 용납할 수 없는 일이 있어서 이 글을 쓴다. 대구교육청에서 학교마다 창살을 20~50센티미터만 열 수 있도록 고정 장치를 달도록 했다고 한다. 자살방지대책의 일환이라고 한다. 막막할 때, 바깥 세상으로 숨통을 틔워 주었던 창, 다른 세상의 은유로서의 창, 저들에게 창의 정서적인 역할, 문학적인 의미까지 이야기하고 싶지는 않다. 교실마다 거의 일 년 내내 돌아가는 에어컨과 히터로 찌든 실내 공기를 하루에 몇 번씩은 활짝 열어 환기를 시켜야 아이들의 호흡기를 그나마 건사할 수 있다는 생물학적 의미만으로도 이번 조처의 황폐함을 지적하기에는 모자라지 않다.

정신 치료를 받아야 할 곳은 아이들이 아니라 학교다. 다른 곳은 모르겠고, 어쨌든 학교에서만큼은 죽지 말아 달라고 창을 닫아 버리는 폭거를 자살방지대책이라고 내놓는 교육당국이지 학생은 아니다. 이런 말도 안 되는 조처를 단칼에 무찔러 버리지 못하는 우리 사회이지, 결코 아이들은 아니다. (2012)

공부는 힘이 세다

작년 봄 나는 핵발전소의 피폭 노동에 관한 르포를 쓰기 위해 발전소 격납 건물 안에서 일하는 노동자를 어렵사리 만난 적이 있다. 예상대로 이야기를 꺼리는 기색이 역력했고, 피폭 노동의 위험에 대해 좀처럼 믿으려 하지 않았다.

피폭 노동의 위험성을 지적하고 그것을 부정하는 대화의 패턴이 반복되는 도중에 문득 '지금 내가 저 사람에게 대단히 고약한 짓을 하고 있다'는 생각이 들었다. 인터뷰를 접은 나는 그와 함께 횟집으로 가서 소주를 마셨다.

소주가 여러 순배를 돌고 자리가 조금씩 깊어가던 무렵, 그가 소주병이 쓰러지듯 고개를 꺾으며 뇌까린 이야기는 잊혀지지 않을 것이다. "솔직히요, 방사능…… 잘 모르겠어요. 안전하다고 생각해요……. 그렇지만요, 2년 계약이 끝나가면요, 피가 마르는 것 같아요." 소주를 한 잔 더 털어 넣은 그는 말했다. "후배들에게 꼭 이야기해 주고 싶은 게 있어요. 니들은, 제발 공부 더 열심히 해서, 나처럼 하청 들어오지 말고, 한수원으로 들어오라"고. 이야기 끝에 그가 살짝 눈물을 비친 것 같기도 하다.

그가 속한 회사는 2년 단위로 한수원과 계약을 해야 하고, 따라서 그는 회사가 재계약에 실패하면 실직을 걱정해야 하는, 사실상 비정규직이었다. 핵발전소 안에서 원자로 정비와 제염 작업 같은 피폭 노동은 한수원이 아니라 하청업체 직원들의 몫이었다.

밀양송전탑 싸움에서 공사용 헬기가 뜨지 못하도록 막았던 주민들이 업무방해 혐의로 고발당해 검찰의 조사를 받았다. 젊은 검사는 50대 아주머니에게 호통을 쳤다. 말끝에 그는 "자식한테 부끄럽지도 않냐?"고까지 했다. 아주머니는 검사실을 나오자마자 너무나도 서러워서 기다리던 이웃들 앞에서 엉엉 울었다.

그 검사와는 나도 안면이 있다. 내가 학교에 있을 때, 수능이 끝난 고3 아이들을 위한 강연자로 그가 우리 학교를 찾았기 때문이다. 그는 강연 도입부의 상당 부분을 자기 소개에 할애했다. 그는 자신이 서울의 명문 대학을 나왔고, 아내도 검사이며, 어떻게 공부해서 언제 고시에 합격했는지를 이야기했다.

그가 피의 사실과 상관없는, 듣는 이에겐 인격적 모욕으로 들릴 수도 있을 호통을 칠 수 있었던 자신감은 아마도 그가 공부를 잘해서 고시에 합격했다는 사실이 부여해 준 것이리라.

지금 밀양송전탑 싸움은 전문가협의체의 판단에 운명을 걸고 있다. 한국전력이 추천한 위원 세 사람은 모두 서울대를 나와 미국에서 학위를 받은 해당 분야 최고의 스펙을 갖춘 전문가들이다.

그러나 지난 2일 그들이 제출한 보고서 초안은 주민 쪽 위원의 표현을 빌리자면 '문도리코 찜쪄 먹을' 정도로 한국전력의 자료를 그대로 베껴 쓰고 있었다. 국회가 위임해 준 전문가적 검증은 없었다. 8년의 싸움 끝에 처음으로, 한국전력이 아닌 외부 전문가들의 객관적 시선으로 검증을 받아보고자 했던, 그러므로 이를 통하여 실낱같은 대타협의 여지를 찾아볼 것을 간곡하게 기대했던 나는 그 보고서를 보면서 무릎이 풀썩 꺾이는 좌절을 느꼈다.

공부를 잘하면 한수원 직원이 될 수 있다. 그래서 자기보다 공부 못했던 하청 직원들에게 피폭 노동을 맡길 수 있다. '컨트롤 C에서 컨트롤 V'로 끝나는 보고서에 밀양 주민들의 생존권을 빼앗을 법적 권능을 부여해 주는 것도 바로 서울대와 미국 박사의 스펙이 엮어낸 전문가의 자격이다.

나는 지금껏 돈이 세상을 지배한다는 실감을 갖고 살았다. 그러나 돈이 인간의 영혼을 주장하지는 못하리라는 믿음 또한 갖고 있었다. 나는 학교를 그만둔 지난 2년 사이 공부가 이 나라를 지배하고 있다는 실감을 얻었다. 그리고 한국에서는 공부가 인간의 영혼마저 주장하고 있다는 믿음을 얻게 되었다. 한국에서는 돈보다 공부가 더 힘이 세다. (2013)

고통의 해석학

간밤에 전화가 왔다. 고등학교 시절, 내가 3년간 국어를 가르쳤고, 지금은 대학 졸업반에 들어선 아이였다. 내가 밀양송전탑 일로 경찰에 입건되었다는 뉴스를 보고 전화한 것 같았다. 술을 마신 것도 아닌데, 녀석의 목소리는 떨리고 있었다. "몸조심하시라"고, "친구들도 다들 걱정하고 있다"며 녀석은 조금 울먹이기 시작했다. 나는 "별 걱정 없다. 아무렇지도 않다"고 위로해 주었다. 잠시간의 침묵이 이어지더니 녀석은 울면서 말을 잇기 시작했다. "얼마 전에 밀양 할머니들이 학교에 왔다. 청년들에게 희망버스 참가를 호소하는 기자회견 자리가 있었는데, 내가 밀양 출신인 걸 아는 친구들이 그 자리에 함께하자고 권유했는데 가지 못했다. 거기서 발언하고 사진이라도 찍히게 되면 곧 있을 취업 면접에서 문제가 되지 않을까 너무 두려웠기 때문이다." 울면서 이어가는 녀석의 이야기를 들으면서 나는 잠시간 견딜 수 없는 기분이 되었다.

나는 녀석을 잘 안다. 맑은 신앙심을 가졌고, 대학에 들어가서는 사회과학 동아리 활동을 하면서 여러 실천 현장에도 함께했다. 기자회견에 참석하는 것이 무어 문제가 되겠는가. 녀석의 괴로운 선택은 밀양 출신이 취업면접장에서 반드시 맞닥뜨릴 질문 앞에서 스스로 켕기지 않기 위한, 좀처럼 거짓을 모르는 순수한 영혼의 자기 검열이었을 것이다. 오늘날 평균 수준의 물질적 삶에 편입되기 위해서는 양심이 가리키는 떨리는 나침반을 집어던져야 한다는 사실을 녀석의 울음소리가 말해 주고 있었다. 내가 그에게 무슨 말을 해줄 수 있었을까. 녀석의 울음은 2013년에 맞닥뜨린 공안정국이라는 시대의 괴로운 공기로도, 이미 일상을 장악한 감시와 처벌의 촘촘한 시스템으로도, 한국 경제의 장기적 불황으로도 설명할 수 없는 어떤 총체적인 질문으로 다가왔다.

불가능성. 이게 사는 것인가? 지금 이 나라에서 사람으로 사는 것이 가능한가? 이 체제 바깥에서도 다른 삶이 가능하다는 것을 누가 보여주었을까. 민주주의와 양심의 가치를 누가 가르쳐 주었을까. 현금이 별로 없어도 더불어 가난하게 살아갈 수 있는 삶의 진지들은 누가 다 파괴해 버린 것인가. 영화 〈공각기동대〉의 유명한 대사, "나를 있게 한 모든 것들이 내 발목을 잡는다"는 것. 오늘날 청년 세대의 출생과 성장, 교육과 일상의 전 과정에 관철되는 숨 막히는 경쟁과 배제의 논리, 안락에 중독된 생존방식으로 오늘날 청년들의 발목을 잡은 이는 누구인가? 그 반대편 밀양 노인들의 8년에 걸친 투쟁은 이러한 생존방식의 물질적 기초, 이를테면 핵발전이라는 '악마의 기술'까지 불러내어 미래 세대에게 모든 위험과 고통을 뒤집어씌우고 현재 이 순간에도 아슬아슬한 곡예처럼 이어가는 '맹목의 풍요'가 이제는 물리적으로든 도덕적으로든 불가능하다는 사실을 웅변한다. 취업준비생의 눈물과 밀양송전탑 할머니들의 눈물은 이렇게 '불가능성'이라는 단어로 만나게 되었다.

극심한 고통은 참을 수 있지만, 의미 없는 고통은 참을 수 없다. 취업하지 못한 고통은 취업으로 피해 갈 수 있다. 그러나 관문 앞을 기다리는 궁전의 집사처럼 취업 이후에도 또 그 뒤에도 오늘날 체제가 부과하는 고통은 순서대로 찾아온다. 살아남을 수는 있겠으나 끝내 공허와 환멸이 찾아올 것이다.

그러므로 나는 괴로워 울고 있는 녀석에게 "괜찮다"고 위로하지 않을 것이다. 그렇다고 "네 양심이 너를 살아 있게 할 거"라는 고귀한 이야기를 던지고 싶지도 않다. 고통의 해석학, 나는 녀석에게 이 거대한 불가능성을 응시하고, 그 앞에서 실존을 건 질문을 던질 것을 권한다. 그리고 같은 불가능성으로 고통받는 이들의 얼굴을 알아보고, 그들의 손을 잡을 것을 권한다. (2013)

'가설 극장' 맞은편 노들야학

세월호와 밀양송전탑의 한복판에서 나도 조금씩 일상으로 돌아오고 있다. 달라진 게 없어서 더러 괴로울 때가 있지만, 이 사태를 만들어낸 만큼의 시간을 견뎌야만 진실과 대면할 수 있으리라는 자각도 하고 있다.

최근, 나는 '노들장애인야학' 20년사를 정리한 『그럼에도 불구하고 수업합시다』라는 책에 푹 빠져 있다. 한 책을 유례없이 세 번씩이나 읽게 되는 것은, 그러니까 우리가 앞으로 이 시간을 어떻게 견디며 싸워야 하는지에 대한 비결과 암시가 곳곳에 숨어 있기 때문이다.

지난 십수 년 동안 사회 운동은 계속 시들어왔지만, 거의 유일하게 장애인운동이 곳곳에서 승리할 수 있었던 것은 노들야학 같은 센터가 있었기 때문이라고 감히 말할 수 있다. '좋은 삶'에 목말라하던 평범한 비장애인들이 놀라운 헌신으로 장애인들과 함께 풍찬노숙할 수 있었던 비결, '바깥의 삶'에 대한 갈망을 간직하고 있었으되 두려움에 떨던 중증 장애인들이 투사로 변모하여 곳곳에서 놀라운 승리를 일구어낼 수 있었던 비결, 그들은 그것을 '일상'과 '교육'으로 명쾌하게 정리한다. 함께 모여서 밥 먹고, 술 마시고, 그리고 질기도록 함께 '공부'한다면, 그 과정에서 한 사람 한 사람이 주체가 되는 경험들을 맛보게 된다면, 어디나 '노들'처럼 될 수 있다는 것이다. '사람 냄새'가 진득하니 배어 있고, 재미가 있으며, 세상사의 진실을 추구하는 공간들이 갖고 있는 비밀, 그러니까 밀양송전탑 투쟁이 10년이나 끌 수 있었고, 험악한 행정대집행을 당했으나 연대자들이 지금도 끊임없이 찾아들고, 철탑 공사가 완료되었지만 아직껏 260가구가 한국전력의 돈을 받지 않고 버티고 있는 것도 생각해 보면 이 어르신들이 늘 함께 밥 먹고 이야기하고 노는 '농가의 일상'을 공유하고 있기 때문이다.

그리고 '노들'은 아무리 바빠도 어떻게든 '수업'을 했다. 그것은 거북이처럼 느리게 전진하는 한글 공부였고, 제 안에 살고 있는 '맹수'를 끄집어내는 인문학 강독이었지만, 그것은 '수업을 빙자해서 서로의 이마에 손을 짚어 보기도 하고, 지친 이의 어깨를 두드려 주기도 하는' 만남의 자리였던 것이다. 그들의 일상은 혼란과 변화무쌍함으로 점철되어 있었고, 강렬한 개성과 자기 주장들이 목소리를 높였다. 다만 그들은 어떻게 되든 '함께 간다'는 대의만은 놓치지 않으려 했다.

화장실에서 몰래 울던 여성 장애인이 어느 날에는 무대에서 자신의 이야기를 노래하고, 시설에 보내질까 두려워하던 남성 장애인이 이동권 투쟁의 한복판에서 지하철 헤드라이트 불빛 앞에 버티고 서 있게 된 '성장'의 비밀, 그것은 수도승들이 수십 년의 면벽 끝에 섬광처럼 스쳐가는 깨달음으로 일구어낸, 혹은 불길처럼 정신을 휘감은 성령의 기적이 아니라, 하루하루 화장실 가는 일에서부터 지하철 계단을 오르내리는, 혹은 매일매일 이어지는 술자리의 환호작약과 수업 시간 나눈 구죽죽한 인생의 이야기들, 그 수많은 성공과 실패 속에서 한 걸음씩 전진했던 나날들의 연쇄가 이루어낸 것이다.

우리에게는 빛나는 기억이 필요하지 않다. 패배감은 허망할 뿐이다. 우리에게는 사소한 것들에 대한 믿음이 필요한 것이다. 함께 일상을 나누고, 함께 공부하는 시공간, 그리고 생활을 거기에 맞추어 가도록 자기 일상의 구조를 변혁할 용기가 필요할 따름이다.

우리에게는 세월호 특별법 처리에서 드러나듯, 차마 눈 뜨고 볼 수 없는 해프닝들의 연속일 따름인, 천막 몇 채가 얼기설기 엮어 놓은 '가설극장' 같은 정당 정치를 구경할 시간이 없다. 자기의 터전에서 벗들과 함께 일상과 공부를 나눌 '튼튼한 집'을 지어야 하는 것이다. 오래오래, 질기도록 싸우기 위하여. (2014)

혁신학교는 답이 아니다

나는 영훈초등학교를 나와서/국제중학교를 나와서/민사고를 나와서/하버드대를 갈 거다./그래 그래서 나는/내가 하고 싶은/정말 하고 싶은/미용사가 될 거다.

부산의 한 초등학교 1학년 아이가 쓴 시라고 한다. 쓴웃음이 난다고들 한다. 나는 이 시보다 이 시를 소개했을 때 사람들이 보인 뜨듯미지근한 반응들이 더 무섭다. 이 시는 "왜 달리는 줄도 모르는 경주마가 되어 트랙을 질주하게 하는", 거대한 무의미의 체제가 되어 버린 오늘날 학교 교육에 대한 더없이 적확하면서도 통렬한 비난이다. 부끄럽고, 속상하고, 창피하다.

할 수만 있다면 이 체제 바깥으로 탈출하고 싶으나, 그 바깥은 낭떠러지일 것이라 믿고 있는 '불안'과 '공포'가 이 거대한 낭비의 체제를 유지하고 있다. 그것을 우리는 '교육불가능'이라고 이름 붙였다. 우리는 이 체제의 바깥은 낭떠러지가 아니라, 실은 온갖 교육적 가능성이 넘실거리는 신천지라는 사실을 말하고 싶었다. 그리고 바깥을 넘겨다보는 노력 그 자체가 성장이며, 해방의 담론이 될 수 있으리라 믿었다.

그러나 교육불가능 담론에 대한 교사 집단의 반응은 매우 정서적인 것이었다. "근대적 학교 교육이 언제는 가능했느냐?"는 선지식 같은 반응에서부터, 우리는 그래도 혁신학교라는 이름으로 잘 해 보려고 애쓰는데 당신들은 왜 힘을 빼느냐는 볼멘소리들, "근본적인 비판은 아무것도 하지 말자는 것에 다름 아니"라는 실용적 반응까지 이들을 관통하는 것은 논리라기보다는 정서적인 반응이었다고 나는 판단한다.

진보교육감이 다수의 지방교육행정을 장악한 이 시점에서 논의는 더 어그러져 가는 것으로 보인다. 뭔가 바꿀 수 있으리라는 기대가 불어넣어지고, 그나마 엷게 존재하는 교사 집단의 개혁적 에너지는 혁신학교로 집중된다.

혁신학교는 '배움으로부터 도피하는 아이들'이라는 전제에서부터 출발하는, 수업 과정과 학교 문화의 개선 운동이다. 그러나, 나는 이러한 설정이 매우 잘못되어 있다고 생각한다. 오늘날 학교 교육이 강요하는 배움 그 자체가 실제의 사회경제적 삶과, 그리고 한 존재의 내적 성장과 사실상 무관하다는 사실이 가장 중요한 것이다.

 일부 초등학교, 중학교 혁신학교의 성공이 그 지역의 부동산 가격 상승으로 이어지는 어이없는 역설, 고등학교 혁신학교가 결국 대학입시의 입학사정관제를 뚫어내는 방편으로써 성공의 근거를 찾아야 하는 역설이 말해 주는 것이 무엇일까. 이렇게 성공적으로 정착한 혁신학교가 '부동산 가격 상승'이라는 중산층들의 진입장벽으로 귀결되고, 오늘날 이 거대한 낭비의 종착점이자 모든 교육적 에너지의 블랙홀인 대학 입시를 피해 갈 수 없게 된다면 이것은 대체 무슨 의미인 것인가? 이렇게 해서 혁신학교의 트랙을 따라 나온 아이들을 기다리는 현실이 청년실업, 비정규직, 극악한 지위경쟁이라면 혁신학교는 결국 또 하나의 희망고문이자, 문제의 떠넘기기 곧 '폭탄 돌리기 게임'이 아닐 것인가? 그러므로, 교육불가능의 이야기는 혁신학교가 집중하는 '수업과 학교 문화'로 수렴되는 '배움의 적응'이 아니라, '아이들이 학교에서 무엇을 배우게 할 것인가'라는 '다른 배움'의 이야기로, '그렇게 하기 위해서 지금의 교육 체제를 어떻게 새롭게 설계할 것인가?'라는 체제 전환의 이야기로 넘어가게 된다. 그것은 실제의 사회경제적 삶과 연관되는 '삶의 기술', 앞으로 닥쳐올 세상을 미리 살아가는 '연습'의 과정들을 학교 교육과정 안으로 진입시켜야 한다는 논리로 이어지는 것이다.

민사고와 하버드를 향한 트랙에서 빠져나와 곧장 미용사가 될 길을 열어 주는 것이 진짜 혁신이다. 작금의 혁신학교 운동은 답이 될 수 없으며, 지속가능하지도 않다. (2014)

준표 형님, 준표 형님

준표 형. 저는 형님 덕택에 중학생 아들의 급식비를 매달 5만 원씩 내게 된 경상남도 학부모의 한 사람입니다. 사실 저는 웬만해서는 누구한테 '형님'이라는 소리를 잘 하지 않는데, 진주의료원 폐업부터 무상급식 폐지까지 이어지는 형의 광폭 행보를 지켜보노라면 엉기고 싶은 마음이 들어요. 이번에 형님이 무상급식 중단을 선언하면서 "학교는 밥 먹으러 가는 데가 아니고, 공부하러 가는 곳이다"고 하셨더군요. 저는 그 기막힌 말씀 때문에 이제 도지사님을 형님이라 부르기로 마음먹게 되었어요.

저는 동학의 2대 교주인 해월 최시형 선생님을 무척 존경하는데요, 그분 남기신 말씀 중에 "밥 한 그릇에 세상사가 다 들어 있다"(식일완만사지食一碗萬事知)는 말씀이 있어요. 형은 학교를 '공부하는 곳'이라고 하지만, 저는 '학교는 밥 먹는 곳'이라고 생각해요.

제가 실제로 십수 년 현장에서 겪은 바로도 아이들은 '친구들과 급식 먹는 재미'로 학교를 다녔어요. 아이들은 학교에서 나눠주는 가정통신문을 거의 제대로 보지 않는데요, 유일하게 골똘히 '탐독'하고 고이 모셔 두는 게 바로 '급식 식단표'예요. 교내 체육대회 날에는 특식이 나오잖아요. 어느 해에는 한 아이가 제 입은 체육복 등판에다 그날 메뉴 '돼지불백, 동태전, 조개미역국' 어쩌고 하는 거를 일일이 검정 테이프로 떼서 붙여 놓고는 교내를 돌아다니며 아이들의 폭소를 자아내는 것을 보았어요. 제가 맡은 반에서 아이들과 못 어울리는 아이들이 더러 있었는데, 몇몇 아이들이 상의해서 급식 때만이라도 '혼자 밥 먹도록 내버려 두지 않으려'고 서로 같이 '밥을 먹어 주는' 모습을 보곤 했죠.

형님은 아시는지 모르지만, '공부'라는 과업에서 거의 실패하고 있는 오늘날 학교를 고맙게도 이 '밥'이 살려 주고 있다고 저는 생각해요. 오늘날 '학교 공부'는 실제의 사회경제적 삶과는 참 멀리 있지만, 이 '밥'이야말로 지금 당장, 그리고 앞으로도 영원히, 실제적이고 강력한 의미를 갖는 게 아니겠어요. '밥'은 아주 중요한 교육적 가능성을 담고 있는 영역이죠. 그러므로 밥 한 그릇에 담겨 있는 세상사를, '밥'으로 향하는 삶의 기술을 학교가 가르쳐야 한다고 생각해요. 그러니, 의무교육체제에서 교과서 나눠주듯이, 밥이 모두에게 값없이 공평하게 돌아가야 하는 것은 너무나 당연한 거겠죠.

저는 학교마다 농장을 조성해서 푸성귀들과 가능한 먹거리를 직접 제 손으로 거두는 일이 교육 과정에 들어와야 한다고 생각해요. 그리고 매일 수백 명의 밥을 식재료 단계에서부터 조리, 배식, 뒷정리까지 그 복잡하고 고단한 과정을 매뜻하게 마무리해내는 급식소 어머니들의 노동은, 지켜보노라면 그저 감탄스러울 뿐이에요. 저는 이분들이 '계약직 조리종사원'이 아니라 가장 중요한 '삶의 기술'을 몸소 시연하고 가르치는 '선생님' 대접을 받아야 마땅하고, 아이들도 그 과정의 일부라도 맡아서 그분들께 배워야 한다고 생각해요.

형님은 미래의 대통령으로 '살기 위해' 먹을지 모르지만, 우리들 인간은 '먹기 위해' 살아요. 이 얘기만큼은 안 하려고 했는데, 실은 형님이 제 하숙집 선배거든요. 제가 복학생 시절 8개월가량 지냈던 하숙집 아주머니가 종종 "모래시계 검사 홍준표가 우리 집 출신"이라고, "우리 준표가 아무거나 차려 내도 밥을 참 맛있게 잘 먹었다"고 자랑하셨어요. 형님을 검사 만들어 팔자 고치게 해 준 것도 그 밥심이었잖아요.

일언이폐지하고, 형님! '밥의 교육'으로 갈 수 있도록 제발 아이들 '밥상'을 좀 내버려둬 주세요. 한마디만 더 하고 물러갈게요. 이번에 '밥그릇' 빼앗아서 '공부' 쪽으로 돌리겠다고 한 624억 그 돈, 그거 형 거 아니잖아요? 우리 세금이거든요. 맘대로 하지 말고, 물어보고 쓰세요! (2015)

'학원 가기 싫은 날'

    지금은 어떤지 모르겠지만, 10년 전 학교 도서관마다 가장 인기 있는 책은 『만화로 읽는 그리스 로마 신화』였다. 학교 도서관을 맡고 있던 나는 수업을 마치고 도서관으로 들어가면 열람실 곳곳에 너덜너덜한 채로 널브러져 있는 그 책들을 챙겨 서가에 다시 꽂는 일부터 해야 했다. 미용실에도, 은행에도, 심지어 고깃집 놀이방에도 그 책은 있었다. 등장 인물은 모두 '빨래판 복근'의 남자 신들과 울룩불룩한 팔등신 미녀인 여자 신들이었는데, 누가 누구인지 분간도 되지 않는 개성 없는 그림들 일색이었다. '학습'이라는 대의명분에 『그리스 로마 신화』의 아우라를 빌려와서 대박을 터뜨린, 나로서는 이해가 안 되는 좀 희한한 유행이었다. 아버지가 자식을 잡아먹고, 자식이 아버지를 죽이고, 만나는 여자마다 건드리고 바람을 피우는, 불륜과 치정과 패륜으로 도배가 되는 이 '하드코어'가 이렇게 '아동 보호'와 '윤리'를 생명으로 하는 어린이책 시장의 절대 강자로 등극하고, '국민교양도서'가 될 수 있었을까.

그래서 최근 불거진 이른바 '잔혹 동시' 논란이 이해되지 않는다. 문제가 된 「학원 가기 싫은 날」은, 두 번 읽고 세 번 읽으면서 뭔가 처연한 슬픔 같은 것이 느껴졌다. 추운 겨울날, 인간을 위해 가죽 부츠를 남기고 사라진 박쥐와 앙고라 장갑을 남기고 떠난 토끼를 떠올리고(「겨울 선물」), "길들여져 자기가 누군지 잊어버"린 표범의 얼굴에 생겨난 삼각형의 눈물 자국을 보며 "이제 더 이상 고개를 들 수 없겠네, 무엇이 기억나는지"를 묻는(「표범」) 마음자리에서 불쑥 솟아오른 저 충동은 무엇일까.

『그리스 로마 신화』를 뒤덮는 치정, 불륜, 패륜과 「학원 가기 싫은 날」의 충동은 본질적으로 똑같은 '인간의 충동'일 뿐이다. 충동을 언어로 드러내는 것과 행위로써 구현하는 것은 다르다. 그것이 신화와 예술의 영역으로 격상되든, 도덕적으로 단죄되어 쓰레기 처분을 받든, 충동은 우리의 인간다움을 구성하는 소중한 한 원천이라는 사실만은 부인되어서는 안 된다. 모든 시대에서 예술과 쓰레기는 구분되어 왔지만, 구분의 잣대는 당대 사회의 구성물일 뿐이었으며, 근거는 없다. 그러므로, 이번 논란에서 문제가 되어야 할 것은 「학원 가기 싫은 날」이 드러낸 '잔혹함'과 그 배면의 '윤리'가 아니라, 이 충동을 토로하게 한 '현실'이다. 그런데 당사자는 '물고기처럼 날고 싶다'며 자살하거나, 스마트폰에 얼굴을 파묻으면서 묵혀 버리기 때문에 당사자 아닌 이들은 '아는 척 하고'는 있지만 실은 '잘 모르는' 영역일 따름이다. 그러므로 이번 논란의 핵심은 재기 넘치는 상상력과 따뜻한 마음자리에서 불쑥 튀어 오른 「학원 가기 싫은 날」의 비대칭적 맥락이다. 그리고 영어 공부까지 할 수 있도록 영역본을 함께 실어 놓은 출판사의 전략과 「학원 가기 싫은 날」의 섬뜩한 대조를 그려 보는 것도 꽤 의미 있을 것이다.

그런데 논란은 엉뚱하게 종결된다. "일부 크리스찬들이 사탄의 영이 지배하는 책이라고 우려한다"며 지은이의 아버지가 시집의 전량 폐기를 받아들이기로 했기 때문이다. '사탄의 영'이라는 표현을 이런 데 써도 되는 것일까. 만일 '사탄의 영'이라는 게 있다면, 그것이 지금 어디를 지배하고 있는지를 몰라서 열한 살 아이의 동시집에 그런 소리들을 하는 것일까. '아이다움'이라든지, '순진한 동심' 같은 것은 애초부터 존재하지 않았으며, 그저 어른들이 만들어 아이들에게 강요해 온 판타지일 뿐이라는 사실을 정말 모르고 있는 것일까.

새삼스럽지만, 이 나라 아이들이 처해 있는 현실이야말로 잔혹, 엽기 그 자체이다. 청소년 사망 원인 1위가 '자살'인 이 나라의 현실이야말로 사탄스럽다. (2015)

"님들 인성이나 챙기삼"

청학동 훈장님들이 바빠지게 생겼다. 벌이가 시원찮던 안보교육 강사들의 일감이 늘어날 계기가 마련되었다. 그들은 기존의 교육 콘텐츠를 조금 손봐서 이를테면 "김정은의 폭력성이 북한 아이들에게 미치는 영향" 따위 주제를 걸고 학교나 교사 연수에서 강의를 할 수 있게 되었다. 무허가로 난립하던 해병대 캠프도 이제는 인성교육기관 인증을 받음으로써 '합법적으로' 장사를 할 수 있게 되었다. 리퍼트 주한 미국대사의 쾌유를 비는 공연으로 존재감을 드러냈고, 퀴어 페스티벌 반대 공연으로 실력을 인정받은 북춤 선수들도 '공동체성 함양을 위한 건강 북춤' 강좌같은 것을 학교에서 할 수 있게 되었다.

새 천 년이 열린 지도 15년이 지난 시점에 교육 현장을 40년

전으로 되돌리는 기막힌 법이 태어났다. 정의화 국회의장이 대표 발의하여 본회의 참석 의원 199명 만장일치로 가결되었으며, 7월 21일부터 시행되는 인성교육진흥법. 이제 2학기부터 전국 방방곡곡 학교에서 희한한 일들이 벌어질 모양이다.

"올바른 인성을 갖춘 국민을 길러내기 위해"(제1조) 이 법이 제정되었다고 한다. '시민'이 아니라 '국민'이라는 표현을 눈여겨봐야 한다. '인성성취기준'을 정하고 교육 과정을 편성한다고 한다. 효도 1급, 예절 2급 따위 어이없는 인증들이 난립하게 될 것이다. 효도 1급을 따기 위해 어버이를 업고 아파트 단지라도 한 바퀴 돌아야 할 모양이다. 인증의 권능을 독점한 '인성교육범국민실천연합'이라는 단체는 인성 사교육 시장의 기린아가 될 것이다. '인성 사교육 시장'이라니.

이 법이 제정된 데에는 아마도 '종북 좌파'들에게 인권 교육과 시민 교육의 영토를 빼앗긴 데다 "갈수록 이 나라의 아이들이 나약하고 싸가지가 없어져서 큰일"이라는 보수 어르신들의 나라 걱정이 원동력이 되었을 것이다. 그러나 무엇보다 이미 이십대 '영애' 시절에 『새마음의 길』이라는 책을 펴내고 아버지 또래 어르신들을 대상으로 충과 효를 강의하던, 가히 '인성 천재'라 할 우리 대통령의 존재가 가장 큰 힘이 되었으리라고 짐작된다.

그 뜻을 좇아 인성교육범국민실천연합이 지난 몇 년간 열심히 움직인 모양이다. 이 단체의 상임고문인 손병두 씨는 전경련 부회장과 박정희 기념재단 이사장을 지냈고, "간첩이 날뛰는 세상보다는 유신시대가 더 좋았다"고 발언한 보수 우익의 거두다. 출생지를 의심케 하는 놀라운 본토 발음 '아륀지'로 우리에게 잊혀지지 않을 추억을 선사한 이경숙 전 대통령직인수위원장도 있고, "5·16은 역사적 필연"이라는 신문광고로 2012년 대통령 후보경선 당시 박근혜 예비후보에게 힘을 실어준 최성규 목사도 상임고문으로 이름을 올리고 있다.

'효'라고 하니, 아흔네 살 아버지와 두 아들이 벌이는 롯데 일가의 막장드라마가 퍼뜩 떠오른다. '예'라고 하니, 강간인지 화간인지는 알 수 없으나 어쨌든 성관계를 끝내고 여성에게 30만 원을 주었다는 새누리당의 어느 국회의원이 떠오른다. 그들에게 '효'와 '예'를 배양하기 위해 인성 교육 특강을 들어야 한다고 권고하면, 그들은 아마도 '효'와 '예'는 내면의 가치이기 때문에 수업으로 배울 수 있는 것은 아니라고 손사래를 칠 것이다.

세월호 사건을 겪고서 이준석 선장 같은 이들을 만들지 않기 위해 이 법을 제정했다고 한다. 이준석을 앞장세워 자신들은 뒤로 숨고, 세월호로 죽임당한 아이들의 친구들에게 '인성교육법'이라는 회초리를 드는 이 어이없는 폭력이란.

'바르게 살자'는 바르게살기운동본부 하나로 족하다. '착하게 살자'는 조폭들의 팔뚝에 새겨진 시퍼런 글씨로 충분히 으스스

하다. 부질없는 일들 벌이지 말고, 부디, 이 험한 세상에서 당신

들의 인성이나 잘 건사하기를 빈다. (2015)

제 3 부

여기는 어디인가

핵발전소 피폭 노동과의 만남

1999년 9월 3일, 일본 이바라키 현 도카이무라의 핵연료 가공 공장인 'JCO'에서 예기치 못한 핵분열 연쇄반응으로 두 명의 노동자가 사망했다. 스테인리스제 용기로 우라늄 용액을 투입하고 있을 때, 사고가 일어났다. 당시 서른다섯 살 오오우치 씨는 18시버트, 마흔살이던 시노하라 씨는 10시버트의 피폭을 당했다. 오오우치 씨는 현장에서 졸도했다. 그로부터 83일간 오오우치 씨는 일본 의학계가 총출동하다시피 한 연명치료 끝에 형언할 수 없는 모습으로 죽었다. 피폭 나흘째 채취된 오오우치 씨의 골수세포 현미경 사진에는 염색체는 없고 잘려서 흩어진 검은 물질들이 찍혀 있었다. 한 달 뒤 피부 전체가, 위와 장까지 서서히 타서 문드러지기 시작했다. 날마다 10리터가 넘는 수혈과 수액을 반복했고, 천문학적인 분량의 진통제(마약)가 투여되었다. 피부를 이식했지만, 갑옷처럼 굳어졌다. 사망 후 해부에 입회한 의사는 메스로 잘랐을 때, 부욱부욱 하는 소리를 들었다고 한다.

이상은 후쿠시마 사태 이후 우리에게도 널리 알려진 일본의 반핵운동가 고이데 히로아키小出裕章의 저서 『원자력의 거짓말』(고노 다이스케 옮김, 녹색평론사)에서 언급된 내용이다.

지난 일 년 동안 나는 학교를 그만두면 탈핵 운동에 손이라도 보태야겠다는 생각을 하고 있었다. 그리고 공교롭게도 지난 1월 16일 밀양에서 이치우 어르신이 분신자결한 사건을 계기로 이 싸움에 발을 담그게 되었다. 그 사이 우리 지역 식구들과 '탈핵 희망버스'라는 행사도 치러냈고, 지금까지 분신대책위에서 일하고 있다.

이 싸움을 치르며 새삼스러운 인식이 생겨났다. 핵발전소에서 만들어진 전기를 도시 사람들에게 보내는 과정에서 누군가는 날마다 끔찍한 전자파를 맞으며 살아야 한다는 것, 그리고 누군가는 반드시 살던 곳에서 내쫓겨야 한다는 사실 말이다. 그리고 핵발전소에서 매일처럼 피폭당하는 사람들이 있다. 핵발전소가 존재하는 한 'JCO 임계사고' 같은 끔찍한 사고는 반드시 일어나게 되어 있다. 핵발전소는 이 모든 지옥도들을 끌어안고서 큼직한 괴물처럼 웅크리고 있다.

핵발전소를 찾아가다

2012년 2월 7일, 나는 어느 핵발전소로 향했다. 버스 터미널에서 에너지정의행동의 이헌석 대표를 만나 그와 함께 핵발전소에서 근무하는 노동자를 만나러 가는 길이다. 그가 이 인터뷰를 주선해 주었다.

1989년에 영광 핵발전소에서 일하던 노동자의 아내가 무뇌아를 출산하는 충격적인 일도 있었지만, 현재 핵발전소 노동자들의 피폭 관리는 비교적 잘 되고 있는 편이라고 전해 준다. 나는 일본 쪽에서 나온 자료를 몇 건 읽었는데, 발전소 내부는 견학 코스에서 외부인들에게 보여 주는 것과는 많이 다르며, 격납건물 안은 굉장한 파이프 정글이어서 지름 20밀리미터짜리 세관이 어마어마하게 많고, 고온 고압에 엄청난 소음에, 수증기까지 해서 기괴한 풍경일 것이라 짐작하고 있다. '기계의 숲'이라고 해야 할까, 굉장히 초현실적인 이미지일 것이다. 그는 실제 격납건물 안까지 들어가 보았는데, 대충 맞다고 끄덕여 준다.

여기 오기 전에 시립도서관에서 한수원 사보社報 일 년치를 읽어 보았다. 예상은 했지만, 자신들의 노동 과정, 발전소 내의 풍경, 특히 피폭 노동에 대해서는 단 한 줄도 나와 있지 않았다. 당연하다는 생각도 들었다. 어떤 경로인지는 모르지만, 내게도 매달 배달되는 어느 제철회사의 사보가 생태 잡지를 뺨칠 만치 아름다운 전원 풍경과 고향의 이야기들, 푸릇푸릇한 그림들로 가득차 있듯이, 한수원 또한 자신의 맨얼굴을 드러내고 싶지는 않은 것이다.

이런저런 이야기 끝에 발전소에 도착했다. 출입자 카드를 받고, 안으로 들어갔다. 처음 들어가 보는 곳이다. 커다란 격납건물들이 나래비를 서 있다. 바로 곁에서 우뚝 솟은 송전탑들이 뻗어 나가고 있고, 널따란 주차장 곁은 파도가 들이치는 바닷가이다. 현장을 맞닥뜨리니 감개가 무량하기도 하고, 또 한편 심란하다. 이들도 언젠가는 자연으로 되돌아가야 할 텐데, 얼마나한 세월이 걸릴까, 원래의 자리로 되돌아갈 수 있기나 할까, 아무래도 어려울 것이다. 멀쩡하지만, 시간을 기약할 수 없는, 돌이킬 수 없는 공간이다, 이곳은.

한수원 노조 사무실에서 한수원의 협력업체인 방사선 안전 관리 회사의 노조위원장을 만났다. 큰 덩치에 곱슬머리를 한, 마음씨 좋은 동아리 선배 같은 인상이다.

작업 분야에 대해 먼저 물었다. 격납건물 안에서 일하는 노동자들의 피폭을 관리하는 분야와 폐기물 처리, 그리고 보건물리 파트가 있다고 한다. 발전소 내부 묘사를 부탁했더니 자신이 없다고 한다. 아마, 처음 접해 보는 질문일지도 모르겠다. 노동 과정을 묘사해 달라고 하니 또 한번 머리를 긁적인다. 그냥 편하게, 하루 일과를 묘사해 달라고 부탁했더니, 꽤 오랜 시간 자세하게 설명을 해 주었다.

원자로가 있는 격납건물 안에 작업자가 밸브를 교체하러 들어간다고 치자. 경계지점에 있는 보건물리실에서 작업허가서를 확인한다. 작업 내용과 주변 방사선량을 판단해서 어떻게 방호조치를 하라고 보건물리 담당자가 작업자에게 이야기해 준다. 그리고 작업자는 TLD라는 열형광 선량계와 ADR이라고 수치로 방사선량이 표시되는 자그마한 기계 두 개를 받아 착용한다. 고선량 구역이라면 방호복 하나를 더 입고, 신발덮개를 하고 장갑을 더 낀다. 피폭이 많이 되면 작업을 중지시켜서 다른 작업자들을 투입시킨다.

일을 마치고 나오면 안에서 썼던 물품들에 대해 오염 검사를 한다. 오염이 안 되었으면 옆으로 나와서 일차 방호복을 다 벗고 반팔 티셔츠와 반바지를 입는다. 나오면서 모니터 앞에서 한 번 더 오염검사를 한다. 정해진 수치 이상이면 알람이 울린다. 보건물리원이 검사를 해서 그 부분을 제거한다. 그래도 오염 제거가 안 되면 밖으로 나가서 샤워장으로 가서 씻는다. 청정구역으로 나오면 한 번 더 토탈 모니터에서 오염검사를 한다. 도합 세 번이다. 그러고 나서 퇴근을 한다. 고선량 지역에서 작업한 이들은 나오는 즉시 소변을 제출해야 한다.

나중에 이헌석 대표가 이 이야기를 보충해 주었다. 피폭 체크하다가 알람에 걸리면 옷을 벗고 씻게 된다. 외부 피폭을 때수건으로 벗겨내는 것이다. 씻고 또 씻었는데 또 걸리면 그때는 털을 밀게 된다. 심지어 머리털을 미는 경우까지 있다고 한다. 모공에 묻은 오염물질을 제거하기 위해서다. 그런 상황에서 계속 울려대는 알람 소리에 노동자들은 심리적으로 굉장히 위축된다는 이야기다.

다른 질문을 던졌다. 일본의 핵발전소에서 배관전문가로 일하다 암을 얻었고, 이후 반핵운동에 열정적으로 참여하다 세상을 떠난 히라이 노리오平井憲夫의 글에서 본 이야기를 전하며 실제로 그런 일이 있는지를 물어보았다. 가동 중인 원자로에서 커다란 너트 하나가 풀어졌던 적이 있었다고 한다. 가동 중인 원자로의 방사능은 정말 엄청나서 너트 하나를 조이는 데에 30명을 준비시키고, 한 줄로 세워서는 릴레이하듯 신호와 함께 7미터 정도 앞에 있는 너트까지 뛰어가는데, 그동안 '하나 둘 셋' 헤아리기만 해도 이미 경보계가 울려버리곤 해서, 너트를 조금 조이기만 하면 되는 단순한 일에도 이런 우스꽝스럽고 서글픈 풍경이 그려진다는 이야기였다.

별로 과장이 아닐 거라고 한다. 실제로 납조끼를 입혀서 작업을 하는 경우도 있고, 고선량구역에서는 10초, 20초짜리 작업도 있다고 한다. 경보계가 울릴 때, 노동자들이 놀라지 않는지를 물었다. 만성이 되어서 별로 놀라지는 않는다고 답했다. 그냥 덤덤하게 마무리하고 나온다는 것이다.

대화가 이어지면서 나는 피폭 노동의 실상과 위험성을 추궁하고, 그는 이런 우려가 근거 없다고 답하는 방식으로 패턴이 형성되었다. 벌써 여러 번 그런 쳇바퀴를 돌았다.

"하고 있는 일이 뭐냐?" 사람들이 물어요. "발전소에서 근무한다"고 하면 대뜸 "위험하지 않아요?"라고 또 물어요. 이 안에서 일하는 사람의 입장에서 보면, 사실 그건 과장된 부분이 많아요. 홍보가 안 되어서 그런 거죠. 디테일한 부분까지 설명하기는 힘들어요. 제가 말씀드릴 수 있는 건, 충분한 조치들을 취하고 있고, 위험을 관리해 주는 체계가 있고, 거기 따라 일을 하기 때문에 저희들은 최소한 안전성에 대해서는 의문을 갖지 않는다는 거죠.

나도 지지 않고 캐묻는다. 지금까지 자잘한 사고도 많이 났고, 잔고장과 가동 중단도 적지 않았던 것으로 알고 있다, 다 사람이 하는 일인데, 예컨대 세관이 파손되거나 절단되거나, 연료봉이 손상되거나, 하는 일도 있지 않았느냐, 그런 일들이 노후화된 원전에서는 더더욱 많은 것으로 알고 있다, 운운. 나의 이런 추궁성 질문에 대한 그의 답은 다시 한 번 쳇바퀴를 돈다.

그냥 있는 물건도 시간이 지나면 낡아가는데, 발전소라고 뭐 다르겠습니까? 최대한 그런 부분들을 방지하기 위해 우리가 일 년에 두 달씩 원자로를 멈추고 예방정비를 하는 거고, 사실 저는 방사선 안전관리 파트라서 설비 부분은 잘 몰라요. 그렇지만, 어떤 부분들이 갑자기 파손되거나 했던 기억은 없구요, 작업자들의 실수로 갑자기 격납건물 안의 방사선 농도가 높아지는 경우는 더러 있었지요. 후속조치를 완벽하게 못 해 놓고 갔을 때, 압이 걸려서 터질 수도 있구요. 그때는 산소호흡기를 차고 가서라도 합니다. 빨리 발전소 안의 농도를 떨어뜨려야 하기 때문에.

그런 작은 사고들, 있습니다. 있고. 그런데 모든 것을 다 감시를 할 수가 없듯이, 하나의 문제가 발생했을 때 얼마나 신속하게 처리하느냐, 그게 더 중요하지요. (…) 여기서 일하는 분 중에 암에 걸렸다거나 하는 이야기는 들어본 바 없습니다. 1997년부터 여기서 일했는데, 그런 일은 한 번도 보지 못했어요.

대화는 평행선을 달릴 수밖에 없다. 이분의 말씀이 정직한 고백일 수 있겠다는 생각도 들었다. 발전소를 나와 근처 횟집으로 자리를 옮겼다. 술잔을 돌리며, 얼근히 취했다. 대학생 때는 논다고 운동이란 것도 모르고 살다가, 노조를 만들고 일선에 서게 되었다 한다.

그 무렵 나는 퇴직 직전이었다. 좋은 직장인데, 왜 그만두었냐고 그가 물었다. 마음이 힘들어서 그랬다고 나는 답했다. "대학 가면 괜찮아질 거야. 넌 잘 해낼 거야", 아이들에게 이런 식으로 말하는 것이 사기일지도 모른다는 자각으로 괴로울 때가 많았다는 이야기도 전했다. 나도 술기운을 빌려 솔직한 질문을 던졌다. 1979년에 미국 스리마일 핵발전소에서 사고가 났을 때, 일본의 어느 핵발전소 노동자가 자살을 했다는 이야기를 들어본 적이 있느냐, 오늘 와서 이야기를 들어보니, 시스템이 잘 되어 있다는 것은 알겠다, 그러나, 과연 당신들은 그렇게 확신을 하고 있느냐, 사실 나는 학교 생활이 너무 우울해서 더 우울해지지 않으려고 그만둔 거다, 당신들도 나 같은 그런 순간이 있을 것이다, 그런 이야기를 해 달라고 부탁했다. 서로들 취한 기분에는 그런 이야기를 나누어도 될 것 같았다. 한동안 침묵하던 그가 이렇게 답한다.

대학 때 공부를 좀 더했더라면, 더 괜찮은 대학을 갔더라면, 하는 생각을 합니다. 같은 발전소 안에서 일하는데, 한수원과 우리 '방사선 안전관리'는요…… 계급이 달라요. 임금이 절반 수준도 안 돼요. 저희들을 두고 누군가는 그냥 '발전소에서 청소하는 사람들'이라고 표현을 합니다. 자괴감이 들죠. 우리 회사는 한수원하고 3년마다 계약 갱신을 합니다. 올해가 그해예요. 우리는 우리 회사에서 정규직이지만, 사실은 3년짜리 비정규직이죠. (…) 우울한 일들 많이 있습니다, 있구요. 그게 발전소라 해서 일반 회사에서 겪는 일들하고 본질적으로 다르지는 않아요. (…) 후배들한테 이야기해 주고 싶은 게 있어요. 사회 생활 처음이 정말 중요하다. 시작할 때 한수원으로 와라…… 이런 이야기, 꼭 해 주고 싶어요.

고이데 히로아키 선생이 누누이 강조하는 '핵발전이 야기하는 차별 구조'의 한 단면을 날카롭게 느꼈다. 그리고 그에게서 히라이 노리오에게서 들었던 것과 같은 신랄한 고백을 이끌어내려 했던 내 태도가 온당치 않았다는 생각이 들었다. 몇 시간 동안의 만남이었지만, 그는 선하고 또 양심적인 사람이라고 느껴진다. 그러나 그가 핵발전 자체를 비관하게 된다면 이 일을 지속할 수 없을 것이다. 이 또한 '핵발전이 야기하는 차별 구조'의 한 단면일 것이다.

남은 시간, 왁자지껄 떠들며 술잔을 돌렸다. 즐거운 자리였다.

두 번째 방문

그는 내게 발전소 정비 업무를 맡고 있는 분들을 만나볼 것을 권했다. 자신들의 방사선 안전관리 파트보다 피폭 노동에 더 깊이 다가가 있기 때문이다. 그러나, 역시 현장 노동자를 만나지는 못하고 그 업체의 노조위원장을 만나게 되었다.

얼마 뒤, 나는 친구가 운전해 주는 차를 타고 다시 그 발전소로 갔다. 몇 차례 소지품검사를 거쳐 들어간 노조 사무실은 먼지 하나 없이 깨끗했고, 노조 깃발과 깔끔한 소파까지 교장 선생님 집무실 같은 느낌이었다. 『녹색평론』에서 왔다고 소개하니, 그는 대뜸 "거기 반핵이잖아"라며 너털웃음을 지었다. 그리고는 억센 사투리로 이렇게 말한다. "내는 59년생인데, 여(기)서 28년간 일했거든요. 눈썹도 안 빠졌고, 우리 애가 손가락이 여섯 개라든가, 이런 일 없었어요. 에나지 중에서 제일 깨끗한 기(것이) 물이고, 그 다음은 핵 아입니꺼?"라고. 여러 모로 인터뷰하기에는 적당치 않다는 느낌이 왔지만, 달리 다른 길이 없었다. 나도 함께 웃으며, 준비해 간 질문을 던지면서 이야기를 나누었다.

그는 모든 질문에 꽤 자세하게 성실하게 답해 주었지만, 노동 과정과 발전소 내부에 대한 묘사보다는 주로 '시스템'에 대한 설명으로 시종했다. 이 내용들을 굳이 이 지면에 옮길 필요는 없을 것 같다. 원자로 정비 업무 매뉴얼에도 충분히 나올 것이므로.

인터뷰를 마치고 나오는 길에 그 회사 사보를 여러 권 얻어 왔다. 집에 와서 살펴보니, 여기에는 그와의 인터뷰에서 들을 수 없었던 작업자들의 체험담이 일부 실려 있다. 인터뷰보다는 이게 더 실감이 나서 몇 대목을 옮겨 본다.

한여름 날씨도 무더운데 운전 중인 터빈홀은 한증막 사우나와 같아서 온몸은 비를 맞은 양 땀으로 뒤범벅이 되었지만 서로 머리를 맞

대면서 소통하고 협력하면서 차근차근 준비해 나갔다. (…) 직원들에 대한 작업 강도는 점점 가중되어 갔다. 고참 직원들 머리에는 흰 머리카락이 부쩍 늘어나고 있었다. 교대근무 또한 3조 2교대에서 12시간 맞교대로 시행되었고 출근한 지 3일 만에야 퇴근하는 경우도 종종 발생하였다. (2012년 1월호)

관리구역 내 높은 온도로 인하여 오랫동안 작업을 하다 보면 육체적으로 피로가 누적되어 무척 힘들었는데, 20킬로그램의 납조끼를 입고도 몇 시간째 지칠 줄 모르고 일하는 선배님들의 열정과 체력을 보고 정말 놀랐습니다. (2011년 11월호)

또한 원자로의 피더관 제거에는 하루에 약 400명의 직원이 원자로 건물 안에 투입되어 고열, 고방사선, 고소 지역에서 안전벨트 하나에 몸을 의지한 채로 방사화된 피더관을 쇠톱으로 절단하여 철거했다. (2011년 10월호)

그러나 그는 굳이 이런 이야기를 하고 싶어하지는 않는 것 같았다. 시스템에 대한 설명뿐 아니라 자기네 회사의 높은 기술력과 단결된 모습을 이야기하는 데 많은 시간을 할애했다. 위험한 일을 하는 사업장에서는 어느 정도 비슷하겠지만, 여기서도 군대식의 남성주의적 분위기가 꽤 만연해 있는 것 같다.

함께 간 친구가 오작동의 가능성을 물으니, 메인 컨트롤 룸에서 감시하고 있다가 자동으로 꺼버린다고 한다. 가슴팍에 차고 있는 방사능 계측기에서 알람이 울리면 어떤 느낌인지를 물었더니, 알람 친다고 그냥 나오면, 정비 불량이 되니깐 알람 울려도 다 하고 나온다고 답한다. 내부가 어떤지를 물었더니, 거기는 안방이라고 생각해도 된다고, 자도 될 정도라고 말했다. 그래도 지진 같은 거 오면 위험하지 않겠느냐고 물으니, 발전소 건물은 지진이 나면 흔들리다가 자동으로 정지하게 되어 있단다. 그러다가 다시 가동된다고, 그렇게 안전 장치가 있고, 예비 기기가 작동하게 되어 있단다. 장황한 설명 끝에 달라붙는 이런 이야기들이 차라리 여운으로 남는다.

실질적으루요, 언론이나 어디서 문제 생기면 어떻다 저떻다 떠들지만요, 정말 우리들 건강은 어떤가, 걱정하는 사람은 없어요. (…) 우리는요, 작업 들어가면 손 지문 하나 안 남기려고 신경을 씁니다. (…) 그렇게 고생해서 발전소를 돌려 놓으면요, 이 사람들은 아쉬운 줄을 몰라요.

헤어질 무렵, 인터뷰에 응해 주어서 고맙다는 인사로 준비해 간 밀양얼음골 사과 한 상자를 전해 주었다. 그는 인터폰으로 누군가를 부르더니 자기 차로 옮겨 놓으라고 지시하였다. 좀 이어

젊은 노동자가 나타나 사과 상자를 옮겨갔다. 그는 카리스마 넘치는 노조위원장이었고, 자신감이 넘쳤다.

그와 인사를 하고, 사무실을 나왔다. 검색대로 나오니 작업복을 입은 한 남성 노동자가 휴게실 의자에 앉아 쉬고 있었다. 완전히 녹초가 되어 휴게실 의자에 눕다시피 앉아 있는 그분을 바라보며 문득 지금까지 나눈 대화의 실감이 무너지는 것을 느꼈다.

중요한 사회적 의제가 되어 마땅한 핵발전 노동자들의 노동조건, 나누어 져야 마땅한 고통들을 옴팡 뒤집어쓰고 있음에도 발설 자체를 꺼리는 그들의 내면화된 자기 검열, 두루 안타까웠다.

유가족들을 만나다

노조위원장과 나눌 수 있는 이야기의 한계란 분명했다. 그렇다고 그가 거짓을 말한 것도 아닐 것이다. 답답한 마음에 동국대 의대 김익중 교수를 찾아갔다. 그는 익히 알려진 대로 탈핵 운동 진영에서 왕성하게 활약하는 강연자로, 방폐장 문제로 맞서 싸우는 열정적인 운동가이기도 하다. 그의 소개로 핵발전소에서 일하다 세상을 떠난 노동자들의 유가족 몇 분을 만나게 되었다.

그 중에 두 분과의 만남을 옮겨 적는다.

먼저 만난 이는, 작년에 핵발전소에서 일하던 아버지를 잃은 딸이었다. 아버지는 한수원 협력업체에서 핵발전소 터빈을 관리하는 엔지니어였고, 작년 여름 급성 림프구성 백혈병으로 세상을 떠났다. 그는 스물아홉의 마음 깊은 처녀였다. 초등학교 4학년 늦둥이 동생과 홀로 된 어머니를 생각하며 이 싸움에 매달리는 중이었다. 그가 갖고 나온 자료들은 감탄을 불러일으켰다. 아버지의 산재 판정에 필요한 온갖 서류들과 언론에 보도된 핵발전 관련 기사들을 거의 빠짐없이 스크랩한 파일이었다. 세상 일이나 정치에는 별 관심이 없던 그도 아버지가 세상을 떠나는 모습을 지켜보면서, 산재 신청을 둘러싼 복잡한 과정들을 겪으면서 문제 의식이 깊어졌다. 지난 3월 10일 후쿠시마 1주년 기념 집회 때는 가족들을 이끌고 서울에까지 다녀왔다고 한다.

아버지는 일 년에 몇 번씩 발전소를 옮겨 다니며 출장 근무를 했고, 거기서 몇 달씩 일하다 몸무게가 7~8킬로그램이나 빠진 채 집으로 돌아왔다. 그러나, 아버지가 돌아가신 뒤, 한수원에 정보공개청구로 받아낸 아버지의 피폭 카드에는 고작 2000~2001년 두 해 동안의 1.71밀리시버트만 기록되어 있었다. 어처구니없는 일이었다. 수기를 전산으로 옮기다가 누락되었다고 하는데, 그렇게 오랜 시간 발전소에서 일을 했건만, 피폭 기록 자체가 아예 없는 해도 적지 않았다. 협력업체 직원들에 대한 피폭 관리는 이런 수준이다. 자동제어 출입 시스템이 마련되지 않았을 시기에 긴급 출동할 때는 출입카드 없이 들어가는 일도 허다했다 한다. 그리고, 아버지의 피폭 기록을 확보하기 위해 동분서주하는 딸을 대하는 한수원의 태도는 치졸했다.

감시하는 사람이 또 한 명 따라붙더라구요. 서울에서 내려왔다더군요. 그리고 마지막에 헤어질 때쯤, 한 분이 제게 명함을 주려고 하셨거든요. 습관이라는 게 있잖아요. 그런데, 감시하는 그분이 제지를 하시더라구요. 명함을 못 주게끔. 그랬더니, 싹 집어넣더라구요. 우리 유가족들한테 어떤 조그마한 정보라도 안 주려고 저렇게까지 하나, 돌아와서 전화를 했어요. 불쾌했다고, 유가족이 갔는데 감시하는 사람에다 명함도 못 주게 하고 이게 뭐냐고…… 그랬더니, 명예훼손했다고 버럭대는 거예요. 무슨 명예훼손이냐 했더니, 그 사람은 감시하는 사람이 아니고 직원이다, 왜 사람을 그런 식으로 몰아붙이느냐, 그런 식으로 말하려면 앞으로 전화하지 마라, 말도 안 되는 꼬투리를 잡아서는 버럭대는 거예요. 그 뒤로는 한수원 쪽으로 전화를 안 해요.

아버지는 작년 여름 울진 발전소에서 출장 근무하던 중에 너무 아파서 통증을 참지 못하고 직접 운전해서 집으로 돌아왔다. 그리고 보름 만에 급성 백혈병으로 세상을 떠났다. 아버지가 일했던 시절, 격납건물 안은 너무나 더워서 땀이 쉴 새 없이 흐르고, 숨쉬기조차 힘들었다고, 어마어마한 소음이 있었다고 한다. 그러면서도 안전하다고들 하니, 그렇게 믿고 싶었던 것이리라. 하긴, 안다고 한들, 달리 무슨 수가 있었겠는가.

아버지는 생전에 별 말씀이 없었다 한다. 후쿠시마 사고 때 같이 뉴스를 보면서 우산이랑 일회용 우비를 사 두어야 한다고 딸이 말하니, "아빠도 피폭을 당했는데 살아 있다. 이 정도 비 맞아도 안 위험하다"고 타박했다 한다. 그러고는 몇 개월 뒤 그렇게 급작스럽게 세상을 떠난 것이다. 아버지는 병상에서 이렇게 쓸쓸하게 뇌까리곤 했다. "안전하다, 안전하다 그렇게 교육을 받았는데, 내가 이렇게 됐구나"라고.

아버지는 무균실에 와 있을 때까지도 업무를 보아야 했다. 젊은 직원들이 모르는 게 많으니 계속 전화로 묻는 것이었다. 가족들은 이 상황에서 무슨 일을 하시냐며 만류했지만, 아버지는 "해 달라는데, 마무리는 해 주어야지"라며 무균실에서도 회사 노트북으로 일을 했다고 한다. 그런데도 계속 전화는 왔다. 받으면 안 되는데, 절대 안정을 취해야 할 분에게 자꾸 전화가 오니 딸은 애가 탔다. 아버지도 "없다 해라. 없다 해라" 하는데, 이미 받아버린 전화를 어떻게 할 수도 없고, 아버지는 "그럼 주라"면서 통화를 한다. 긴 통화 끝에 아버지는 이렇게 말한다. "나 죽을지도 모른다. 이제 그만 전화해라." 아버지가 돌아가실 무렵의 이야기는 슬펐다.

상태가 자꾸 나빠져가니깐, 병원에서 환자 백혈구를 저희한테 구해 오라는 거예요. 오전 12시 30분에 말하고는 3시까지 구해 오라고 하더라구요. 그때는 토요일이고 자기들은 퇴근해야 하니까 그 전에 구해오라는 거죠. 제 친구들 중에 아버지와 피가 맞는 사람들은 이미 한 번씩 피를 다 뽑았거든요. 일주일 이내에 다시 하면 안 돼요. 다른 친구들은 서울 가 있어서 당장 안 되고, 그래서 제가 길거리로 나가서…… 지나가는 분을 붙잡고 사정했어요. (…) 그래서 한 분이 백혈구를 뽑아주셨어요. (…) 이미 늦었지요. 아버지가 그 백혈구를 맞으며 돌아가셨어요.

핵발전소가 없었더라면, 아버지가 거기서 일하지 않았더라면, 이런 사연은 없었을 것이다. 초등학교 4학년 늦둥이 동생을 위해 스물아홉 살 누나가 아버지의 피폭 노동 근거를 확보하기 위해 온 데를 찾아다닌다. 노회한 한수원 담당자와 통화를 하고, 승부가 정해져 있는 입씨름을 하고, 결국 그와의 통화를 녹음하고 공증을 받아야 하는 이런 일들도, 핵발전소가 없었다면 일어나지 않았을 것이다. 그리고 오십대 후반의 아버지는 지금 열한 살 늦둥이 아들과 운동장에서 축구를 하고 있을지도 모른다.

홀로 버텨야 했던 6년의 세월

이분의 주선으로 남편의 산재 보상을 위해 소송 중인 한 유가족을 만났다. 50대 초반의 아주머니다. 25년간 핵발전소에서 일하던 남편이 췌장암으로 돌아간 지 7년, 그동안 세 자식을 키우며 혼자 몸으로 살아왔다. 그리고 아직까지도 산재 인정은 이루어지지 않았다. 그 신산한 이야기를 듣기 위해 어느 일요일 오전, 바닷가에 있는 찻집에서 그를 만났다.

애 아빠가 나온 학교가 박통 때 유명했던 공고였거든요. 졸업하자마자 바로 발전소로 발령을 받아왔어요. 그때 근무하던 사람 중에 동기하나는 폐암으로 돌아갔고, 위암 수술해서 아직 생존해 있는 사람도 있고, 하나는 방광암이고. 애 아빠 동기생들 중에 같이 이 발전소로 온 사람이 50명인데, 그 중에 지금 7~8명이 암투병 중이거나 돌아갔어요. 이제 겨우 50대 초반인데.

남편은 입사하고 나서부터 발병할 때까지 대부분의 시간을 발전소 내 방사선 관리구역에서 일했다. 성정性情이 그래서 관리직 상사들과 부딪치는 게 싫었고, 앉아서 하는 근무를 못 견뎌했다. 지금이야 전자제어장치가 있지만, 예전엔 입·출입 관리가 허술했던 것 같다. 그리고, 방사선을 많이 맞아야 회사에 충성한 것으로 여겨지는 분위기가 있었던 모양이다. 그래서 발전소에 비상이 걸리면 바로 뛰어들어가는 식이었다. 어떤 이는 경보계를 서랍에 두고 가서는 하루 종일 맞은 경우도 있었다 한다. 그렇게 일하기를 25년, 사십대 중반의 혈기 좋은 남성에게 병마가 찾아들었다.

맨 처음에는 위암 초기랬어요. 그렇게까지 큰 통증은 아니었는데, 조직검사하고 난 뒤부터 너무 아프다는 거야. 그 부위 조직을 탁 떼내서 그랬을 거예요. 그래서 응급실에 싣고 갔지. 계속 진통제를 맞아도 아프다고 그러는 거라. 인턴이 보더니 췌장염이다 싶어 췌장 약을 쓰니 안 아프다더라구요. 열흘 뒤에 결과가 나왔는데, 췌장암이랍디다. 전이가 다 된 상태라서 손을 쓸 수가 없다면서. 급성에 다발성으로. 의사도 이런 환자는 처음 봤다는 거예요. 신체는 너무 건강해서 20대인데, 아침에 찍고 나면 저녁에 또 어디로 번졌다고 그러는 거라. 자기들도 볼 때마다 깜짝깜짝 놀란다면서, 순식간에 임파선이고 뭐고 다 번져 버리더라고.

실제로는 이보다 훨씬 높겠지만, 어쨌든 기록으로 남아 있는 남편의 피폭량은 총 98.32밀리시버트이다. 그것도 모두 체외 피폭일 뿐, 체내 피폭은 모든 해에 걸쳐 제로다. 남편뿐 아니라 내가 이 인터뷰 과정에서 만난 세 사람의 유족들이 보여준 피폭 기록에서도 세 사람 모두 체내 피폭은 제로다. 체외 피폭은 그 자리를 피하거나, 씻어내면 된다. 그러나 체내 피폭은 소화기관과 여러 장기에 방사성 물질이 잔류하면서 방사선을 뿜어내기 때문에 그 영향이 막대하다. 그런데, 이게 작업 직후에 실시한다는 소변검사로 어떻게 제대로 잡히겠는가. 핵발전 노동자들이 피폭을 많이 당한 날에는 일 끝나고 꼭 마신다는 맥주는 또 무슨 역할을 하겠는가.

결혼하고 얼마 있다가 애를 가졌는데, 이 아이가 잘못될까 걱정이 컸어요. 집에서는 남편이 장손이니까 아들이 있어야 한다고 하는데, 우리는 손발이 제대로 있을지가 걱정이었으니깐. 종종 방사선 많이 맞았다면서 맥주를 마시고 들어왔어요. 샤워를 하고도 검색대에서 소리가 나면 그 소리가 안 날 때까지 씻고 또 씻는 거라. 밀가루 반죽을 얼굴 팩 하듯이 바르면 땀구멍으로 나온다고, 그런 것도 했대요. 어떤 때는 속옷이 틀린 거라. 바람난 사람같이. 오늘 피폭 돼서 속옷 태운다고, 버리고 왔다는 거라. 우리는 흘려듣는 거예요. 심각하게 안 듣잖아. 체르노빌이나, 후쿠시마 때문에 지금은 그런 이야기가 와 닿는데, 옛날에는 그냥 그런가 보다, 그러고 살았어요.

물론 지금은 남편이 근무하던 20년 전과 비교했을 때 관리 자체는 확실히 달라져 있는 것 같다. 그러나 원자로가 개벽을 한 것도 아닐진대, 관리가 달라졌을지언정 피폭 노동 그 자체는 달라지지 않은 것이다.

저는 어느 한 곳에 들어가야 방사선을 쐬고 그러는 줄 알았는데, 문을 열고 들어가자마자 (가슴에 찬) 기계가 삐삐삑 운대요. 들어가자마자 쐬는 거예요. 방호복을 입고 들어가는데, 우주복이나 되는 줄 알았는데, 그냥 옷인 거라. 기계를 차고 들어가는데, 냉각수 있는 데서 아래를 들여다보면 떨어진대요. 그래서 청테이프로 봉한다는 거라. 그래서 자기가 얼마큼 맞는 거를 모르고 일한다는 거예요. 나와 봐야 안다는 거죠. 방사선이 엄청 센 쪽으로 들어가서 일할 때는 한 사람이 뛰어서 들어가고, 나머지는 기다리고, 들어갔다 나왔다, 서로 교대로 일을 한다고. 그보다 더 센 곳은 로봇 기계가 들어가고. 거기는 소음이 너무 강해서…… 애 아빠는 한쪽 귀가 안 들렸어요. 어느 날에는 텔레비전을 엄청 크게 해 놓고 보고 있는 거라. 좀 줄이라, 소리를 치니까 귀가 안 들린다는 거라.

남편은 자상한 사람이었다. 식구들이 다 눈앞에 있어야 하고, 어디를 가든 식구들을 다 데리고 다녔다. 3교대 8시간으로 야간 근무를 하고 나면, 사흘씩 쉬었다고 한다. 그러면 세 아이들 학교도 유치원도 필요 없이 무조건 여행을 했단다. 가족들과 좋은 기억이 많다는 거, 아이들한테는 추억인데, 본인은 숨이 막힌다고 아내는 쓸쓸하게 덧붙인다. 남편이 아플 때, 협력업체에서 친했던 분이 와서 오백만 원을 병원비에 보태라고 주었다고 한다. 남편은 도저히 못 쓰겠노라고 나 죽으면 고아원 같은 데 기부하라고 부탁했다. 그러나 워낙 돈이 급하니 지금 쓰고 나중에 기부하겠다던 아내의 약속은 아직 지키지 못하고 있다. 사춘기이던 막내아들은 아버지가 세상을 떠난 뒤 근 2년을 학교 도서실에서 지냈다고 한다. 아이가 어리니 내가 정신을 안 차리면 큰일 난다는 강박으로 아내는 생업 전선에 뛰어들었다. 그가 맞닥뜨린 건 혼자 몸으로 이끌어가야 하는 집안 살림, 산재 인정을 받는 과정에서 만난 수많은 벽들이었다. 직장 동료들, 산업안전보건연구원 사람들, 근로복지공단 직원들, 누구도 남은 자의 고통을 슬픔을 헤아려 주지 않았다. 그리고 무심했다. 변호사 선임할 돈이 없어 국선 변호사로 소송을 하니, 판사가 왜 변호사 선임을 안 했냐고 묻더란다. 그래서 "변호사 살 돈이 없었다"고 하니, 판사는 변호사가 물건이냐며 버럭 화를 내더란다.

그 7년간의 세월을 어찌 필설로 그려낼 수 있으랴. 다만 아내의 움푹 꺼진 눈과 말할 때마다 젖어 가는 눈시울을 보며 짐작만할 뿐이다. 나는 고개를 숙이고 이야기를 들었다.

말로 표현 몬 해요. 애들 앞에서 말도 못 하고. 큰 애 둘은 대학생이 되어 떨어져 나가니 좀 괜찮았는데, 중학생 아이한테는 내색을 못 하잖아요. 밤에, 바닷가에 와서 혼자 펑펑 울고, 성당 가서 울다가 오고. (…) 둘째가 어릴 때 침대에서 떨어진 적이 있어서 수술을 해 주어야 하는데, 턱이 비뚤어지니까, 그게 건강보험이 안 되는 거라. 수술비가 2천이 넘더라구요. 사택에서 나가라니까 작은 집을 샀어. 얼마 남지도 않은 돈에 수술비까지 그렇게 대고 나니 돈이…… 돈이 딱 끊어진 상황에서 안 쓰고도 고정으로 나가는 게 애들 학자금, 생활비, 결국 식당 주방 일을 시작했죠. 여자가 일을 하니 한 달에 돈 백만 원 받는 게 힘들었어요.

산재 신청 때문에 의사 소견을 세 번 받았어요. 판사가 지정해 준 병원들인데, 법원에서 해 줘라 한다고 의사가 당장 해 주는 게 아니더라구요. 어떤 때는 소견 받는 데만 일 년이 걸렸어요. 두 달 뒤에 오라 해서 가 보면 서류가 회신이 안 왔다, 또 가면 회신이 안 왔다, 두 달씩 두 달씩 넘어가더라구요. 나중에는 (근로복지) 공단 측에서 시간이 없어서 못 한다, 또 두 달이 넘어가고. 기다리는 사람은 숨이 탁탁 끊어지는 거라.

남편의 피폭량은 수없는 누락이 있었겠지만, 그 자체로도 작지 않았다. 이보다 낮은 수치로 산재 판정을 받은 경우도 여러 건이다. 다만, 근로복지공단 소속 질병판정위원회라는 의사들의 집단은 '인과확률 계산법'을 들이대며 남편의 병과 피폭 노동과의 인과율이 정해진 기준에 미치지 않는다는 이유로 산재 인정을 거부했다. 오직 국가와 핵발전 사업자가 자신들의 책임을 모면하기 위해 만들어 놓은 올가미일 따름인 이 인과확률 계산법. 그래서 아내는 법원에 제소를 했고, 6년 만에 1심 승소 판결을 받아냈다. 이쯤 하면 근로복지공단은 산재 보상금과 급여를 지급하는 것이 맞다. 항고 기한 마지막 날은 크리스마스 이브였다. 가족들은 아버지가 준 성탄선물이라 생각하며 그날 하루가 무사히 넘어가기만을 기다렸다. 그러나 그 마지막 날, 근로복지공단은 고등법원에 항고했다.

속병이 다 생기는 거라. 살다 살다 이런 일도 본다. 판사가 암만 판결을 해도 소용이 없고, 의사 소견이 아무리 좋아도 소용이 없고, 옛날에 근로복지공단 직원이 의사 소견서만 제대로 나오면 소송 안 하겠다 그래 놓고서, 의사 소견서가 제대로 나오니까 또 항고를 하고. 누구 말을 믿어야 될는지 모르겠는 거라. 스트레스를 받으니까 위가 다 망가지고.

그는 지금 신경안정제를 먹고 있다. 남편이 돌아간 뒤부터 수면제를 먹는데, 신경안정제까지 같이 먹게 되었다. 수면제를 먹으면 일고여덟 시간을 정신없이 자야 하지만, 겨우 서너 시간을 잔다는 것이다. 그러면서 직장 일을 다니고, 여기저기 병원과 법원을 쫓아다녀야 한다.

일을 하니까, 재판 때마다 갈 수가 없거든요. 중학교 급식소로 옮겼
는데 방학 때는 쉴 수가 있는데, 그때는 또 재판을 안 해. 학교 급식
은 연·월차가 있어도 쓰기가 뭣해요. 한 사람이 빠져서 다른 사람을
넣으면 일이 잘 안 돌아가거든요. 그래서 빠지는 게 눈치가 보이는
거라.

그렇게 힘들게 법원을 간다. 그런데 이 재판이라는 게 또 어이
가 없다. 세 사람, 판사와 변호사 두 사람이 서로 주거니 받거니
마주 보고 앉아서 "이거 해 줘야 하는 거 아니에요? 어떻게 생각
해요?" 판사가 이러면, 저쪽 변호사는 "자료 한 번 더 받아 보고
요" 답하고, 판사는 "그렇게 할까요? 두 달 뒤에 다시 합시다" 이
러면 끝난다는 것이다. 딱 세 마디, 일 분도 안 돼서 심리가 끝나
는 것이다.

돌아오면 어떻게나 화가 나는지, 마음을 주체할 수 없다. 성모
상 옆에 세워둔 남편 사진을 째려본다. 사진 속에서 남편은 웃고
있다. "지금 웃음이 나와?" 이러면서 아내는 사진을 엎어 둔다.
그러면 딸이 다시 사진을 세워 놓는다.

그래도 아내는 매달 미사를 봉헌하고, 수도회 수사님들이 남
편을 위해서 기도해 주고 있다는 엽서를 보내 주면 그걸 받아 꼬

박꼬박 사진 위에 얹어 놓고 있다. 그렇게 하루하루 산다. 그렇게 7년을 살았다. 이야기를 들으며 나도 눈물이 난다.

여기는 어디인가

두 달간, 틈날 때마다 이곳저곳을 돌아다니며 피폭 노동과 관련된 사람들을 만났다. 그러면서 나는 자꾸, 여기가 어딘가, 하는 생각을 했다. 학교에 있는 동안 마음이 힘들어서 학교를 그만둔 나는 지금도 비슷한 우울에 걸려 넘어지곤 한다. 그러나, 스무 살 대학생처럼 감정을 낭비해선 안 된다는 강박이 치고 올라와 마음을 다잡는다.

총선 결과를 보니, 맥이 풀린다. 까닭 없는 분노가 솟구쳐서 아무것도 하기 싫어지는 순간이 있다. 그러나, 고개를 숙이고서라도 묵묵히 살아야 한다고 생각한다. 지금 내 생활을 이끌어 가는 것은 매주 수요일, 금요일 저녁 밀양시내 한복판에서 이어지는 송전탑 반대 촛불집회에서 만나는 할아버지 할머니들의 얼굴이다.

여기는 어디인가—. 두 달 동안의 만남의 기록을 정리하면서, 나는 다시 이 질문을 던진다. 내가 꿈을 꾸는 것이 아니라면, 이것이 오늘날 우리의 삶이다. 그리고, 나도 여기 깃들어 있다. 여기가 거기다. 달리, 어찌할 수 없는.

지금, 이 세상 어느 곳에서 울고 있는 그 사람은
까닭도 없이 이 세상에서 울고 있는데,
나를 우는 것이다.

지금, 이 세상 어느 곳에서 웃고 있는 그 사람은
까닭도 없이 이 세상에서 웃고 있는데,
나를 웃는 것이다.

지금, 이 세상 어느 곳에서 거닐고 있는 그 사람은
까닭도 없이 이 세상에서 거닐고 있는데,
나에게로 오는 것이다.

지금, 이 세상 어느 곳에서 죽어가는 그 사람은
까닭도 없이 이 세상에서 죽어가는데
나를 바라보고 있는 것이다.

— 라이너 마리아 릴케, 「마음 무거울 때」

(2012)

살얼음판 위의 세계

1991년 2월, 간사이전력 미하마 원전에서 세관이 파손·절단되어 방사능 물질이 유출되는 사고가 일어났다. 일본 원전업계가 자랑했던 다중보호장치가 무력화되고, 0.7초 후에는 체르노빌 같은 대형 참사로 이어질 뻔했던 순간이었다. 자동으로 작동하게 되어 있는 ECCS라는 '원자로 긴급 냉각장치'가 말을 듣지 않았는데, 우연히 베테랑 전문 기술자가 수동으로 조작하여 가까스로 사고를 막아낼 수 있었다는 것이다. 일본의 원전 기술자 히라이 노리오가 말년에 남긴 편지에 나오는 이야기다.

통일 이전 동독에서도 비슷한 일이 있었다. 사고를 막기 위한 최후의 안전계통 여섯 개 중 다섯 개가 기능을 상실하고 남은 한 개가 우연하게도 딴 데로 배선이 연결되어, 정상적으로 연결되어 있었으면 일어났을 대사고를 면했다는 것이다. 일본의 반핵운동가 히로세 다카시의 책 『원전을 멈춰라』에 나오는 이야기다.

체르노빌 사고 당시, 원자로 바닥에 핵연료가 흘러내리면서 그 아래 슬라브가 붕괴될 우려가 제기되었다. 슬라브 아래 고여 있는 물과 흘러내린 핵연료가 닿으면 2차 폭발이 일어나 어마어마한 사고로 이어질 수도 있었던 아찔한 순간이었다. 그 물은 결국 죽음을 각오한 잠수부가 직접 밸브를 조작하여 빼냈고, 그들은 모두 죽었다. 영국 BBC에서 제작한 다큐멘터리 〈살아남은 재앙 ― 체르노빌〉에 나오는 내용이다.

후쿠시마 사고가 일어나기 넉 달 전, 후쿠시마 4호기는 33년 만에 큰 공사를 하느라 원자로 웰이라는 곳에 물을 가득 채웠다. 여기는 평소에는 물을 넣지 않는 곳인데, 작업원들의 피폭을 피하기 위해서 물을 채웠다고 한다. 이 물은 원래 3·11 대지진 나흘 전인 3월 7일에 빼낼 예정이었는데, 작업 공구에 문제가 생겨 그때까지 남아 있었다. 그리고 지진으로 원자로 웰과 핵연료 수조 사이에 균열이 생겨 원자로 웰에 채워진 물이 수조로 흘러가게 되었다. 그 물이 없었더라면 핵연료가 손상되어 일본 열도를 방사능으로 분단시킬 거대한 참사가 일어났을 것이다. 『한겨레』 정남구 특파원이 『아사히신문』의 기사를 인용한 3월 30일자 칼럼에 나온다.

신의 존재를 믿든, 믿지 않든, 이런 아찔한 순간들을 생각하면 신의 자비로운 손길을 의식하지 않을 수 없다. 그러나『녹색평론』최근 호에 소개된 후쿠시마 원전의 최근 상황을 보면, 신의 자비를 또 한번 기대할 수 있을지 심히 두렵다.

후쿠시마 원전은 지금 방사능이 너무 높아서 1만 개가 넘는 사용후 핵연료봉을 안전한 곳으로 옮길 뾰족한 수가 없다 한다. 그런데 후쿠시마 원전 지하를 진원지로 하는 매그니튜드 7급의 직하형 지진이 일어날 가능성이 지질학자들에게서 제기되고 있다. 2천 도의 붕괴열을 여전히 내뿜고 있는 사용후핵연료 보관 수조의 건물이 손상되어 있고, 수조가 기울어져 있어 핵연료가 야외에 노출되어 있다. 이런 상태에서 지진이 일어난다면 수조가 붕괴되고, 그나마 담겨 있는 냉각수가 유출될 것이다. 붕괴열에 의해 증발한 물에서 수소가 발생하게 되면, 끝내 대폭발로 이어질 것이다.

일본이 드디어 망하는구나, 쾌재를 부를 멍청이도 있을 것이고, 또다시 편서풍 타령을 읊조릴 인간도 있겠지만, 이런 구체적인 정황을 들이밀어도 그저 과민한 인간들의 별스러운 걱정 정도로 치부하는 사람이 적지 않다.

지난 몇 달 동안 신고리핵발전소에서 만든 전기를 수도권으로 보내는 765kV 송전탑 싸움에 끼어들어 고단한 나날을 보내고 있는 나는 이 전대미문의 재앙 앞에서도 '원전 르네상스'를 향해 돌진하는 이 나라 위정자들의 배포와 시민들의 무신경에 경악하곤 한다. 이 살얼음판보다 더 아슬아슬한 세상에서 지금 당장 핵발전을 멈추지 않는 이유를 나는 도무지 이해할 수가 없다. (2012)

송전탑 싸움의 '자유인'들

지난 6월 28일, 밀양시장실 앞에서 765kV 송전탑 일로 농성하던 무렵의 일이다. 몸싸움으로 땀을 한 됫박이나 흘린 어르신들이 시장실 앞 복도에 주저앉게 되었다. 김밥 한 줄씩 드시고는 꾸벅꾸벅 졸기 시작하는 어르신들의 다리 위로 양치컵에 칫솔을 꽂은 시청 여직원들이 사뿐사뿐 넘어가고 있었다. 그들의 화사한 양장과 알록달록한 양치컵은 어르신들의 흙빛 다리와 대조되었다. 그때 곽 할머니가 벼락처럼 소리를 지르는 것이었다. "우리 이래 놔 두고, 너거는 밥이 넘어가더나!!"

곽 할머니는 바깥어른을 경운기 사고로 잃고, 지금껏 홀몸으로 농사를 지으신다. 집도 절도 없는 자신을 거두어 준 언니와 형부, 마을 어르신들과의 의리 때문에 이 싸움에 동참하게 되었다. 공사 현장에서 인부들과 물러섬 없는 싸움을 벌이지만, 쉴 참에 치킨을 먹을 때는 아들 같은 공사 인부들을 불러 나누어 먹는 분이다.

작년 초겨울, 벌목 현장에서 산외면 할머니들이 짜장면을 시켰다. 채증을 당하지 않으려고 수건과 마스크로 중무장을 한 할머니들이 한 젓가락 드시려고 마스크를 내리니, 옳거니 싶어서 카메라를 들이대는 현장 직원이 있었다. "밥 먹을 때는 개도 안 건드린단다, 이놈들아" 하며 소리치던 할머니들, 머쓱해 하는 직원이 보기 안 됐는지, "이리 와서 같이 짜장면 묵자"고 하셨단다. 그래서 벌목을 막던 할머니들과 그 장면을 채증하는 직원이 함께 산중턱 벌목 현장에서 후루룩 짜장면을 먹는다.

상동면 대책위 총무이신 김 아주머니는 쉰일곱으로, 집회 현장에서 연설도 척척 해내는 멋진 분이시다. 저렇게 활동하셔서 농사는 언제 지으시나, 늘 걱정되었다. 뭐라도 도와야지 싶어 쉬는 날 총무님의 고추밭에 들렀더니, 동네 아주머니들이 이미 와서 일손을 거들고 있었다. 마을에서 서로 번갈아 가며 도와주고 있으니, 걱정 마시란다.

바로 그 김 아주머니가 공사 방해로 거액의 소송을 당한 주민들을 위한 탄원서 용지를 들고 마을마다 돌리러 다니다 빗길에 미끄러져 트럭이 전복되는 사고를 당했다. 안전벨트를 하지 않았더라면 어떻게 되었을지도 모를 아찔한 순간이었다. 소식을 듣고 병원으로 달려갔다. 그때서야 막 의식이 돌아온 모양이다. 덥썩 손을 잡는 나를 보며 주루룩 눈물을 흘린다. "다들…… 미안합니다. 내 때문에……. 내 차한테도 미안코……."

차한테 미안하다는 아주머니의 말씀이 따뜻한 등불처럼 마음에 남아 있다. 농사의 벗이었고, 함께 상동면 열 개 부락을 누비며 송전탑 싸움을 도와주던 트럭, 자기 잘못으로 결국 폐차되어 버린 트럭에게 미안해 하는 그 마음이란.

이 싸움에 끼어든 지 6개월이 흘렀다. 고달픈 순간도 적지 않지만, 나는 수시로 이런 묵직한 감동 앞에 마주 서곤 한다. 핵발전소와 송전선로 건설은 국책사업이라는 허울을 뒤집어쓰고 있다. 그러나, 7년 동안의 싸움, 일흔네 살 할아버지가 분신자결을 하고, 주민들이 2년째 생업을 아예 내팽개치고 품에 유서를 써 놓으면서까지 막아서는 이 극렬한 저항을 뚫고서라도, 노선 선정 과정에서부터 지금껏 벌어진 숱한 파행과 폭력을 끌어다 묻으면서 기어이 공사를 강행하는 것은 끝내 이 사업으로 몇조 원의 돈을 굴리게 될 자본과의 약속, 그들 자본끼리 맺어 놓은 맹약의 권능임을 우리는 모르지 않는다.

한수원 임직원 22명이 브로커를 끼고 범죄조직처럼 해 먹다 쇠고랑을 차는 모습을 보았다. 자연스럽게 나는 그들 반대편에 선 우리 주민들을 떠올리게 된다. 흙 속에서 노동하는 자만이 가진 빛나는 인간의 위엄을 지닌, 선하고 어진 이 자유인들을. 이

싸움의 본질은 돈의 노예와 자유인의 투쟁이다. 부디 이 자유인들에게 승리가 돌아갈 수 있기를. (2012)

법 앞에서

피의자 신분으로 경찰 조사를 받게 되었다. 시청으로 항의방문하러 간 주민들을 선동하여 구호를 외치고 시청을 점거하는 등 공무집행을 방해했다는 것이 내게 적용된 피의 사실의 요지였다. 수사관은 내게 왜 대표단을 꾸려서 면담을 요청하지 않고 떼로 몰려갔느냐고 물었다. 누구도 예측하지 못했고, 자연발생적인 것이었다고 답했다. 모욕당한 당사자가 자기 목소리를 내는 것이 왜 불법이냐고 되물었더니, 떼로 몰려오는 것 자체가 불법이라고 했다. 그러면서 공무원의 공무집행은 그것이 단 1분이라도 방해되어서는 안 되는 것이라고 했다. 나는 먹먹했다. 내가 지금 함께하고 있는 이 어르신들은 7년 동안 고통받아 왔다. 현장에서 공사가 진행되기 시작한 작년 7월부터 13개월째, 헬기

를 동원한 전방위적인 공사 강행 이후 1개월여째, 거의 전쟁 같
은 나날을 살고 있다. 그들 노년의 평화가 엉망이 되었다. 그들이
빼앗긴 시간, 그들이 겪은 모욕은 무엇이란 말인가. 단 1분도 방
해받아서는 안 되는 공무, 단 한 치도 물러서서는 안 되는 국책
사업, 소유자의 동의 여부와 상관없이 빼앗아 가서는 다시 그 법
의 이름으로 소유자를 겁박하는 이 법은 대체 무슨 법인가. 송전
탑 공사 현장에서 어르신들이 이야기했다. 일곱 살부터 지게 지
고, 베잠방이에 황토물이 빠지지 않도록 일해서 이 농토를 일구
었다. 그런데, 법원에서 날아온 서류에는 자신이 채무자로, 한국
전력이 채권자로 등재되어 있다. 하늘이 무너지는 것 같다. 이게
대체 무슨 법이냐고.

　누구나 저항의 권리가 있다고 한다. 그러나, 이걸 행사하려면
10억짜리 손해배상 소송을 당하거나, 하루 100만 원씩 벌금을
물어낼 각오를 해야 한다. 천부의 권리마저 이 야비한 법 논리가
빼앗아 버리고 말았다.

　한 시골 남자가 있다. 그는 지금 '법의 문' 앞에 서 있다. 안으
로 들어가려 했으나 문지기에게 제지당한다. "법의 문은 모두에
게 열려 있다면서 왜 문지기가 있는 거지?" 의문은 풀리지 않는
다. 어쨌든 지금은 들어갈 수 없다는 것이다. 남자는 제지당한
채 기다리는 길밖에 없다. 죽을 때까지 기다렸지만, 문지기는 비
켜서지 않았다. 죽기 전에 그는 물었다. "왜 문 앞에는 나밖에 없

지?"라고. 문지기가 답한다. "이 입구는 당신만을 위한 것이오. 이제 나는 문을 닫겠소." 카프카의 짧은 소설 「법 앞에서」의 줄거리다.

시골 남자가 평생토록 기다려서 할 수 있었던 일이란 죽음으로써 법의 문을 닫는 것이었다. 카프카는 이 소설을 통해 무슨 말을 하려 했던 것일까. 우리는 끝내 법의 문 안으로 진입할 수 없다는 것, 그리고 법의 문이 닫힌 바로 그 자리, 법의 문 바깥 자리에 비로소 삶이 있다는 사실을 환기시키려 했던 것이 아닐까.

영화 〈부러진 화살〉에서 주인공 수학 교수가 말하듯, 법은 아름답다. 모순이 없기 때문이다. 그러나 법은 그 아름다움과 모순 없음으로 우리를 현혹하고 끝내 기만한다. 저들은 몰라도 '우리는' 법의 문 안으로 진입할 수 없기 때문이다.

비슷한 시대를 살았던 스피노자와 홉스는 사회계약에 대한 입장이 달랐다. 홉스는 계약이 이루어지고 난 뒤 문제가 있더라도 계약은 파기되어서는 안 된다고 했다. 사회가 무너진다는 것이다. 그러나 스피노자는 그런 계약을 붙들고 있는 것은 웃기는 짓이라고 했다. 강도한테 돈을 빼앗기게 되었는데, "지금 돈 없으니 나중에 줄게" 해 놓고는 나중에 정말로 줄지 말지를 고민하는 것이 바보스러운 것과 같은 이치라는 것이다.

여러분은 어느 편인가. 나는 스피노자 편이다. (2012)

명불허전, 조선일보

나는 어린 시절, 집 안을 굴러다니던 『조선일보』를 읽으며 한
자의 오묘함을 깨쳤다. 사춘기 시절에는 동네 이발소에 머리를
깎으러 갔다가 『월간 조선』을 몇 권씩 빌려 와 통독하면서 세상
사에 관한 잡박한 지식과 속물스러운 인생관을 얻었다. 그러나,
나는 『조선일보』가 내 삶에 끼친 영향에 대해 그리 부정적이지
만은 않다. 동네에서 신문을 받아 보는 몇 안 되는 집이었던지
라 초졸 학력이 전부였던 아버지는 그 현격한 '정보 비대칭' 상
황을 이용하여 마을 사람들에게 정치평론가 겸 지식인 노릇을
하실 수 있었다. 막걸리 마당 언저리에서 내가 어깨 너머로 주
워들었던 마을 어른들의 열띤 정치 토론들, 이를테면 '영쉐미와
김대주(중)이'의 애증과 대결의 드라마는 언제나 흥미진진했고,

나는 그것을 『조선일보』가 제공한 '아고라'의 한 구현이었다고 느낀다.

그리고, 30년의 세월이 흘렀다. 내가 변한 건지, 그 사이 『조선일보』가 전혀 엉뚱한 존재가 되어 버렸는지는 모르지만, 그 사이 나는 『조선일보』를 사회적 '흉기'로 여기게 되었다. 다만, 『조선일보』와 엮이는 일이 없기를 바랄 따름이었는데, 이제 내게도 차례가 돌아오고 말았다.

지난 5월 1일자 『조선일보』는 '밀양송전탑' 사태를 두 면에 걸쳐 크게 보도했다. 그 기사를 읽고 난 뒤, 내 몸을 훑고 간 짜릿한 느낌은 지난 시절, 『조선일보』로 인해 수많은 이들이 겪어야 했던 고통들에 잠시나마 잇닿은, 짧은 감전 같은 것은 아니었을까, 생각해 본다.

그 전날, 『조선일보』권 아무개 기자가 반대대책위 사무국장인 나에게 전화를 걸어 왔다. 기자의 질문에 응대할 시간도 없었고, 필요도 느끼지 못한 나는 상세한 최근 동향과 주민들의 입장이 정리된 보도 자료를 메일로 전해 주었다. 그러나, 다음날 『조선일보』는 두 면에 걸쳐 극소수 찬성파와 한전의 입장으로 사실상 도배되어 있었다. 나는 권 아무개 기자에게 항의했지만, 자신은 기사를 작성하지 않았고, 우리 측 보도자료를 정리해서 올렸을 뿐이라고 답했다(1단계 책임 면탈).

그 기사대로라면 한전의 13개 보상안을 거부한 전체 경과지

1,484세대 중 1,813명은 "일부 주민"일 뿐이며, 어르신들을 돕고 있는 신부님과 우리 일꾼들은 소수 반대파 주민들과 결합하여 사태 해결을 어렵게 만든, "이상한 사람들"이다. 작년 1월 자결한 이치우 어르신은 "자기 농경지가 송전탑에서 멀리 떨어져 있어 보상금을 못 받는다"며 농성하다 사망한 경우가 된다(2단계 사실 왜곡).

우리는 신고리핵발전소 3~4호기 전력을 건설 중인 인근 간선 구간과 연결하여 먼저 유통시킬 것을 요구했는데, '동시 정전'으로 어렵다는 산업부 관계자의 동문서답 같은 답변을 인용하며 "백지화와 다름없는 주장"이라고 비약해 버린다. 기사를 작성한 조 아무개 기자에게 항의하니 "기사 축약단계에서 발생한 맥락의 실수"였다고 말한다(3단계 실수를 빙자한 비약).

이제 사설은 주민들을 향해 "신도시를 지나는 양산에서도 동의했으니 전기를 공공재라는 인식을 갖고 풀어 달라"고 주문한다. "신도시도 찬성하는데, 촌놈들이 감히?" 이런 뉘앙스다(4단계 훈계). 기사의 현저한 편향성으로 잠시간 입씨름이 있었다. 기자의 결론은 "(그러니) 우리 전화 잘 받아 주세요"라는 것이었다. 그래서 그의 전화에 제대로 응대하지 않은 내가 그 책임을 지게 되었다(5단계 떠넘기기). 『조선일보』의 왜곡 보도 5단계 패턴은 이렇게 완성되었다. 명불허전名不虛傳, 그 명성 그대로였다.

막상 겪어 보니, 『조선일보』 참 별것 아니구나, 싶었다. '흉기'

는 녹슨 '부엌칼'처럼 초라했다. 의연하고 당당하게, 또박또박 대응하면 될 것이다. 대책위 사무국장으로 일하는 동안만은『조선일보』기자의 전화도 충실하게 받으리라 다짐했다. (2013)

켄터키 옛집

  밀양시 상동면 고답마을은 밀양송전탑 전체 구간을 통틀어 피해가 가장 큰 마을로 손꼽힌다. 마을 바로 뒷산 113번 송전탑으로 공사가 들어온다는 소식이 들려오고, 경찰은 고답마을에서 내려다보이는 공터에 숙영 시설로 쓸 컨테이너를 집어넣기 시작했다. 형광색 경찰 제복만 봐도 가슴이 철렁 내려앉는다는 주민들에게 경찰 숙영지가 마을 한복판에 조성된다는 것은 정말로 "허패(허파) 디비지는" 일이었다. 멀리 창녕 부곡온천 리조트까지 빌려 숙박지로 쓰던 경찰이 굳이 이러고 나서는 것에 대해 "한전 대신 우리랑 싸우자"는 메시지로 주민들은 받아들였다.

  1월 6일과 7일, 대충돌이 벌어졌다. 주민들은 컨테이너 사이로 들어가려 했고, 질질 끌려나왔다. 노인이 작대기를 휘두르면 경찰은 작대기를 빼앗으려 하고, 노인은 기운에 밀려 넘어진다. 경찰이 잠시 물러나자 주민들이 비닐하우스 골재를 뽑아 와서는 숙영지 입구에 비닐하우스를 치려고 한다. 다시 경찰이 달려들고, 나도 주민들도 사지가 붙들린 채 들려 나간다. 아무리 고함을 지르고, 몸을 비틀어 봐도 내 육신은 버둥거릴 수조차 없다. 내 자존감, 전 인격이 뭔가에 대롱대롱 매달려 있다가 내동댕이쳐지는 것 같다.

이제, 경찰은 논바닥에 떨궈 놓은 이들을 다시 둘러싼다. 좁디좁은 곳에서 몸싸움이 벌어진다. 질식할 것 같은 먼지가 피어오른다. 탈진할 무렵이 되어서야 경찰은 우리를 풀어 준다. 그 사이 두 명이 연행되고, 두 명이 병원으로 후송되었다.

격앙된 주민들은 도로를 점거했다. 경찰과 한전 차량은 보내 주지 않겠다는 것이다. 모닥불을 지펴 놓고 밤을 샌 다음날 아침 7시경, 마을회관에서 시래기국밥을 해 왔다. 경찰버스 10여 대가 그 앞에서 차례로 멈춰 섰다. 수십 명의 경찰 병력이 식사하는 주민들을 에워싸고 주민들은 태연하게 밥을 떠 넣는다. 내 머릿속엔 『난장이가 쏘아올린 작은 공』의 한 장면, 해머를 들고 온 철거반원들이 밖에서 기다리는 동안 행복동의 난장이 아버지와 영희네 가족들이 '최후의 식사'를 하는 장면이 떠오른다.

그러나, 그런 문학적 상상을 박살내듯이 경찰은 식사를 마칠 시간도 허락하지 않고 식사 중인 노인들을 끌어내기 시작했다. 순식간에 아수라장이 되었다. 끌려 나가는 노인들은 먹던 국밥을 흘뿌렸고, 그것은 경찰 제복에도, 내 옷에도, 그리고 노인들 자신의 옷에도 묻었다. 경찰 한 명이 바닥에 떨어진 플라스틱 밥그릇을 세차게 걷어찼고, 두 쪽으로 갈라진 밥그릇은 아스팔트 위로 나뒹굴었다. 뭔가에 베인 듯 날카로운 상처가 내 마음 속에 아로새겨진다.

할아버지 한 분이 활동을 시작했다. 외바퀴 손수레를 밀고 다니며 경찰 지휘관쯤 되어 보이는 이들에게 가서 "태워 주꾸마, 어서 타그라"면서 들이대고, 기겁한 경찰은 도망친다. 이제는 썩은 나무둥치를 모아서는 경찰이 도열해 있는 대오 앞에 와르르 쏟아 놓기를 반복한다. 처절한 1인 시위였다. 그러고는 일장 연설을 한다. 연설이라기보다는 맥락 없는 넋두리였다. 그 끝에 노인은 노래를 부른다. 뜻밖에도 〈켄터키 옛집〉이다. "켄터키 옛집에 햇빛 비치어 여름날 검둥이 시절……" 타령처럼 늘어지는 노래가 울려 퍼진다. 그는 '검둥이 시절'에 온 힘을 다해 울분 같은 악센트를 주었다.

노래를 마친 뒤에 그가 외쳤다. "내가 왜 이 노래를 불렀느냐. 정치 하는 놈들은 백인이고, 우리 겉은 놈들은 껌디(검둥이)다 이기라. 껌디보다 더 못하다 이기라." …… 듣던 내 눈 앞이 흐려진다. …… '잘 쉬어라, 쉬어. 울지 말고 쉬어' 밀양의 노인들에게,

박해와 모멸의 짐승 같은 시간을 견디는 그들에게 안식을 허하라. 그게 그렇게 힘든 일인가. 대체, 왜들 이러는가. (2014)

중력과 은총

　〈또 하나의 약속〉을 보았다. 배우 박철민의 선한 얼굴이 참 좋았다. 영화 속의 그는 내가 그리워해 오던, 속세로 내던져진 아라한의 얼굴 같았다. 박철민과 유족들이 영정 시위를 하다 짓밟히는 장면에서는 밀양송전탑 주민들과 유한숙 어르신 유족들이 겪었던 끔찍한 폭력이 겹쳐졌다. 산업재해 판정을 받아내던 장면에서는 며칠 전 쌍용차 노동자들이 해고 무효 판결을 받아내던 법정의 풍경이 꼭 그러할 것 같아서 눈시울이 뜨거워지기도 했다.

　그러나, 내게 가장 강렬했던 대목은 영화 맨 마지막, 배우들이 퇴장하고 실재했던 황유미와 아버지 황상기의 얼굴이 플래쉬로 이어지던 대목이었다. 영화적 몰입을 찢어내고 현실이 나에게로 육박해 왔을 때, 100명에 달한다는 삼성반도체 발병 노동자들이 내 어깨에 얹혀졌다. 몰입에서 풀려난 관객들은 일상으로 돌아가지만, 밀양송전탑, 쌍용차, 삼성반도체 백혈병, 지뢰밭처럼 펼쳐진 현실 한가운데로 복귀해야 하는 이들도 있는 것이다. 나는 외로움을 느꼈다.

불 꺼진 거리를 걸으며 나는 황상기와 이건희를 생각했다. 이건희가 주식 배당금으로 올해에만 1천억 원을 받는다는 뉴스가 떠올랐다. 이미 70대 중반에 들어선 그에게 1천억 원은 무슨 의미가 있을까. 그 돈은 황유미와 황상기들에게 되돌아올 수 없을 것이다. 다른 민중들의 수중으로 돌아올 리도 없을 것이다. 그런데, 그 1천억 원에 서려 있을 수 없는 황유미와 황상기들의 고통은 누가 짊어져야 하는 것일까.

일생토록 극심한 두통에 시달렸던 철학자 시몬느 베이유는 두통에 시달리다 발작이 일 때면 자신은 다른 사람 이마의 같은 곳을 때려서 아프게 하고 싶은 강렬한 욕망에 시달린다고 고백했다. 그럴 것이다. 인간사는 바늘 끝만큼의 오차도 없고, 거역할 수도 없는, 베이유의 표현을 빌자면 '중력의 법칙'에 지배되는 것이다. 이건희가 가한 고통은 끝내 어떤 방식으로든 이건희에게로 되돌아올 것이다. 그리고 이건희 또한 그렇게 살도록 빚어진 욕망의 쟁기를 일생토록 끌어야 하는, 가련한 한 마리 소인지도 모른다. 영화 속 박철민의 대사처럼 "태어날 때는 뇌가 있었는데, 자리 잡고 살기 시작하면서 뇌를 소화시켜 버린 멍게" 같은 오늘날 수많은 인생군상의 하나일 뿐인 것이다.

베이유에 따르자면 여기서 벗어날 유일한 가능성은 중력의 법칙으로 하강하는 존재에게 은총의 빛이 깃들어 상승할 수 있을 '빈자리'를 만들어내는 것에 있다.

여든일곱 되신 할머니 한 분이 내가 일하는 밀양송전탑 대책위 사무실을 찾아왔다. 작년 10월초에는 한전의 공사 현장을 지키러 들어오는 경찰을 향하여 오물을 던져 그 연세에 연행까지 당한 분이다. 마을 이장을 지낸 한 남정네가 본인의 만류에도 "제가 알아서 하겠심더" 하면서 합의 도장을 대리로 찍었다. 얼마 뒤 당신의 통장에 합의보상금 육백만 원이 들어온 것을 알고는 며칠 동안 주무시지도 제대로 드시지도 못하고 마음 고생을 하다가, 대책위 사무실로 가면 반납해 주는 길이 있다는 이야기를 듣고 단걸음에 달려온 것이다. 어르신이 내게 말했다. "언제 죽을지 모르는데, 그 돈 받아서 머 하겠노. 나는 죽을 길만 바라본다. 이 탑 세워지고, 선산 더럽힜는데, 돈까지 받아 묵으면 조상님들을 내가 우째 볼끼고. 우리 자슥들은 돈 몇 푼 받아 묵고 도장 찍어 준 내를 뭐라 카겠노."

황상기의 투쟁은 이건희에게 은총의 계기를 열어 주었다. 저 어르신은 한국전력과 정부에게 중력의 법칙이 작동하지 않을 빈자리를 열어 주었다. 그 한순간의 빈자리를 견딜 수 있어야 한다.

은총도 구원도 결국은 짧은 순간이다. 그딴 것 관심 없고, 죽을 때까지 '쳐 드시기만' 하겠다면 할 말은 없으나, 귀 있는 자는 들으라. (2014)

행정대집행

6월 11일 새벽, 밀양송전탑 127번 움막 구덩이에서 나는 동래댁 할매와 윤 반장 할아버지의 중간에 걸터앉아 몸에 쇠사슬을 둘렀다. 언제고 꼭 한 번은 이런 날이 오리라 생각했다. 이길 수 있으리라는 기대보다는 어떻게 질 것인가를 생각해야 했던 지난 3년이었다. 나는 어쩌다가 여기까지 오게 된 것일까. 움막 앞에서는 30여 명의 연대자들이 스크럼을 짜고 있고, 움막 방 안에서는 쇠사슬을 두른 할머니들과 수녀님들이 있다. 사이렌 소리가 어지럽고 경찰의 군홧발 소리가 육박해 오는데, 함께 쇠사슬을 묶은 내 옆 동래댁 할매는 눈을 감은 채 고요히 불경을 외고 있다.

경찰은 움막을 덮어 놓은 부직포를 칼로 북북 찢는다. 컴컴하던 움막 안이 환해지고, 비명과 몸싸움, 지옥처럼 피어오르는 흙먼지 속에서 내가 있는 구덩이에도 경찰이 들이닥쳤다. 구덩이 위로 천장 삼아 쌓아둔 장작더미에 경찰들이 올라와 굴리기 시작하니, 구덩이로 흙이 쏟아져 내린다. 순간, 여기서 죽을 수도 있겠다는 공포가 밀려든다. 곁에 선 인권 활동가, 미디어 활동가들이 벼락 같은 소리를 지른다. "여기 사람이 있어! 굴리지 마!"

내 옆 동래댁 할매에게 채증조와 몸싸움조, 절단기가 달라붙었다. 동래댁 할매는 쇠사슬을 빼앗기지 않기 위해 몸부림친다. 할매의 지난 4년여의 투쟁이 주마등처럼 스쳐간다. 병원으로 실려간 것만 몇 번째던가. 봉천삼거리, 밀양댐 헬기장, 4공구 헬기장, 한전 밀양지사, 서울 본사, 풍찬노숙하던 기억들, 같이 투쟁하던 남편이 끝내 발병하여 수발하던 시간까지 지나왔다. 통곡인지 절규인지 알 수 없는 몸부림 끝에 할매는 마지막 쇠사슬까지 끊겼고, 끝내 들려 나갔다. 할매는 혼절했다.

경찰은 아무렇지도 않게 칼로 움막을 찢었고, 쇠사슬을 두른 노인들의 목에 절단기를 들이댔다. 팔목이 꺾인 수녀님, 온몸이 멍투성이인 할머니, 그 하루에만 도합 19명이 병원으로 응급 후송되었다. 그들은 위험물질 제거를 명분 삼았으나, 움막 안에 위험 물질은 아무것도 없었다. 움막 천장을 칼로 찢는 것을 올려다봐야 했던 할머니는 지금 불면증에 시달리고 있다. 삼백 명이 넘는 목숨 단 하나를 살리지 못했던 4월 16일 그 바다에서의 무능과 무책임은 2천의 병력을 동원하여 한 줌 노인들을 수십 분 만에 제압하는 신속 유능함에 정확하게 포개진다.

돈 때문인지는 다 알고 있다. 밀양송전탑의 건설 여부에는 고리 지역 노후원전 연장 가동과 UAE 원전 수출 드라이브, 신고리 5~6호기 증설에 이르기까지 수십조 단위의 천문학적인 돈이 걸려 있다. 세월호 이후에 어떤 일에서든 정권이 밀려서는 안 된다는 권력의 자기보호 본능이 또한 작용했을 것이다. 한 줌 노인들을 제압하기 위해 9개월 동안 연인원 38만 명에 경찰 주둔 비용으로만 100억 원을 들일 만한 분명한 이유가 그들에겐 있다.

마지막으로 들려 나온 할매 한 분이 가쁜 호흡으로 개구락지처럼 떨고 있을 때, 구급차가 20분이 넘도록 오지 않아 내가 절규했다. "지금 할매 호흡이 가쁘다"고. 뒤에 늘어선 경찰 하나, 그 말을 받아 "나도 호흡이 가빠~" 빈정거렸다. 녀석의 빈정거림은 악마의 한 수 같은 것이었지만, 돌이켜보면 이것은 오늘날 자본과 권력이 다다른 윤리적 파탄의 정직한 실체였다.

세상에 넘쳐나는 이 많은 폭력은 왜 하나도 교정되지 않는 것일까? 저들은 왜 저렇게 마음대로 사람을 짓밟고 있는가? 우리들의 진실은, 정의는, '역사'라는 애매한 이름을 한, 먼 훗날의 심판에만 기대야 하는 것인가? 나는 아직도 그날의 기억 속에 머물러 있다. 그날을 생각하면 나는 아무 맥락도 없이, 지향 없는 눈물이 솟곤 한다. (2014)

두 '말'과 원전 이야기

 지난주 『한겨레』 토요판 특집은 정윤회 씨 딸의 '승마' 이야기였다. 그 기사를 읽고 나니, 오늘날 이 나라 국민의 처지가 저 '말'보다 못하구나, 하는 생각이 들었다. 정윤회 씨의 딸이 승마 대회에서 우승을 놓치자 곧장 경찰이 달려들어 해당 심판들을 조사했고, 대통령은 장관을 불러 놓고 "나쁜 사람이라고 하더라"는 두 명의 문화체육부 공무원을 직접 거명하여 끝내 경질되게 만들었다는 만기친람萬機親覽의 이야기. 삼성, 한화, 재벌가의 후계자들이 두루 말을 타고, 승마협회에 총수의 사법 처리 문제가 걸린 재벌들이 줄을 대려고 한다는 이야기까지, 로열패밀리들의 말[馬] 이야기였다.

 그 왕가의 환관을 자처하는, 이른바 '십상시'의 한 명이라는 청와대 행정관이 술에 취해 여당 대표와 중진 국회의원을 문건 유출 사태의 배후로 지목하고, 그걸 "내가 반드시 밝혀내겠다" 고 했단다. 그 말[言]을 들은 정치 지망생은 잽싸게 여당 대표에 게 이르고, 대표는 "청와대 조무래기들"이라고 불같이 화를 내지 만 별 조치가 없으니, 사진 기자들의 망원렌즈가 찰칵찰칵 돌아 가는 바로 아래 자리에서 메모가 적힌 수첩을 펼쳐 보인다. 이건 그 왕가 내부에서 환관과 대신들 사이에서 오고 가는 말[言]의 이야기다.

대통령을 '언니'로 부른다는 여인의 딸이 몇 억짜리 말[馬]을 타든 나는 관심도 없다. 술자리에서 환관이 대신을 까고, 품평을 하든, 그 말[言]을 누가 잽싸게 옮기고, 치고 받고 싸우든, 중요하 지 않다. 지금 이 나라가 봉건제 왕가와 다름없고, 우리가 국민이 아니라 신민臣民에 불과하다면, 나라의 중요한 결정을 쥐락펴락 하는 그들 몇 사람은 자신들이 수많은 이들의 실제의 목숨을 다 루고 있다는 실감을 잊어서는 안 된다. 그들은 이 중차대한 공적 현안들을 모두 꿰뚫고 있어야 하며, 모든 사안에 대해 이성적이 고 합리적인 판단을 해야 하는 '철인'哲人이 될 의무가 있다. 오직 그 사실만이 중요할 따름이다.

이를테면, 나는 지금 30년간 가동 끝에 다시 10년을 연장 가 동하겠다고 심사를 받고 있는 월성원전 1호기 이야기를 하고 싶 다. 월성 1호기는 한수원이 연장 가동을 전제로 미리 5천 6백억

원의 돈을 들여 수리해 놓고는, "이걸 허공에 날릴 셈이냐"며 치사한 협박을 하고 있지만, 가동하면 할수록 손해가 난다는 사실도 이미 밝혀졌다. 그런 경제성 논리는 차치하고라도, 이 원전에서는 이미 엄청난 사고가 났다. 2009년 3월, 월성 1호기 폐연료봉 교체 과정에서 다발 이음새가 파손되어 두 개는 물로 빠지고, 하나는 콘크리트 바닥에 추락하는 사고가 났다. 이 연료봉에서는 계측한도를 넘는 1만 밀리시버트 이상의 방사능이 누출되었고, 10시간 42분간 고방사선경보가 지속되었는데도 주재관은 이를 몰랐다. 어떻게 수습을 할 수가 없으니 작업원 한 명을 직접 방출실로 들여보내 치사량의 방사선을 내뿜는 폐연료봉을 집게로 직접 처리하게 했다. 한수원은 이 사고를 은폐했지만, 4년 뒤 원전 비리로 검찰 조사를 받게 된 그 작업원이 "실은 내가 이런 일을 당했고, 몸이 아프다"고 진술하면서 밝혀지게 되었다.

월성 1호기 가동 연장 건은 아마도 2월 원자력안전위원회 회의에서 표결로 통과될 가능성이 높은 것으로 알려졌다. 지금 이 나라에서 이 결정을 뒤집을 힘을 가진 유일한 세력인 '문고리와 십상시'들은 월성 1호기에 대해 속속들이 알고 있을까. 30년간 가동되었고, 이미 수없는 크고 작은 사고를 낸 원전을 10년간 연장 가동하는 것이 대체 무슨 의미를 갖는 것인지, '말놀음'에 빠져 있는 그들은 알고 있을까. 지금 이 나라에서 민주주의가 어떻게 이렇게 욕될 수가 있을까. (2015)

11월 11일

지난 8월 23일 페이스북 하루 이용자가 10억 명을 넘어섰다. 마크 주커버그는 자신의 페이스북 계정에 이 사실을 공개하며 개발 당시 하루 400~500명 정도 이용할 줄 알았던 페이스북이 전 세계 7명 중 1명이 접속하는 '신세계'로 변모한 것을 두고 "놀라운 이정표"라며 자화자찬했다. 그리고, 바로 한 달 뒤 9월 23일, 페이스북이 두 시간 삼십 분 동안 다운되는 사고가 일어났다. 지난 1일자 『한겨레』 기사를 보니, 사태의 전말은 이러했다. 문제를 자동으로 감지하고 수정하는 시스템이 어느 기술자가 틀린 값을 입력하는 '사소한 실수' 때문에 초당 수십만 건의 수정 요청을 받아들이지 못하고 먹통이 되었고, 결국 시스템 전체를 멈추고 두 시간 삼십 분 동안 '수리'를 해야 했던 것이다.

근대적 산업기술 체제는 '수학'에 의해 만들어지고 유지된다. 수학은 모순이 없고, 정답으로 구성된 체제에서는 오류가 있을 수 없다. 그러나 정답 값을 입력하는 일도, 확률적 수치에 대한 판단도 '인간'이 수행한다. 당연히 '실수'가 일어날 수 있고, 시스템 운용의 의사 결정에 '욕망'이 개입할 수 있다. 모든 시스템은 사고를 방어하기 위해 2중 3중의 방호장치를 두고 있지만, 그것은 상상력과 확률로써 예측가능한 사고에 국한될 수밖에 없다. 그런데 사고는 상상력과 확률을 넘어선 곳, 곧 예측가능한 범위를 벗어나는 지점에서 일어난다. 수학은 '실수'도 '욕망'도 제어할 수 없다.

체르노빌 사고는 핵발전 찬성론자들이 주장하듯 기술과 시스템이 '후져서' 일어난 일이 아니다. 핵발전소는 핵분열을 제어하는 감속재로 엄청난 양의 물을 필요로 하기 때문에 이전까지는 주로 바닷가에서 건설되어 왔다. 그런데 체르노빌은 흑연을 감속재로 채택함으로써 핵발전소 보급에 가장 큰 장애가 되었던 입지 한계를 돌파할 수 있는, 당시로서는 첨단의 체제였다. 그러나, 체르노빌의 차석 엔지니어인 아나톨리 댜틀로프는 원자로에 전원 공급이 끊어졌을 때 비상용 디젤발전기가 작동하기까지 걸리는 1분의 시차를 줄이기 위해 전원 출력을 급격하게 조절하는 실험을 했고, 끝내 폭발 사고로 이어지고 말았다. 부하들이 반대하는 무리한 실험을 강행한 것은 지역 공산당원들과 사이가 좋지 않았던 댜틀로프가 실험 업적을 앞세워 수석 엔지니어로 '승진'하려는 '개인적 욕망' 때문이었다고 디스커버리 채널은 전하고 있다.

일본의 거장 구로자와 아키라 감독의 만년작 〈꿈〉은 1990년에 제작되었지만, 21년 뒤 일어난 후쿠시마 사고의 '예지몽'이 되고 말았다. 옴니버스 식으로 구성된 그 작품에서 여섯 번째, 일곱 번째 에피소드는 핵발전소 폭발 사고를 다루고 있다. 시신더미에서 절규하는 지옥도를 피해 바닷가로 쫓겨간 사람들은 공포에 질려 허둥댄다. 아기를 등에 업은 엄마는 그동안 '안전'을 강변한 자들을 향해 "절대로 용서할 수 없다"며 절규하고, 핵발전 기술자로 설정된 듯한 양복쟁이는 "저도 그 죽일 놈 중의 한 명입니다. 죄송합니다"는 말을 남긴 뒤 자살한다.

죄는 미워해도 사람은 미워할 수 없듯이, 기술을 미워할지언정 기술자를 미워할 수는 없다. 기술이라는 괴물을 키우고 먹여 온 우리 모두의 죄업을 덜어내는 길은 기술의 지향 없는 발전에 제한을 가하고, 기술을 자본으로부터 빼앗아 공공적 통제의 품으로 되돌리는 것, 그리고 핵발전 같은 위험천만한 기술을 폐기하는 길밖에 없다.

11월 11일, 우리나라 에너지 정책의 방향을 결정할 중요한 일정이 예고되어 있다. 정부의 경북 영덕 신규 핵발전소 추진에 대한 주민들의 찬반 투표이다. 하루에도 수없는 '실수'를 저지르고,

제어할 수 없는 '욕망'에 휘둘리는 한 인간이자 시민으로서, 나는 안전하게 살고 싶다. (2015)

간장 두 종지의 세상사

지난 주말을 강타했다는 칼럼 「간장 두 종지」를 읽어 보았다. 대단한 글이라고 생각했다. '2인당 간장 한 종지'에서 곧장 '아우슈비츠'로 비약하는 인문학적 상상력이 돋보였다. 조선일보사 근처의 중국집을 검색하고 싶은 충동을 불러일으킨 마지막 문장은 백미였다. 눈에 잡힐 듯 그려낸 상황 묘사와 거침없이 쏟아내는 비유, 주워담을 생각 없이 결론으로 성큼성큼 내닫는 문장력. 조선일보에도 드디어 류근일, 김대중 주필의 후계자가 나타난 것이다.

그 글을 읽으며 뭔가 세상사의 한 비밀을 깨달은 기분이 들었다. 저들은 무슨 낙으로 살까. 어디서 행복을 느끼고, 진심 분노할까. 나는 그런 궁금증이 있었다. 이른바 한국의 주류 엘리트들,

권력의 호위무사들에게서 나는 인생의 의미 따위 개나 줘버리라는 듯 가치의 허무주의를 느꼈다. 수치와 모멸의 감각이 거세되었는지 저들은 화도 잘 내지 않을 것 같았다. 그러나, 그런 그들도 예민하게 주의집중하는 것이 있다는 사실을 나는 그 글을 읽으며 깨닫게 되었다. 간장 두 종지. 점심 메뉴와 갑질의 기쁨. 그런 것이었다.

저는 우리가 죽고 난 다음에도 가동될 원전을 결정할 권한이 우리에게 있는지, 이런 허술하고 부실한 검증으로 60년 원전 안전을 보장할 수 있을지 묻고 싶습니다. 이미 (고리 지역에) 6기가 가동되고 있고 340만 명이 30킬로미터 반경 안에 사는 곳에 원전 한 기를 더 집어넣고 그럴 자격이 우리 위원들에게 있는지, 신고리 3호기 없으면 전력대란 일어난다고 밀양송전탑 공사 강행하고, 그래서 목숨을 끊는 주민들이 있었습니다(울먹인다). 그런데 지금 전력 남아 돌고 있습니다. 밀양 주민들한테, 이거 허가되면 목숨을 내놓으라는 그런 결정을 우리가 하게 되는 거예요. 원안위라도 밀양 주민들한테 죄송하다고 얘기해야 한다고 생각하고, 저는 이 말씀을 드리기 위해서 몇날 며칠을 고민했습니다(운다)……

지난 10월 29일, 원자력안전위원회 47차 회의 자리였다. 신고리 3호기 운영허가안이 표결에 부쳐지기 직전, 김혜정 위원은 이렇게 눈물로 호소했다. 여러 가지로 중요한 자리였다. 신고리 3호기는 건설비만 6조 원이 넘게 들어간, 60년짜리 1,400메가와트급 초대형 핵발전소다. 그리고, 밀양송전탑의 건설 명분이었다. 밀양의 70대 노인 두 명이 자결했고, 세 명의 노동자가 사고로 죽었다. 아랍에미리트에 수출한 '한국형 원전'의 참조 모델이며, 2013~14년 한국 사회를 뒤흔든 원전 비리의 진앙지였다. 그리고, 신고리 3호기의 운영 허가로 고리 지역은 세계 최대 핵발전 밀집 지역으로 등극하게 되었다. 후쿠시마 사고 이후 국제 원자력업계의 이슈가 된 다수호기 검증(여러 기의 핵발전소가 밀집해 있을 때, 사고 발생시 파급 효과 검증과 차단)은 아예 시작조차 하지 않은 상태였다.

회의 내내 신고리 3호기에 대한 원안위의 부실 검증을 지적하던 김혜정 위원은 마지막에는 눈가가 벌게지도록 눈물을 흘리며 호소했다. 참관하던 밀양 어르신들도 함께 울었다. 그런데, 회의장 분위기는 어떠했을 것 같은가. 그날 참석한 원자력안전위원 일곱 명 중 한 명은 아예 고개를 젖힌 채 자고 있었고, 두 명은 졸다 깨다를 반복하고 있었으며, 다른 한 명은 쉴 새 없이 스마트폰 자판을 두드리고 있었다. 그들은 밀려온 식곤증을 이기지 못했을 것이고, 회의 내내 신들린 듯 채팅에 몰두하던 그 위원은 점심 식사 때 '간장 두 종지' 비슷한 일을 겪었을지도 모를 일이었다.

그런 생각이 든다. '간장 두 종지'들이 이 나라를 이끌고 있다. 지금 '총궐기'가 절실한 이유는, 저 '간장 두 종지'들로부터 우선 나 자신의 생명과 존엄부터 지켜야 하기 때문이다. (2015)

제 4 부

농꾼, 반근대의 몽상

잊기 전에 기록해 두어야 할 영화가 있다. 〈땅의 여자들〉이라는 다큐멘터리다. 인권영화제에서 상영되었는데, 주의 깊은 분들은 이미 봤을 것 같다. 나는 '너른마당'이라는 지역의 협동조직에서 하는 영화 모임에서 이 영화를 보았다. 부산에서 대학을 졸업하고 각각 합천, 함안, 창녕으로 귀농해서 농민운동에 뛰어든 세 여인들의 이야기다. 뭔가 뭉클하고 큰 감동이 남았고, 무엇보다 내 인생에도 시사하는 바가 많아 기록해 두고 싶다.

이 영화에 나오는 소희주 씨, 변은주 씨, 강선희 씨는 농사일을 하면서도 여성농민회, 민주노동당, 지역아동센터 활동을 거의 잠시도 쉬지 않는 활동가들이다. 고된 농사일은 말할 것도 없고 트럭 운전에 육아에 조직 일까지 척척 해내는 멋쟁이들이다.

함안 지수면의 소희주 씨를 소개하는 부분에서는 마을 할머니들 어울려 노시는 사랑방에 가서 찜질팩 놓아 드리고, 함께 트로트 부르며 어울리는 대목이 참 인상적이다. "어머이예~" 하면서 착착 달라붙는 붙임성이 정겹다. 대학생 시절 농활 가서 한 보름씩 그렇게 지내 보긴 했지만, 거의 20년 가까운 세월을 시골 마을에서 나이든 어르신들과 어울리는 삶은 아무래도 자신이 없는데, 그런 일이 생활인 듯 자연스럽고 또 즐거운 것 같다. 농민회 서울 상경집회가 고속도로 진입로에서부터 막히자 길바닥에 드러누워 경찰한테 분통을 터뜨리다가도, 이내 고속도로를 점거한 농민들과 길바닥 노래 자랑으로 판을 바꾸어 흥겹게 노는 모습도 잊히지 않을 것 같다.

창녕의 변은주 씨는 시어머니가 무뚝뚝하고, 농민 운동하느라 바쁜 며느리를 탐탁하게 여기질 않아서 생긴 갈등이 고민이다. 그래도 지역 활동은 쉼 없이 해 와서 이제는 지역아동센터를 열기 위해 사회복지사 시험을 준비한다.

합천의 강선희 씨가 이 영화의 주인공 격인데, 이분은 나도 예전에 만난 적이 있다. 일제고사를 앞두고 경남 지역을 순회하며 강연을 다녔는데, 합천군 쌍책면에 있는 지역아동센터에서 강의 요청이 들어와서 갔던 적이 있다. 처음에는 면 단위에서 강의 요청이 와서 의아했는데, 조그만 공부방이 엄청 알차게 돌아가는 모습을 보고 놀란 적이 있다. 이곳 공부방 실무자가 바로 강선희 씨였다. 이 영화에서 소개된 강선희 씨의 사연은 정말 찡했다. 강선희 씨의 남편은 학생운동 시절에 만난 민주노동당 활동가였는데, 심한 당뇨를 앓고 있었다. 남편의 병세가 악화되는 와중에도 강 씨는 지난 총선에 민주노동당을 대표하여 후보로 출마했다. 쉽지 않은 결단이었고, 무엇보다 병석에 있는 남편의 바람이기도 했다. 시어머니도 며느리의 이런 활동을 응원해 주었고, 아들을 대신해서 어머니가 선거 운동에 뛰어들었다. 그런데, 선거 무렵에 몸이 급속히 나빠진 남편이 선거가 끝난 얼마 뒤 세상을 떠나고 만 것이다. 강선희 씨는 병든 남편을 간병하지 않고 선거에 뛰어든 못된 며느리가 되어 버렸다. 시어머니는 말을 잃었고, 아들이 죽고 나자 결국 시어머니는 며느리 곁을 떠나게 된다. 이 힘든 시간을 견디는 강선희 씨의 덤덤한 모습, 그 속에 자리했을 번민이 영화가 끝난 내내 마음 아팠다. 이제 강선희 씨는 홀몸으로 아이들을 키우며 농사일을 하며 공부방과 농민회 일을 재개한다.

나는 너른마당 강당에서 이 영화를 보았다. 처음에는 의자에 비스듬히 기대 앉아 보다가 어느 순간부터 자리를 곧추세워서 보지 않을 수 없었다. 이 영화가 내 삶을 향해 뭔가 말을 걸어오기 시작했기 때문이다. 함안, 합천, 창녕, 여기는 어떤 곳들인가. 밀양보다 더 노령화된, 완연히 퇴락해 가는 농촌이다. 요즘 누가 저렇게 농사를 지으며 나이든 농민들과 함께 투쟁하고, 어울려 살아가고 있단 말인가. 트럭에 어린 아이들 주렁주렁 싣고 공부방에 데려다 주고, 농가 방문 다니고, 농민회 회의 다니고, 상경투쟁 조직하고, 정말 누가 이렇게 살고 있단 말인가. 저들이야말로 동방교회의 수행 전통에서 이야기하는 '유로지비'——거룩한 바보——라는 생각이 들었다. 우리 '너른마당'만 해도 농민 조합원들이 있긴 하지만, 저렇게까지 고단한 나날을 살아가지는 않는다. 그래도 우리는 이런저런 지역 현안이나 전국적인 사안들에도 목소리를 높이고, 그래서 극우 일변도의 지역 분위기를 가까스로 막아내는 균형추 노릇 정도는 하고 있다고 자평하기도 한다. 그러나, 이 영화를 보면서 과연 우리는 이 현실의 무엇을 버텨내고 있는 것일까 하는 생각을 했다. 내 삶 또한, 뭔가 이 현실의 중심에서 비껴나 있다는 생각을 했다. 글로써 하기 좋은 말 하는 것은 어렵지 않다. 할 수 있는 일은 해야 하고, 그래도 어느 정도는 하고 있다. 내가 하는 만큼도 하지 않으려는, 안락의 구렁에서 허덕이는 시대의 공기를 한탄하며 힘든 척 생색을 낼 때도 적지 않다. 그러나, 이 세 분의 삶을 보면서 과연 나는 이 시대의 핵심을 관통하고 있는가, 하는 질문 앞에서 부끄럽지 않을 수 없었던 것이다.

이 영화에는 1980~1990년대 학생운동을 경험한 세대의 삶이 있다. 언젠가, 경북 예천의 농민운동가 김구일 형의 집을 방문하고 난 뒤에 오래도록 남았던 감동을 생각한다. 김구일 형과 형

수 역시 안동대 학생운동권이었고, 졸업 뒤 귀향해서 유기농으로 농사를 지으며 농민운동과 지역운동의 큰 일꾼이 되어 있었다. 재래식 똥뚜깐에서 퍼낸 장군을 지고 밭에 거름을 주는, 주변 어르신들의 질타를 받아 가면서도 유기농의 영토를 조금씩 넓혀 가는 대단한 농꾼이었다. 형의 토마토밭에서 따 먹은 유기농 토마토는 비료를 치지 않아 밍밍하고 싱거웠다. 김구일 형과 그의 삶을 생각하면 그 밍밍한 맛이 지금도 되살아나는 것 같다. 내겐 그것이 '멋진 삶'의 한 미각적 구현으로 여겨졌는가 보다. 자극과 안락의 삶을 거스르는 농부의 삶, 갖은 첨가물과 비료에 기대지 않고 온전한 인간의 노동으로 일구어낸 본연의 맛, 끝내 우리가 되돌아가지 않으면 안 될 영토…….

우리 삶은 결국 근대라는 시간적 규정 속에 포섭당할 것이다. 이 세계의 대척점에는 분명 '농업'이 있다. '농업'을 상정하지 않는 그 어떤 기획이라도 이 시대의 핵심을 꿰뚫어 갈 수는 없는 것이다. 『녹색평론』을 읽으며, 때때로 그 매체에 글을 쓰면서 나 또한 '농農의 가치'를 세상에 알리는 한 나팔수가 되기를 바라지만, 그러나 나 자신이 농의 가치를 몸으로 살아내고 있지는 못하다. 그러나 저분들, 비슷한 시기에 '의식화'라는 물구나무서기 세례를 받았고, 그럼으로써 '거꾸로 선 세상'을 제대로 볼 수 있었던 내 또래가 지금껏 20년 가까운 세월을 조금도 에둘러 가지 않고 온전히 삶으로써 농의 가치를 살아내고 있는 것이다.

나는 농사를 지을 수 있을까? 농사와 철학을 배우는 학교를 만들고자 하는 내 꿈은 이루어질 수 있을까? 장마 뒤끝의 우리 집 텃밭에는 지금 잡초가 무성하다. 쓸데없는 잡소리 걷어치우고 어여 집에 가서 텃밭의 풀부터 뽑아야겠다. (2011)

* 농사학교를 꿈꾸며 퇴직을 결심할 무렵에 쓴 글이다. 그리고, 실제로 그 다음해 퇴직을 결행했지만, 사직서를 낸 지 사흘 뒤 일어난 밀양송전탑 이치우 어르신의 분신 자결 사건으로 송전탑 싸움에 뛰어들었고, 만 4년간 농사 근처에도 가지 못한 채 그저 밀양 어르신들과 '데모꾼'으로 살게 되었다. 그리고, 이제는 정치의 문턱까지 넘게 되었다. 인생의 길은 알 수가 없는 것이다. 그러나, 언젠가 이 '반근대의 몽상'을 실천할 시간이 내 인생에도 닥쳐올 것이라는 희망은 거두지 않고 있다.

광복절, 윤동주의 시를 읽다

1.

    일본에서 태어나 열네 살 때 조선으로 건너온 아버지는 광복절에는 일본에서 돌아온 친구들과 하루 종일 술을 드시며 노셨다. 한 해도 거르지 않으셨다. 불콰해진 얼굴로 일본 노래도 부르고, 때로 목소리 높여 싸우기도 하셨다.

    광복 직전에 돌아가신 할아버지를 대신해서 열네 살 나이에 할머니를 도와 졸지에 가장 노릇을 해야 됐던 내 아버지는 서툰 한국말로 구두닦이에 날품팔이에 기약 없는 노동의 세월을 보내야 했다. 나뭇짐 가득 쌓인 지게를 받쳐 두고 부산으로 향하는 경부선 철로를 바라보며 눈물 바람을 한 적이 한두 번이 아니었다 한다.

광복절 아침에 서가에서 윤동주 시집을 꺼내어 든다. 스물여덟 젊은 나이에 광복을 불과 6개월 앞두고 옥사한 윤동주. 그의 대표작인 「서시」나 「별 헤는 밤」은 한국인들에게 "시란 이런 것이다"라고 생각하는데 중요한 계기를 준, 한국어로 형상화된 가장 아름다운 한 정신의 풍경화임을 부정할 수는 없을 것이다. 그리고 그것은 꼭 학교 교육의 덕택만은 아닐 것이다. 그의 짧은 생애의 모든 기간이 일제 강점기에 걸쳐 있다는 사실, 그 순결한 넋이 극한에 다다른 제국주의자들의 광기에 힘없이 무너져 내렸다는 사실을 생각하면 마음이 아프다.

한 번도 손들어보지 못한 나를
손들어 표할 하늘도 없는 나를

어디에 내 한 몸 둘 하늘이 있어
나를 부르는 것이오.

일을 마치고 내 죽는 날 아침에는
서럽지도 않은 가랑잎이 떨어질 텐데……'

─「무서운 시간」 부분

꼭 그렇게 자신이 죽을 것을 예감하고 있는 느낌마저 준다. 그러나, 그가 이런 비애만으로 시를 쓴 것은 당연히 아니다. 이번에 읽어보니, 그가 스무 살 전후로 가톨릭 잡지에 발표했다는 그의 동시가 참 좋다. 어린아이 같은 순정한 마음이 느껴진다. 이것 또한 시인의 마음이다.

　　앞마당을 백로지인 것처럼
　　참새들이 글씨 공부하지요

　　짹, 짹, 입으론 부르면서,
　　두 발로는 글씨 공부하지요.

　　하루 종일 글씨 공부하여도
　　짹 자 한 자밖에는 더 못 쓰는 걸.

　　　　　　　　　　　　　　—「참새」 전문

싱긋이 미소를 머금게 된다. 마음이 훈훈해진다. 타작과 탈곡마당에 쫑쫑대는 참새들을 바라보는 소년 윤동주가 눈에 보이는 것 같다. 이런 엄혹한 시절에도 이런 소년의 마음이 가능했던 것도 그가 북간도 명동촌 한인 자치부락에서 자라났기 때문에 어느 정도는 가능한 것이었으리라. 하지만 그 무렵 남긴 시에는 이런 것도 있다.

누나의 얼굴은
해바라기 얼굴
해가 금방 뜨자
일터에 간다.

해바라기 얼굴은
누나의 얼굴
얼굴이 숙어 들어
집으로 온다.

—「해바라기 얼굴」 전문

　나중에 민중가요로도 작곡된 동시다. 그 당대의 노동 현실이
인상적으로 음각되어 있다. 깊은 울림이 있다. 산업화와 착취를
바라보는 소년의 시선이다. 그의 제일의 벗이었던 문익환 목사
가 그러하였듯 윤동주가 해방 이후에도 살아남았더라면 또한 우
리 현대사의 큰 정신이 되었을지도 모를 일이다.

2.

1938년경, 윤동주는 연희전문에 입학하면서 처음으로 타향 생활을 시작하게 되었다. 반자치의 자유를 누리던 북간도에서 이제 식민지 현실의 중심으로 진입한 것이다. 이 시점으로부터 연희전문을 졸업하고 일본 유학길에 올랐다가 일 년여 만에 사상범으로 체포되는 시점까지의 4년여 동안 그는 그의 대표작으로 평가되는 이십여 편의 시들을 남기게 된다.

세상으로부터 돌아오듯이 이제 내 좁은 방에 돌아와 불을 끄옵니다. 불을 켜 두는 것은 너무나 피로롭은 일이옵니다. 그것은 낮의 연장이옵기에—

이제 창을 열어 공기를 바꾸어 들여야 할 텐데 밖을 가만히 내다보아야 방 안과 같이 어두워 꼭 세상 같은데 비를 맞고 오던 길이 그대로 빗속에 젖어 있사옵니다.

하루의 울분을 씻을 바 없어 가만히 눈을 감으면 마음속으로 흐르는 소리, 이제, 思想이 능금처럼 저절로 익어 가옵니다.

—「돌아와 보는 밤」 전문

대학생 시절, 나는 이 시를 참 좋아했다. 맨 마지막 구절의 둔사遁辭 같은, "사상이 능금처럼 저절로 익어" 간다는 구절이 이 탁월한 시를 망쳐버린 것만 같아 도려내고만 싶었다. 사상이 능금처럼 익든 말든 그게 무슨 소용이란 말인가, 내 맘은 그랬다.

나 또한 타향에서 홀로 지내던 때였다. 알 수 없는 우울과 슬픔을 안고 살아가던 때, 어쨌든 내겐 이 시가 내 온몸으로 다가왔다. 피로한 하루치의 삶에 지쳐 내 방에 들어와 털썩 무너지듯 주저앉을 때에도, 세상 돌아가는 꼬락서니에 울분을 씻을 길이 없을 때에도. 긴 비가 오는 날, 빗속으로 젖어 가는 세상을 보면서 이렇게 세상이 스르르 잠들어 가라앉아 버렸으면 좋겠다는 생각을 하곤 했다. 세상의 죄로부터 피해 있을 곳은 없었다. 다만, 땀 흘려 노동하는 삶이라면 나를 지켜줄 수 있을 것 같았고, 죄짓는 삶일지언정 그렇게 살 수 있을 것 같았다. 아마 윤동주도 그러했으리라.

빨리

봄이 오면

죄를 짓고

눈이

밝아

이브가 해산하는 수고를 다하면

무화과 잎사귀로 부끄런 데를 가리고

나는 이마에 땀을 흘려야겠다.

—「또 태초의 아침」 부분

3.

윤동주는 내성의 시인만은 아니었다. 그의 우울과 좌절은 단순한 포즈만은 아니었다. 이를테면 이런 시가 있다.

영하로 손가락질할 수돌네 방처럼 추운 겨울보다
해바라기가 만발할 팔월 교정이 이상理想 곳소이다.
피 끓을 그날이—

어제는 막 소낙비가 퍼붓더니 오늘은 좋은 날세올시다.
동저고리 바람에 언덕으로, 숲으로 하시구려—
이렇게 가만가만 혼자서 귓속 이야기를 하였습니다.
나는 또 내가 모르는 사이에—

나는 아마도 진실한 세기의 계절을 따라,

하늘만 보이는 울타리 안을 뛰쳐,

역사 같은 포지션을 지켜야 봅니다.

—「한난계」^{寒暖計} 부분

한난계는 온도계를 말한다. "내가 모르는 사이에", "진실한 세기의 계절을 따라", 그리고 "하늘만 보이는 울타리 안을 뛰쳐" 나아가 "피 끓을 그날"에는 목 놓아 외치고 싶었던 것이 그에게도 있었던 것이다.

하긴, 윤동주가 끝내 일제의 감옥에서 살아났더라도 그의 그다음 삶은 또한 어찌 되었을지, 장담할 수 없다. 그가 해방 공간에 숨기워진 흉포한 발톱을 피해 갈 수 있었을 것인지도 장담할 수 없다.

막노동과 날품팔이로 가족들을 먹여 살리던 우리 아버지에게 전쟁이 다가왔다. 징병은 피해야 했다. 여동생들과 어머니를 보살필 사람이 없어지기 때문이다. 징병을 피할 수 있다는 기대만으로 밤을 틈타 부산까지 걸어가 군수공장에 겨우 일자리를 얻었다. 거기서 끔찍한 노역에 시달리다 사고를 겪었고, 작은 장애를 얻었다. 윤동주처럼 죽지는 않았지만, 살아남은 우리 아버지에게는 윤동주가 그리워했던 "역사 같은 포지션"은 없었다. 오직 살아남기 위한 노동, 빵장수와 날품팔이, 드난살이였을 따름이다. 그래서 아버지는 자주 술을 드시고 회한에 젖어 우셨다. 아버지의 광복과 그 이후의 나날을 생각하면 나도 슬프다.

슬퍼하는 자는 복이 있나니
슬퍼하는 자는 복이 있나니
슬퍼하는 자는 복이 있나니
슬퍼하는 자는 복이 있나니
슬퍼하는 자는 복이 있나니
슬퍼하는 자는 복이 있나니
슬퍼하는 자는 복이 있나니
슬퍼하는 자는 복이 있나니

저희가 영원히 슬플 것이오.

—「팔복」전문

예수의 산상수훈에 대한 날카로운 도발이다. 그러나 그에게 이 독신瀆神의 외침은 이 슬픈 역사에 대한 자신의 눈물이며, 방관하는 신에 대한 절절한 항의일 것이다. 우리 아버지가 먹고살기 위해 이렇게 떠돌 때에도, 죽을 줄 알면서도 역사의 제단에 제 몸을 바친 이들이 있었다.

괴로웠던 사나이,

행복한 예수·그리스도에게

처럼

십자가가 허락된다면

모가지를 드리우고

꽃처럼 피어나는 피를

어두워가는 하늘 밑에

조용히 흘리겠습니다.

　　　　　　　　　　　　　—「십자가」 부분

　1942년 연희전문 문과를 졸업한 윤동주는 그해 일본으로 건너가 릿쿄대학立敎大學 영문과에 입학했다가 가을에는 도지샤대학同志社大學 영문과로 전학한다. 수시로 경찰이 하숙방을 뒤지고 툭하면 잡아 가두고, 고문하던 시절이다. 모두가 숨죽였고, 굶주림을 껴안고 살아야 하던 시절이었다. "인생은 살기 어렵다는데, 시가 이렇게 쉽게 씌여지는 것"을 부끄럽게 여기지 않을 수 없었던 시절이었다. 그는 구체적인 행동의 물증이 없더라도 조선인들을 탄압하는 데에 흔히 사용되었던 '사상불온'이라는 죄목으로 체포되었고, 광복을 불과 6개월여 앞두고 옥사했다. 그는 스스로 십자가를 지지는 않았지만, 어쩌면 그의 죽음이 또한 그 시대의 십자가였을지도 모를 일이다. 윤동주도, 그리고 우리 아버지도 모두 불행했다. 불행한 시대에 살았던 이들이 치러야 했던 역사의 죗값이었다.

4.

지조 높은 개는
밤을 새워 어둠을 짖는다.

어둠을 짖는 개는
나를 쫓는 것일 게다.

가자 가자
쫓기우는 사람처럼 가자
백골 몰래
아름다운 또 다른 고향에 가자.

—「또 다른 고향」 부분

어둠을 짖는 개의 울음소리에 쫓기우는 양심. 이 양심은 지금 이 땅에 남아 있는가.

윤동주가 죽고 난 뒤, 66년의 역사란 또한 백골 같은 나날들이었다. 광복절인 오늘도 어디에선가는 성조기와 이승만과 박정희의 초상을 들고 검은색 라이방을 쓴 한 무리의 인간들이 운집해 있을 것이다. 정리해고 당한 노동자들을 위로하고 연대하기 위해 부산까지 내려간 이들을 뒤쫓아가 후려패고 멱살을 쥐던 깡패 같은 인간들, 그들의 완력과 우격다짐들이 진실과 양심을 주장朱杖질 했던 66년이었다.

윤동주의 시들은 또한 자기의 안과 밖에 존재하는 어둠과 대결하려 했던 한 순결한 영혼의 기록으로 남았다. 그리하여 그가 그렸던 맑고 깊은 서정은 이 캄캄한 시절에도 별처럼 빛난다. 수십 년의 세월을 격한 지금에도, 그리고 앞으로도 시대의 어둠을 슬퍼하는, 그리고 순수를 그리워하는 모든 이들의 시심詩心 속에 남을 것이다. 고마운 일이다. 윤동주가 그 숨막히는 시대에도 홀로 노트에 시를 끄적여 남겨 주었다는 사실이.

소년 윤동주, 역사의 격랑에 올라타지 않았더라면, 이 마음으로 살았을 아름다운 소년. 그의 사랑하는 순이, 황홀한 소년의 마음을 생각하며 도무지 무슨 소리를 하는지 알아들을 수 없는 대통령의 광복절 경축사로, 우익 깡패들의 패악질로 도배된 오늘 2011년 광복절을 넘어간다.

여기저기서 단풍잎 같은 슬픈 가을이 뚝뚝 떨어진다. 단풍잎 떨어져 나온 자리마다 봄을 마련해 놓고 나뭇가지 위에 하늘이 펼쳐 있다. 가만히 하늘을 들여다보려면 눈썹에 파란 물감이 든다. 두 손으로 따뜻한 볼을 씻어 보면 손바닥에도 파란 물감이 묻어난다. 다시 손바닥을 들여다본다. 손금에는 맑은 강물이 흐르고, 맑은 강물이 흐르고, 강물 속에는 사랑처럼 슬픈 얼굴—아름다운 순이의 얼굴이 어린다. 소년은 황홀히 눈을 감아본다. 그래도 맑은 강물은 흘러 사랑처럼 슬픈 얼굴—아름다운 순이의 얼굴은 어린다.

—「소년」 전문

(2011)

나꼼수를 끊어야겠다

'나꼼수'를 끊어야겠다는 생각이 어젯밤 민주통합당 당대표 후보 인터뷰를 다룬 '봉주 2회' 편을 들으면서 탁 들었다. 갑자기 들었던 생각은 아니고, 한동안 쌓여 왔던 느낌이 '봉주 2회'를 들으면서 자기 자리를 잡았다고나 할까. 그 순간은 깊은 밤이었는데, 지난 몇 달간 나꼼수를 들으면서 생겨난 여러 일들이 스쳐갔고, 핫바지에 방귀가 새어나가듯이 나꼼수에 대한 애정이 스르르 빠져나가는 것을 느꼈다.

사실 말이지만, 나는 곽노현 교육감 구속 때부터 지금껏 나꼼수 팬이었다. 무엇보다 많이 웃을 수 있어서 좋았다. 텔레비전을 보지 않는 내가 그나마 '개콘'의 몇 꼭지라도 찾아 보는 이유는 웃을 수 있기 때문이다. 웃지 않으면 견딜 수 없는 세상이니깐.

나꼼수를 들으며, 우리들 약자에게 남은 풍자와 조롱의 권리를 확인하는 것이, 낯모르는 몇백만의 인간들이 동시에 낄낄거리고 있음을 확인하는 연대감이 또한 좋았다.

물론 나는 이 나꼼수 열풍이 하나의 정치적 '조증'임을 잘 알고 있다. 이 나라 대중들은 지난 5년여 동안 조증과 울증 상태를 지속적으로 반복해 왔다. 노무현 서거 때의 조증과 그 이후 4대강 정국 이후부터의 울증 모드를 떠올려 보라. 노무현의 영결식 때 서울광장으로 몇백만이 몰려나와 울부짖었는데, 바로 얼마 뒤 4대강 반대 집회에는 고작 몇백 명이 초라하게 경찰과 극우단체들의 조롱을 받으며 집회를 치렀다. 조증과 울증은 이렇게 급속하게 옷을 갈아입기도 했다. 야당의 무능과 언론의 직무유기에 가장 큰 책임이 있겠지만, 나꼼수 열풍이 오랜 정치적 울증이 이명박 정부 말기가 다가오면서 조증으로 자태변환하는 한 변곡점이 되어 주었음을 부정할 수는 없는 것이다. 무엇보다 나 자신이 그 조증에 올라타 있었던 한 사람임을 부인하지 않겠다. 그리고 이제 조증에서 깨어나 조금씩 제정신이 드는 모양이다.

민주통합당 당대표 후보 네 사람의 인터뷰를 들으면서 나는 몹시 빈정상했고, 아, 이 사람들이 이런 사람이었지, 민주당이 이런 당이었지, 나꼼수의 자리가 바로 여기였지, 하는 새삼스러운 생각이 들었던 것이다.

한명숙, 문성근, 박영선, 박지원. 기막힌 것이 이 네 사람 모두

이 나라 제1야당의 대표가 되겠다는 사람들인데, 세 시간 동안 이 나라의 현실에 대해서 아무런 이야기를 하지 않았다는 사실이 너무나 기가 막혔다. 어쩌면 그게 오늘날 제도권 정치의 가장 솔직한 모습인지도 모르겠다.

한명숙은 김근태의 추도식에 다녀왔다면서 자기 이야기를 시작했다. 결국 또 옛날 이야기하면서 죽은 김근태와의 인연을 이야기하려는가 보다 했는데, 들으면서 나는 깜짝 놀랐다. 한명숙은 김근태만 아니라 "나도 고문당했다"는 이야기를 하더니, 흐느끼기 시작한 것이다. 이런 이야기 꺼내면 당연히 목이 멜 것이다, 충분히 예측가능한 상황이었는데, 본인은 굳이 이 상황을 피해 가려하지 않는 듯 먼저 이야기를 꺼냈고, 끝내 흐느꼈다.

문성근은 "그분(노무현) 돌아가시고 나서 승질이 나서, 미치는 줄 알았다. 그래도 힘이라도 있어야 (그놈들) 따귀라도 한 대 쎄려줄 것 아니냐"라고 출마의 변을 밝혔다. 한명숙을 포함하여 이른바 친노 진영은 5년 집권기의 끔찍한 무능과 끝도 없는 패착으로 오늘날 이 괴물 같은 이명박 5년을 불러온 일등공신인 자신들의 과오에 대해 진지하게 생각해 본 적이 없는 것이 분명하다. 다만, 생각하면 그립고 아련하고 짠한 '노짱'이 불러일으키는 센티멘털에 기대어 다시 권력을 잡아야겠다는 의지, 그것 외에 다른 것은 없어 보인다. 박영선이 '재벌 개혁'에 대해 한마디 이야기를 했으나, 결국 박영선이 이 당대표 선거에서 기대고 있는 것은 정봉주와의 인연이었고, 그것이 자신을 이 자리로 부른 것이라고 그 자신 또한 밝혔다. 노회한 박지원은 자신의 정치적 영향력을 확인하는 이야기로 시종했다.

나는 그나마 민주통합당 사람 중에 정동영을 좋아한다. 그 중에서도 정동영이 한미 FTA를 추진한 한 주체였던 자신의 과오를 공개적으로 인정하고, 2008년 서브프라임 사태를 통해 자신이 신봉해 온 신자유주의와 금융자본주의의 실체를 깨달았던 것을 고백하는 모습을 보며 나는 그를 좋아하게 되었다. 내가 아는한, 참여정부 인사로부터 들을 수 있었던 거의 유일한 자기 반성으로 기억하고 있다. 이제 민주통합당 대표가 된 한명숙이 그런자기 반성과 성찰의 과정을 거쳐 왔는지 나는 기억하는 바 없다. 그에게 씌워진 박해자의 화관은 이명박이 준 것이며, 그를 당대표로 만들어 준 사람 또한 이명박이다.

새삼스럽게 생각한다. 정치란 무엇일까. 공자는 정치를 '바로잡는 것'政者正也이라고 했었지. 바로잡는 것. 그러나 오늘날 정치는 결국 '권력'인 것이다. 문성근이 말했던 것처럼 "힘이 있어야저놈들 뺨때기라도 후려칠 수 있으니"깐.

공교롭게도 나는 하승수 변호사가 이번 호 『녹색평론』에서 자신이 녹색당에 뛰어들게 된 계기를 설명하는 대목에서 깊은 감동을 느꼈다. 그리고 뭔가 막힌 게 뚫리는 듯한 느낌이 들었다. 지난 십수 년간 풀뿌리 운동 현장을 뛰어다닌 활동가였던 그를 정치 무대로 뛰어들게 만든 것은 후쿠시마 사태였다. 그의 글에서 뽑은 대목이다.

가장 가슴이 아팠던 것은 30년 이상 유기농업을 해온 60대 농민이 자살했다는 기사를 봤을 때였습니다. 후쿠시마 사고가 난 직후에 일본 정부가 후쿠시마산 채소 일부에 대해 출하정지 조치를 내리자, 그 농부는 "후쿠시마의 야채는 끝났다"고 중얼거린 후에 목을 매 자살했다는 것입니다. 자신이 직접 토양을 개량하고, 종자도 개량해서 좋은 양배추를 길러온 성실한 농부였습니다. 후쿠시마 사고는 이렇게 한 농부의 삶을 한순간에 무너뜨렸습니다. 아니 후쿠시마 지역의 농민들과 그 지역에서 희망을 꿈꾸어 온 모든 사람들의 꿈에 사형선고가 내려진 것입니다.

　　―「지금 왜 녹색당인가」,『녹색평론』2012년 1-2월호 중에서

창당 여부조차도 불투명한, 아마도 군소정당으로 존립하게 될 것이 분명한, 이 녹색당을 굳이 만들어야겠다고 선택한 활동가의 고백을 음미해 보기를 권한다. 이 가시밭길을 걸어가겠노라 자청한 계기가 다름아니라 이웃 나라 한 유기농업 농민의 자살이라는 사실은, 하승수라는 정치인의 인간적인 됨됨이를 넘어서 정치란 무엇인지, 진정한 정치란 어떤 것이어야 하는가에 대해 많은 생각을 하게 한다.

나꼼수 이야기를 조금 더 해 보자. 정봉주의 수감에 분노하고, BBK에 뒤엉킨 구린내 나는 관계들을 폭로하는 것은 물론 소중하다. 통치권자의 치부를 폭로함으로써 무관심과 자포자기에 절어 있는 인민들을 정치의 광장으로 초대하는 것은 의미 있는 정치 행위이다. 그러나, 나는 여기에 필요한 '덧셈의 정치'를 생각해 본다. 정치란, 그 인민들과 함께 더 많은 정봉주를 불러내기 위해 존재하는 것이 아니겠는가. 정봉주의 이름 위에 이 정권 들어 억울하게 감옥에 가야 했던, 죽어야 했던, 나락으로 떨어진 이들을 호명하는 것이 또한 진정한 정치 행위가 아니겠는가. 저 먼 곳 후쿠시마 농민의 자살에서 오늘날 우리의 운명을 읽어내는 것이 또한 정치가 아니겠는가.

지난 시절, 국민사기꾼 황우석을 집요하게 옹호하던, 노무현을 '싸나이'로서 좋아하고 그래서 그를 생각하면 애잔하고 짠하다는 김어준, 그의 호방한 웃음소리에 서려 있는 마초 근성이 문득 거슬리기 시작했다. 민주당 당대표가 되겠다는 인사들을 줄세워 놓고 "정봉주 구출을 위해 무엇을 할 것인가"를 취조하는 나꼼수가 불편해지기 시작했다. 이제 나꼼수를 듣지 않을 생각이다. 그리고, 우선 우리 지역에서 녹색당 발기인을 모으기 위해 조금 움직여 보아야겠다고 스스로 다짐했다. (2012)

* 이야기는 오래 지속된다. 한명숙은 70대 고령에도 결국 수감되었고,

민주당 내 진보블럭 결집을 도모하던 정동영은 결국 민주당을 탈당하고 말았다. 나꼼수가 구축한 엄청난 팬덤은 이 글에서 지적한 대로 이명박 정부 말기 정권 교체의 열망을 결집하는 중요한 계기가 되었으나 정권을 창출하는 정치적 에너지가 될 수 없음을 냉정하게 확인하는 계기가 되기도 하였다.

기록을 찾아보니, 2013년 2월 18일이라고 되어 있다. 일 년 옥살이를 마치고 출감한 정봉주 씨가 당시 삼성동 한국전력 본사 앞에서 공사 재개를 반대하며 릴레이 단식농성 중이던 밀양 주민들의 천막을 찾아 하루 동안 함께 주민들과 단식 농성을 했다. 아주 유쾌하고 훈훈했다고 함께 있던 어르신들이 입을 모아서 고마워했다. 그런 기억이 있다.

녹색당 창당에 즈음하여

드디어 3월 4일 녹색당이 창당한다. 서울, 경기, 부산, 대구, 충남에서 천 명 이상의 발기인을 확보함으로써 그 까다로운 설립 요건을 충족하게 된 것이다. 정의, 자유, 통합 따위 추상적인 가치가 아니라, 새누리 따위 유치찬란한 수사가 아니라, '녹색'이라는 분명한 이념적 지향을 가진 정당이 이제 등장하는 것이다.

강기갑, 노회찬, 심상정, 조승수처럼 보수정당의 정치인들과는 '끕'이 다른 뛰어난 실력과 헌신성을 갖춘 정치인을 보유하고 있었지만, 민주노동당은 늘 안타까웠다. 나까지 '종북'이라는 표현을 쓰고 싶지는 않지만, 이를테면 북이 핵실험을 성공했을 때 보여주는 태도는 크게 실망스러웠다. 어떤 이들은 미국에 맞서 핵실험까지 해 내는 '배포'에 경의를 표하기도 했다. 그뿐 아니라, 한국 사회에서 매우 의미 있는 의제들, 이를테면 부유세 문제가 민주노동당 안에서 주저앉는 과정과 거기서 보여주는 이른바 자주파 인사들의 행태는 정말로 실망스러웠다. 그러다가 진보신당에 나도 합류를 했지만, 거기 당원게시판에 가끔 들어가면 나는 눈이 시려워서 견디기가 힘들었다. 지금도 기억나는 아이디, '도봉구에 사는 박아무개' 같은 이들의 글들, 그런 류의 쌈마이들이 진보신당의 정서를 대변한다고 볼 수는 없겠지만, 어쨌든 진보신당이 논쟁과 싸움으로 지치고 시들어 갔던 것은 분명하다. 그리고 결국은 '자기 살 길을 찾아' 떠나버린 정당이 되어 버렸을 때, 진보신당에 잔류한 몇몇 존경하는 분들의 좌절도 안타까웠다. 그래서 나는 최근까지도 진보신당 당적을 보유하고 있었다.

그러나, 나에게는 분명한 입장이 있다. 오늘날, 바로 이 시점에서, 우리가 살고 있는 이 세계가 과연 어떻게 될 것인지를, 이 체제가 계속 이어질 수 있을지를 묻지 않는 정치란 결국 허위일 수밖에 없다는 사실이다. 정권 교체에 사활을 거는 이들에게, 안철수가 혹은 문재인이 대통령이 되었을 때 과연 무엇이 달라질 것인지를 냉정하게 물어야 한다.

복지에 모두 사활을 거는 이들에게 복지에 쓸 '돈'이 있는지를 물어야 한다. '핵'으로부터 빠져나올 길을 과연 저 정치인들은 준비하고 있는지, '핵마피아'와 맞서 싸울 의지는 있는지를 또한 물어야 한다. 농업이 회생할 수 있는 첫 삽을 저들은 뜰 수 있을 것인지, 금융경제의 몰락과 시시각각 다가오는 공황의 가능성을 막아낼 풀뿌리 공동체를 만들어낼 비전을 저들은 갖고 있는가를 물어야 한다.

박근혜의 남부권 신공항에 맞서 문재인과 문성근은 부산권 신공항을 이야기할 것이다. 올해의 양대 선거는 결국 개발 대 개발, 경제성장 대 경제성장, 복지 대 복지의 대결일 뿐이다. 노회찬의 표현처럼 불판이 바뀌지 않으면 안 된다. 그리고 이제 그 불판의 색깔도 바뀌어야 한다. 단언컨대 이 시대의 색깔은 녹색이라고 나는 믿는다. 엘리트가 아니라 풀뿌리이며, 중앙집중이 아니라 탈중심이며, 산업주의가 아니라 농본주의이며, 남성적 거대서사가 아니라 여성적 모성의 힘이며, 다수결의 힘의 논리가 아니라 제비뽑기의 우연과 순환이다. 이들만이 이 세상을, 우리 삶의 변화를 기약할 수 있다고 나는 믿는다.

녹색당 창당을 앞두고 스쳐가는 인상적인 기억이 있다. 그것은 지난 2월 1일, 우리 지역에서 한전의 폭력적인 송전탑 공사 강행에 분신자결로 저항하신 이치우 어르신 대책위원회가 출범하던 날의 일이다.

우리 대책위는 정치권에게 도움을 청했고, 고맙게도 권영길·강기갑·조경태 의원이 손을 잡아주었다. 그리고 녹색당 창준위와 여러 환경단체에 도움을 청했는데, 녹색당 하승수 창준위 사무처장이 그날 끝까지 함께해 주었다. 밀양시내 제일 중심부에 있는 옛 관아 자리에서 집회를 하는데, 맨 앞줄에 국회의원 세 분과 상임고문 문규현 신부님, 하승수 변호사를 위해서 자리랍시고 만들어 두었다. 그런데, 지역 정객이라는 작자들이 그 자리를 먼저 꿰차고 앉는 바람에 문규현 신부님과 하승수 변호사는 그 자리에 앉지 못하고 문규현 신부님은 시골 어르신들 속에, 하승수 변호사는 연단 옆에 서서 집회에 참여하게 되었다. 전국에서 모여든 언론사들의 카메라 플래쉬는 결국 맨 앞줄의 세 분 국회의원과 지역의 정객들에 집중되었고.

그런데 트럭 위에 마련된 연단으로 올라가던 한 연사가 디딤판 격으로 갖다 둔 플라스틱 의자가 미끄러지면서 넘어지는 일이 생겼다. 그 다음번 발언은 주민들의 증언이었는데, 이치우 열사의 동생 이상우 어르신들이 올라갈 차례가 되니, 녹색당 하승수 변호사가 재빨리 그 어르신이 올라갈 때 의자를 밑에서 붙잡아 주는 것이었다. 그래서 이상우 어르신은 미끄러지지 않고 연단으로 올라갈 수 있었다. 집회가 끝날 때까지 다른 연사들에게도 그렇게 하신 것 같다.

짧은 순간이었지만, 내게는 뭉클한 감동 같은 것이 있었다. 굳이 카메라 플래쉬가 터지는 자리를 고집하지 않는 겸손함 말고도, 미끄러운 플라스틱 의자를 붙잡아 어르신들을 연단 위로 올려드리는 그 모습에서 나는 녹색당이 앞으로 이런 정당이 되었으면 좋겠다고, 혼자 뭉클한 상상을 했다.

　힘없고 약한 이들을 떠받들어 주는 정당, 가장 가슴 아픈 일들이 벌어지는 곳에는 늘 곁에 함께 하는 정당, 권력 쟁취가 아니라 협동과 희생으로 이 세상을 붙들어 주는 정당, 그런 녹색당이 되었으면 좋겠다. 그 녹색당이 드디어 출범한다!! (2012)

지금 우리에게 필요한 것은 사상이다

　민주주의Democracy를 이제 어떻게 '인민demos의 지배cratia'라고
번역할 수 있겠는가. 만주국의 설계자인 A급 전범 기시 노부스
케의 외손자 아베가 일본 수상으로 등극했다. 그 만주국 장교로
독립군을 토벌하고, 이 나라를 18년간 만주국 비슷하게 다스렸
던 '그분'의 딸이 5년간 이 나라를 통치하게 되었다. 그의 곁에는
정주영의 아들이 있고, '사꾸라 정당'이라 수군거렸던 민한당 총
재의 아들이 비서실장이 되어 있다. 정치란 저런 사람들이 하는
것이다. 그러니 5년에 딱 하루 투표소에서 행사하는 권리, '인민
의 주권'이란 무슨 의미가 있겠는가.

　12월 20일, 간밤의 폭음으로 하루 쉬는 고소득 전문직의 문재
인 지지자가 있었을 것이다. 그러나, 그 엄동의 새벽에 공구가방

을 메고 인력시장으로 나가는 박근혜 지지자가 또한 있었을 것이다. 가난한 이들은 왜 부자 정당에 투표할까. '그분'의 딸이라는 사실 말고는 아무것도 보여준 게 없는, 자취하는 대학생만큼도 세상 물정을 모르고, 어떤 질문이든 더듬거리고 버벅대는 이에게 왜 과반을 훌쩍 넘는 표를 몰아다 줄까. 그들은 이성과 논리가 세상을 이끌어가는 것이 아님을 알고 있는지도 모른다. 저 똑똑한 '리버럴' 정치 엘리트, 나꼼수, 환호하는 젊은 친구들에게 딱히 대거리할 능력은 없지만, 우리가 산전수전 다 겪어 본 바로는 독재가 더 낫더라, 그렇게 여겼던 것인지도 모른다. 10년 동안 겪어 보지 않았나. 민주주의가 밥을 먹여 주던가. 그래 봤자 저들도 가진 자들의 편이기는 매한가지, 그나마 우리를 이 정도로라도 먹고살게 해 준 '그분'과 재벌들이 다가올 두려운 변화 앞에서 차라리 믿음직스러웠을 것이다. 그러므로, 이번 선거는 경제적 공황 상태에서 벌어질 생존 경쟁을 예견하고 있는지도 모른다. 강자에 대한 선망, 전체주의적 질서에 대한 동경, 공공적 대의보다는 개체적 안정에 대한 강력한 열망이 분출되었다는 점에서 그렇다.

이 선거의 뒤끝에서 노동자들이 목숨을 끊고 있다. 이를테면 고공 농성 이후 끌려 내려오다 폭행당한 뒤 우울증과 신경쇠약으로 고통받아온 현대중공업 사내 하청 노동자 이운남, 이런 이들이 어떤 예감의 공기를 느낀 듯 허공에 몸을 던진다.

선거가 끝난 뒤 지난 며칠 동안, 나는 가톨릭 영성가 토마스 머튼의 글 「사막 교부 금언집 서문」을 거듭 읽곤 했다. AD 4세기 경, 그리스도교가 국교로 공인되었을 때 한 무리의 수도승들은 팔레스타인과 이집트 사막으로 떠났다. 국교가 된 그리스도교를 통하여 영혼의 구원이 이루어지는 것은 불가능하리라는 것을 예감하고 체제의 바깥으로 스스로 떠나온 이들은 돗자리나 가방을 짜 내다 팔며, 침묵과 관상으로 조용히 살았다. 그들에게 사회란 '난파당한 배'와 같은 것이었다. 우리는 허우적거리는 존재일 뿐, 같이 허우적거리는 이웃들을 구할 수 없음을 알았기에 먼저 자신을 건져올림으로써 세상의 구원을 도우려 했다.

우리는 어떻게 살아야 하나. 우리도 그들처럼 사막으로 떠나야 하는 것일까. 그런데, 저렇게 사람이 죽어나가고 있지 않은가. 그러므로, 우리에게는 사상이 필요하다. 약자들의 단결의 방법으로써, 자립과 자치의 사상이. 자본주의가 지금 저물고 있다면, 우리는 저 노동자들, 약한 이들과 더불어 다른 세상을 지금 여기서, 그것이 아주 작은 공간일지라도, 만들어야 하리라. 농업과 육체 노동, 적정 기술, 시골살이, 대안 화폐와 협동조합, 머릿속을 떠다니는 몇 가지 단어들을 끄집어내 본다. 아아, 정말이지 나는 5년 뒤에 다시 저 '리버럴' 정치 엘리트들에게 투표하고 싶지 않다. 필요한 것은, 나 하나부터 땅을 짚는 일, 허우적거리는 이들을 건져 올릴 '사상'이다. (2012)

세 모녀 자살과 기본소득

　가수 윤영배 씨가 '한국의 그래미상'으로 불리는 한국대중음악상 수상 소감에서 '세 모녀 자살 사고'를 언급하고 '기본소득론'을 역설했다고 한다. 3관왕을 했으니 세 번 불려 나갔을 텐데, 세 번 다 기본소득 이야기를 하니 객석에서 웃음과 환호가 터져 나왔다고 한다.

　모든 사람에게 똑같이, 얼마간의 기본적 필요를 해결할 돈을 지급한다는 기본소득의 발상을 듣게 되면 맹랑한 소리라고 일소에 부쳐 버리는 경우가 적지 않다. 윤영배 씨의 거듭된 제안에 터져나왔다는 객석의 웃음에도 그런 의미가 어느 정도는 담겨 있을 것이다. 그러나 70명쯤 되는 노벨 경제학상 수상자들 중에 기본소득을 지지한 이가 10명이 넘는다는 이야기를 들으면 느낌이 좀 달라질 것이다. 기본소득론은 이미 서구 진보진영에서 오랫동안 깊이 토론된 의제이고, 지난해 스위스에서는 12만 명이 서명한 '월 300만 원 기본소득 보장' 안건이 국민투표에 부쳐지게 되었다고 한다.

생각해 보면, 박근혜를 대통령 자리에 앉혀준 기초연금은 노인들에 대한 기본소득이다. 이명박의 반값등록금 약속은 대학생 기본소득이라 할 수 있으며, 지난 4~5년간 한국 정치를 뒤흔들었고, 논란의 와중에서 오세훈을 몰락시키고 박원순과 안철수를 불러낸 무상급식은 학부모에 대한 기본소득이다. 요컨대 기본소득은 이들을 엮어서 모두에게 차별 없이, 삶의 기본적 필요를 해결할, 작지만 의미 있는 소득을 제공하자는 논리인 것이다.

왜 꼭 그러해야 하는가? 무엇보다 세 모녀 자살 사고와 같은, 사회 붕괴의 조짐이 잇따르고 있기 때문이다. 그리고 기본소득은 부의 형성과 분배에 관한 사회적 정의에 가장 부합하는 정책이기 때문이다. 삼성 스마트폰으로 거둔 천문학적인 수익을 왜 이건희와 주주들만 가져가야 하는가? 삼성 스마트폰은 이건희와 삼성 직원들이 '창조'한 것이 아니다. 그것은 인류가 지난 수천 년 쌓아온 수학의 성과에 가장 크게 기대고 있고, 따라서 12세기 중동의 어느 이슬람사원 서고에 쌓여 있는 수학 관계 고대 문헌을 정리한 어느 수도승에게도 빚지고 있는 것이며, 스마트폰에 들어가는 공업용 다이아몬드를 만들어낸 수억 년의 지질형

성운동에도 빚지고 있으며, 반도체 칩을 만들며 유독성 화학물질을 들이마시다 백혈병으로 세상을 떠난 황유미에게도 빚지고 있는 것이다. 요컨대 부는 사회적으로 형성된 모두의 것일진대, 그 끄트머리에서 자본을 댄 소수 주주와 경영자와 직원(그것도 정규직)들이 독점하는 것은 이치에도 맞지 않고, 정의롭지도 않은 것이다.

공산주의적 발상이라고 비난할 기독교인들이 있을 것이다. 기본소득론은 예수님이 원조이다. 일거리가 없어 놀다가 저물녘 맨 나중에 온 일꾼에게도 먼저 와서 일한 자와 똑같이 한 데나리온의 품삯을 주었다는 포도원 주인 비유야말로 기본소득론의 핵심적인 논리를 꿰뚫고 있다. 누구나 삶의 기본적 필요를 충당하는 데 들어가는 비용을 제공받을 당당한 권리가 있는 것이다.

재원은 걱정하지 않아도 좋을 것이다. 우리나라는 대기업과 대토지 소유자들이 부당하게 편취한 소득에 대해 서구 수준, 아니 상식적인 수준으로만 과세하더라도, 그리고 국가와 지방정부가 은행에 기대어 발행하는 채권 대신 한국은행권과 태환되는 공공통화를 발행하더라도 너끈히 조달할 수 있다.

기본소득이 보장된다면, 현금이라는 동아줄을 붙잡기 위해 너나없이 돌진해야 하는 이 노예적 삶의 성채에 쩍쩍 금이 갈라질 것이다. 세 모녀는 집세를 내고 어둑한 방에서나마 밥을 지어 먹으며 그들 나름의 다복한 일상을 이어나갈 수 있었을 것이다. 대

안이 없다고들 말하지 말라. 대안은 기본소득이라는 이름으로
이미 우리 곁에 와 있다. 세 모녀 사건을 이렇게 흘려보내서는
안 된다. (2014)

* 『한겨레』는 "2016년은 전 세계적으로 기본소득 실험의 해가 될 것이
다"라고 예견했다. 네덜란드는 19개 지자체가 월 115만 원의 기본소득
을 도입했고, 핀란드는 전 국민에게 월 100만 원의 기본소득 도입을 계
획하고 있으며, 프랑스, 캐나다의 일부 지방정부들이 이미 기본소득을
시행하고 있다. 우리나라에서도 성남시가 시행하는 '청년배당'이 기본
소득의 아이디어를 원용한 정책적 실험이다. 서서히 기본소득이 정치
의 자리로 들어오고 있다.

잠시 멈춰 서자

세월호 사태의 한복판을 지나고 있다. 이런 시절이 또 있었을까 싶을 만치 온 나라가 열병을 앓고 있지만, 한 달이 되어가도록 뭔가 분명하게 잡히는 것이 없다. 한국전쟁 이후 최대의 참사라는 얘기는 정신의학자 정혜신 박사도 하지만, 내가 매일 만나는 밀양송전탑 움막 농성장의 어르신들도 하신다.

저들은 이미 유병언 회장 일가와 선장과 몇몇을 제물로 삼고서 6·4 지방선거를 지렛대 삼아 이곳을 탈출할 계획을 수립한 듯하다. 공중파 방송들의 저녁 뉴스는 속옷 차림으로 탈출하는 선장의 모습을 30분 남짓한 뉴스 시간 동안 대여섯 번이나 비춰 준다. 기묘한 것은 야당의 존재다. 새누리당이야 환관 집단을 자처하고 있으니 그렇다 쳐도, 세월호 사태에서 야당을 포함한 정치권의 존재감이 사실상 증발해 버린 점은 특기할 만하다. 그것은 한국 정치가 재난에 대해 아무런 책임을 지지 않는 무능과 무책임의 결사체이면서, 민중의 삶과 사회공동체로부터 '유체이탈'한 채 하나의 허울로서만 존재하는 껍데기에 불과하다는 사실을 여실히 보여 준다.

국가와 시민이 맨낯으로 직접 부딪치지 않게 하기 위해 정치가 존재한다. 세월호 사건은 정치가 먼저 나서서 국가의 기능을 일시 중지시키고 시민들을 광장으로 불러내어 거대한 대화와 토론의 마당을 열어 놓아야 마땅한 사태인 것이다. "오늘로 이 나라는 망했다. 판을 새로 짜자. 시민들은 말을 하라. 우리는 그것을 재구성하여 의제로 만들어 주겠다." 정치는 지금 이 나라의 시민들을 향하여 가던 길을 멈출 것을 권고하고, 이런 말을 걸어야 하는 것이다.

'기-승-전-박', 대통령이 모든 비난의 깔때기가 되는 흐름은 결국 우리들 스스로를 소진시킬 것이다. 대통령의 거의 소시오패스 수준에 이른 공감 능력의 결여, 권력자들의 무책임성과 무교양이 자주 이야기된다. 그들은 공감하지 않았기에 그 자리까지 올라올 수 있었던 것이다. 그들은 책임지지 않기 위해서라도 더 높은 자리로 올라와야 했던 자들이다. 구질구질한 민중의 삶으로부터 유체이탈한 '구별 짓기'가 그들 인생의 목적일지도 모른다. 망한 나라에서 망국의 주역을 향한 청원은 가당치 않다. 우

228

리는 스스로의 재건을 위해, 그러니까 망한 나라에서 우리가 살아가기 위해 필요한 일들의 목록을 분별하는 작업을 시작해야 하는 것이다.

밀양송전탑 싸움을 통해 내가 얻은 가장 큰 학습은 정치 공간이 '허당'이 되어 버릴 때, 국가와 시민이 직접 부딪칠 때 재난이 도래한다는 사실이다. 가장 중요한 것은 정치이며, 그 정치는 저들을 향한 청원이 아니라 우리들 스스로를 엮어 세우는 방향으로 귀결되어야 한다는 중요한 진실을 나는 배웠다.

"요강, 망건, 장죽, 종묘상, (…) 애 못 낳는 여자, 무식쟁이" 4·19를 통과한 시인 김수영이 감격에 겨워 그가 사랑하게 된 '무수한 반동'을 호명하였듯이, 세월호를 겪은 우리가 불러내야 할 수많은 아픈 이름들, 토론해야 할 적지 않은 의제들이 있으리라. 자살한 세 모녀와 죽어간 노동자들, 조작된 간첩과 조작된 선거, 망한 나라의 재건과 붕괴해 버린 사회의 재구성, 정치의 자리, "그대로 있으라"고 가르친 이 나라의 교육과 순종하지 않는 정신, 응급처방·대증요법으로부터 대수술에 이를, 수없는 진단과 처방, 우리들 인생의 의미로까지 넘어가게 될 말들의 향연.

그러므로, 세월호 앞에서 우리는 멈춰 서야 한다. 학교는 교육을 잠시 멈추어야 한다. 청소년들에게 일주일이라도 방학을 주자. 기업도 일손을 멈추자. 시장도 잠시 멈춰 서자. 둘러앉을 공간이 있다면 어디서든 우리는 토론해야 한다. "나라가 망했다.

사회가 붕괴했다. 나는 기댈 데가 없다. 망한 나라에서, 이제 우리는 무엇을 할 것인가?"라는. (2014)

메르스 단상

메르스 사태의 한복판을 지나고 있다. 늘 휴일 없이 지내던 우리 밀양 대책위 활동가들도 며칠 휴가를 지내고 있다. 메르스 사태로 대외 행사, 집회가 줄줄이 연기되거나 취소되었기 때문이다. 그러나 이 글을 쓰는 시점(6월 16일)까지 4차 감염자가 다섯 명이나 나오고, 열아홉 명이 사망하는 전대미문의 사태로까지 번졌지만, 좀처럼 수그러들 기미는 보이지 않는다.

생각해 보면, 중동 여행을 마치고 돌아온 이른바 '1번 환자'가 자신의 증상을 호소하며 여러 병원을 옮겨 다닐 때, 어느 한 군데서라도 환자의 증상을 알아채고 보건당국과 함께 발빠르게 대처했더라면 이 사태는 지금처럼 엄청난 재앙이 되지 않았을 것이다. 국가권력도, 현대의학이 구축한 첨단의 방역시스템도 결국 이런 재앙을 조기에 차단하기 위해서 존재하는 것이다. 그러나, 시작부터 지금까지 이 시스템이 제대로 돌아가고 있다는 증거는 어디에도 없다. 그들의 예측은 하나도 맞아떨어지지 않았고, 늘 야단스러운 뒷수습으로 허둥댈 뿐이었다.

여러 병원을 전전하던 '1번 환자'가 찾았던 곳이 삼성서울병원이라는 사실은 여러 모로 의미심장하다. 허울뿐인 시스템을 신뢰할 수 없었던 개인이 결국 기대야 했던 곳은 '기술과 규모'를 갖춘 대자본이었다. 그러나, 삼성서울병원과 메르스의 만남은 이번 메르스 사태를 증폭시킨 최대의 견인차가 되고 말았다. 전체 감염자의 절반에 가까운 71명이 삼성서울병원에서 메르스를 얻었고, 무슨 이유인지 병원에 대한 정보 공개가 이루어지지 않아 며칠 동안 온 나라가 깜깜한 상태에서 삼성서울병원이 메르스 전국 파급의 '호스트' 노릇을 했다. 평택성모병원에서 올라온 '14번 환자'가 사흘 동안 삼성서울병원에서 격리되지 않은 채 머무른 것은 끔찍한 일이었다. 무지와 오만, 열외 의식, 그것은 한국 사회를 '실질적으로' 지배하는 삼성 자본의 민낯이었다. 그러면서도 그들은 "국가가 뚫렸다"는 말로써 자신들의 책임을 피해가려 했다.

국가는 또 어떠했나. "낙타와 접촉을 피하고, 낙타 고기를 익혀먹어야 한다"는 정부의 안내는 국민들에게 실소를 자아내게 하였지만, 이것은 '눈치 없는' 정부 전문가의 어이없는 실책이 아닐 것이다. 메르스는 우리와는 사실상 무관한 것이니 걱정 말라는 것이고, 그것은 다만 별일 없이 조기에 진화되어 잊혀지기를 바라는 정부의 솔직한 열망의 표현이었던 것이다. 무능과 전전 긍긍, 뜬금없는 박원순 공격에다 "이겨낼 수 있다는 희망을 줘야 한다"는 가증스러운 정신 승리와 유체 이탈까지, 이것이 바로 국가다.

더 나아가 우리는 우리 삶의 위태로움에 대해서도 이야기해야 한다. 메르스 확진자와 같은 병실에서 머물렀다는 아주 우연하고도 사소한 인연이 생과 사를 갈라놓았다. 심폐소생술을 시행한 간호사, 같은 응급실 안에서 다른 환자를 진료하던 의사, 환자를 이송하던 운전사를 졸지에 끔찍한 고열과 통증, 격리와 배제의 폭력까지 견뎌야 하는 형극의 벌판에 세워 놓는다. 우리의 생과 사에 얽혀 있을 그 어떤 필연성와 인과의 법칙을 아무리 더듬어도 이 사소한 우연이 불러온 재앙은 설명이 안 된다. '슈퍼전파자'라는 모멸스러운 표현은 또 어떤가. 『한겨레21』이 보도한, '36번 환자'였던 83세 할아버지의 죽음. 가족 누구도 이 노인의 죽음을 지켜볼 수 없었다. 가족 모두가 격리 조치되었기 때문이다. 장남은 유일하게 격리에서 제외되었지만 방역당국이 허락하지 않아 병원에 접근조차 할 수 없었다. 홀로 남은 82세 할머니는 남편이 죽은 지 나흘 뒤에 확진 판정을 받았다. 이제 이 할머니에게는 또 어떤 일이 펼쳐질 것인가. 충북 청주에서는 자가격리 대상자로 지정된 50대 여성이 "아무 증상이 없는데 자가격리자가 돼 너무 답답한 나머지" 야외에서 텐트를 치고 쉬다가 주변 사람들이 신고하는 바람에 경찰이 출동했다고 한다.

인간이 인간에게 저지를 수 있는 최대한의 무례와 폭력이 우리를 기다리고 있다. 오늘날 우리의 삶은 종잇장처럼 얄팍하고, 낙엽처럼 한순간에 바스라질 것만 같다.

국가와 자본에 기대어 살 수밖에 없는 것은 오늘날 우리의 숙명인 것인가. 메르스 사태는 어느 시점에서는 진정되겠지만, 우리는 언젠가 다시 제2의 메르스를, 제2의 세월호를 만나게 될 것이다. 우리가 국가와 자본에 기대어 사는 한, 이런 사태를 겪으며 체념과 냉소만을 키워가는 한, 그것은 필연이다.

그러므로, 이것은 우리의 일이다. 오늘날 우리의 삶이 맞닥뜨린, 피해 갈 수 없는 협곡이다. 우리는 어떻게 이곳을 건너갈 것인가. 수없이 생각해 보지만, 이 협곡을 건너갈 외나무다리는 '정치'만이 놓을 수 있다. '분노'의 정치, '직접행동'의 정치, '녹색당'의 정치, '풀뿌리'의 정치, 생각나는 대로 늘어놓아 본다. 답은 '민주주의' 말고는 없는 것이다. (2015)

제5부

애국심을 찾아서

신라시대 향가 중에 「안민가」라는 게 있다. 경덕왕이 충담사에게 백성을 편안하게 다스릴 노래를 지어 달라고 부탁하자, 충담사는 백성들이 "이 땅을 버리고서 어디로 갈 것인가?"라고 한다면, 그리 될 것이라 했다. 정치의 본질을 두루 꿰뚫는 멋진 말씀이라는 생각이 든다.

그런데 1,200년이 흐른 지금, 이 나라에는 "할 수만 있다면, 이민가고 싶다"는 사람이 참 많다. 무엇보다 국가권력에 대한 절망이 넓고 깊다. 이를테면, 조현오 경기경찰청장의 인터뷰와 쌍용자동차 노동자들에 대한 진압 장면을 담은 YTN 〈돌발영상〉을 보고 난 뒤에는 저런 경찰을 유지하기 위해 세금을 내는 일에 대해, 그리고 이런 나라에서 시민으로 살아가는 일에 대해 그야말로 실존적인 고민을 하게 된다.

가끔 신문에는 국무회의 때 국민의례를 하는 사진이 실릴 때가 있다. 가슴에 손을 얹고 정면 국기를 비장하게 바라보는 모습은 그야말로 경건한 애국자의 포즈다. 그런데, 가끔 나는 그런 사진을 보면 이런 돼먹지 못한 질문들이 떠오른다. "저분들, 세금은 꼬박꼬박 내셨을까? 자제분들 군대는 옳게 다녀왔을까? 저분들 중에 농사짓지도 않으면서, 농민 행세를 한 분은 없겠지?" 등등.

농담 삼아 몇 마디 거들기는 했지만, 사실 나는 "이 땅을 떠나고 싶다"는 생각을 진심으로 해본 적은 없다. 좋든 싫든, 이 땅에 살면서 얻게 된 생에 대한 모든 감각과 인연들을 사랑하기 때문이다. 그것들은 이제 내 몸에 완전히 익어 버려서 떨칠 수도 없다. 그런데, 용산 참사와 쌍용자동차 사태를 지켜보면서 처음으로 '이 땅에서 살아야 할 이유'에 대해 질문하게 되었다.

그 질문의 본질은 분노와 수치심이다. 힘없는 사람은 대한민국의 시민이 아니라는 것. 공공의 질서와 안녕(이라고 저들은 말하지만, 그것이 누구의 질서이고 안녕인지는 모두가 잘 알고 있다)을 해치는 힘은 박멸당해 마땅한 존재가 된다.

쌍용자동차 노조원들은 정말, 물도 전기도 의약품도 공급해선 안 되는, 최루액과 테이저건과 방패와 곤봉과 군홧발로 짓이겨도 괜찮은, 괴물이자 폭도였을까. 그들은 얼마 전까지만 해도 세금도 잘 내고, 직불금 받으려고 농민 행세도 하지 않았고, 군대도 다녀온 평범한 시민들이 아니었던가. 그들이 외쳤던 것은 "함께 살자"는 것이었다. 검찰총장이 될 뻔했던 누구처럼 "휴가철에 사람이 많아서 같은 비행기에 탔는지는 모르겠다"며 혼자 살겠다고 오랜 세월 뒷돈을 대 주던 스폰서를 내치지도 않았다.

오늘은 광복절이다. 8월 15일을 건국절이라고 우기는 이상한 사람들이 생겨났지만, 여하튼 8월 15일은 광복절이다. 오늘 새삼스럽게 생각나는 사진이 있다. 작년 촛불집회의 기억을 대표하는 유명한 사진, 교복을 입은 여학생들이 활짝 웃으며 "함께 살자, 대한민국"이라고 쓴 빨간색 손피켓을 들고 있는 사진 말이다.

"대한민국은 시민이 주인이고, 더불어 함께 사는 나라(민주공화국)"라고 헌법 첫머리에 명시되어 있지만, 광복 이후로부터 이 나라가 지나온 시절들은 사실상 헌법과 무관하지 않았던가. 그리고, 이제 새로운, 진정한 민주공화국의 시대를 저 소녀들이 열어젖히는 것으로 나는 느꼈다. 그래서 그 사진을 처음 보았을 때, 눈물이 핑 돌았다.

애국심은 어디에 있을까. 저 국무회의 때의 국민의례 속에는 없는 것 같다. 그것은 땅과 고향과 이웃을 사랑하는 우리들의 마음속에 있다. 그리고 함께 살기 위해 싸우는 자들의 고통 속에 배어 있다. 그리고 저 촛불 소녀들의 환한 웃음 속에도.

이 광복절에, 88일 남은 수능을 앞두고 문제집 앞에서 땀을 흘릴 왕년의 촛불 소녀, 진짜 애국자들에게 힘내라는 인사를 전한다. (2009)

한혜경을 아십니까

"감사함미다…… 고맙섬미다……." 한없이 느리고 어눌한 목
소리가 휴대전화 저쪽에서 들려왔다. 서른네 살 한혜경 님의 목
소리였다. 다시 전화기를 넘겨 받은 어머님은 연방 "이쪽으로 다
녀가실 때 연락주시면 꼭 한번 대접하고 싶습니다"고 하신다. 지
금 두 모녀를 휘감고 있는 고통과 이 캄캄한 시대의 공기를 생각
하며 나는 전화를 끊은 뒤 교무실 내 자리에서 한참을 멍하니 앉
아 있어야 했다. 내가 그들로부터 전화를 받은 것은 삼성반도체
피해자대책위 '반올림'에서 활동하는 지인으로부터 한혜경 님에
대한 사연을 듣고서 가까운 벗들, 존경하는 분들과 함께 얼마간
의 모금액을 전해 드렸기 때문이다. 당연히 그 인사는 내가 받을
것이 아니기도 했고, 우리가 연대해 준 물질에 담긴 정성이란 너

무나 작은 것이어서 전화를 끊은 뒤에도 나는 내내 부끄럽고 민망할 따름이었다.

한혜경 님은 고등학교 3학년 때 삼성전자 LCD 기흥공장에 취업했다. 세계적인 대기업의 첨단 제품을 생산하는 공장이었지만, 그가 처한 노동조건이란 하루 종일 납 냄새와 화학약품 냄새로 뻐근한 머리로 반복되는 주야 근무를 쉴 없이 감당해야 하는 고된 나날들이었다. 입사한 지 3년쯤 지나니 얼굴에 심한 피부 발진이 생겼고, 뒤이어 생리불순에 무월경 진단까지 받았고, 퇴직 후에는 걸음걸이가 이상해지고 헛소리를 하더니 결국 뇌종양 진단을 받게 되었다. 수술은 했지만, 이미 8센티미터까지 자란 종양을 다 들어내진 못했고, 지금도 심각한 후유증에 시달린다. 눈의 초점이 맞지 않고 말 한마디 하기 힘든 심각한 언어장애가 남았다. 어머니가 곁에서 일거수일투족을 챙겨 주지 않으면 안 된다. 어깨와 등 뒤가 쥐어짜는 듯한 통증이 가시지 않아 병원에 갔더니 심각한 디스크 진단을 받았고, 경추에 인공뼈를 삽입하는 수술을 최근에 받았다.

이 심각한 건강악화와 투병의 고통은 누구의 몫이고 누가 함께 감당해야 하는 것인가. 한혜경 님이 일상적으로 접했던 납과 유기용제는 뇌종양 발병 원인으로 지목된다. 그러나, 그의 산업재해 신청은 받아들여지지 않았다. 그런데 지난 6월, 혜경 님과 어머님께 삼성전자 측에서 산재 신청을 무마하는 조건으로 치료비를 주겠다는 제안을 해 왔다. 이미 근로복지공단에서 산재 불승인 판정을 받았고, 재심을 청구했지만 기각 결정이 유력한 시점에서 그들은 왜 이런 제안을 했을까. 그들은 비슷한 시기에 삼성전자 반도체 공장에서 일하다 백혈병으로 사망한 박지연 님 유가족에게도 4억 원이라는 거액의 보상금을 제안하기도 했다. 백혈병으로 먼저 사망한 황유미 님 부친 황상기 님이 삼성전자 측과 완강하게 싸우려 할 때 "아버님, 삼성을 이기려고 하십니까? 이기려면 이겨 보세요"라고 모욕을 주던 그들이 아니었던가. 그것은 『한겨레21』에 보도된 대로, 거듭되는 백혈병 의혹 등 삼성전자 노동자들의 노동 조건과 관련한 외국인 투자자들의 질의 때문인 것으로 보인다. 그들이 제일 걱정하는 것은 기업의 이미지가 추락하는 것, 그리고 주식 시가가 떨어지는 것뿐이다. 한혜경 님 가족은 현재 별다른 소득 없이 치료비를 감당해야 하는 최악의 조건 속에서도 그 제안을 거절했다.

이런 이야기를 처음 들어 보진 않았을 것이다. 이런 고통이 지금도 삼성을 둘러싼 수많은 노동자들에게 벌어지고 있는 것을 모르지도 않을 것이다. 그러나, 이를 두고 문제제기하는 것은 누구에게나 두려운 일이 되어 있다. 지금 우리 사회에서 삼성은 거의 제국의 권능을 누리고 있다. 그러나, 우리가 할 수 있는 일이 김용철 변호사가 책에서 폭로한 이건희 일가의 엽기적인 일화를 뒷담화로 주워섬기는 것만은 아닐 것이다. 삼성 제국이 어떻게 흥하고 어떻게 몰락하는지는 그들 제국을 이끌어 가는 이들의 몫이다. 다만, 삼성 제국으로 인하여 고통받고 있는 이웃들의 억울한 사연을 보듬어 함께 싸우고 연대하는 일이 남아 있을 따름이다.

한혜경 님은 지금 고통스런 투병을 이어가고 있다. 전화로 전해진 두 분 목소리의 여운이 남아 나도 지금 이렇게 펜을 놀린다. 한혜경 님에게 바쳐지는 위로의 인사, 간절한 기도, 작은 물질의 나눔이야말로 삼성 제국의 이 기막힌 전횡 속에서 우리가 할 수 있는 최선의 사회적 양심의 표현일 것이다. 여기, 계좌와 카페를 올린다. http://cafe.daum.net/samsunglabor 국민은행 043901-04-206831(예금주 반올림) (2010)

* 이 글을 쓴 지가 6년이 되어 간다. 반올림과 가족대책위가 삼성전자와 협상을 시작한 지도 이제 3년이 되어 간다. 그러나, 아직도 완전한 매듭을 짓지 못했다. 다큐 영화 〈탐욕의 제국〉에서 한혜경 님의 얼굴을 직접 보았다. 그와 어머니는 여전히 싸우고 있었다.

김정일 사망 단상

급식소에서 점심을 먹고 들어와 양치를 하러 나가려는 길에 김정일의 사망 소식을 들었다. 난데없는 일이었다. 불과 사나흘 전에도 그가 어디 현장 지도인가 나가서 활짝 웃고 있는 사진을 본 것 같았는데, 황당했다. 교무실 텔레비전으로 KBS 뉴스 속보가 정신없이 떠들어 대고 있었다. 핵 위협으로 한반도를 화약고로 만들었고, 우리를 향해 수없이 도발했으며, 그러면서도 북한 주민들을 굶주림으로 몰아넣은 무능한 독재자로 그를 묘사하고 있었다. 아마도 저런 식으로 김정일의 인생을 정리해도 괜찮으리라는 자신감이 있었을 것이다. 교무실 동료들은 장성택, 김정은을 거명하며 왕가의 권력 게임을 입에 올리기 시작했다. 먼 나라 이야기인 양, 어제 본 조선왕조 사극 이야기하듯.

김정일의 사망 소식을 처음 들었을 때, 짧은 순간이었지만, 뭔가 어질거리는 느낌이 지나갔다. 경망스런 상상이지만, 20세기를 관통한 전쟁과 학살의 시작을 알리는, 사라예보의 총성을 떠올렸던 것이다. 이제 시작인가, 하는 이 시대에 드리운 무거운 구름장을 느끼기도 했던 것이다. 솔직한 내 느낌이 그랬다. 오늘 아침 신문을 보니 북한 체제가 비교적 안정되어 있어 급작스런 변화는 없을 것이라고들 말하고 있다. 그리 되기를 진심으로 바란다. 그러나 그 또한 하나의 기대일지도 모를 일이다.

또 하나 스쳐간 생각은, 이명박은 정말 억세게도 운이 좋구나, 하는 것이었다. 집권 5년차까지, 온갖 시궁창 같은 냄새로 진동하는 그의 권력은 이렇듯 적재적소에 터져 준 돌발 상황으로 끝날 때까지 이렇게 덮이고 덮이며 지나가겠구나, 하는 안타까움이었다.

북한이라면 죽그릇을 들고 나래비 선 고아원의 코흘리개 아이들을 떠올리고, "우리도 먹고살기 힘든데 이북에 퍼 주지 말고 그 돈으로 일자리나 만들어 달라"고 말하는 이들이 적지 않다. 이제 남한 인민들에게 북한이란 문닫고 쫓아내 버리고 싶은 '거지'인지도, 그저 너희는 너희대로 우리는 우리대로 살면 딱 좋을 '남'인지도 모른다. 북한은, 그리고 그 인민들은 냉정하게 타자화된 존재가 아니라, 사실상 배제되고 추방되어 있는 것이다. 그렇게 기억 바깥에서 존재하기를 바라는 이 북한이란 존재가 이제 김정일의 사망을 시작으로 우리 삶 속으로 밀고 들어오게 되는, 새로운 시대의 서막이 열린 것은 아닐까.

북한은 70년 가까운 세월 동안 미국과 유형 무형의 전쟁을 치러 왔다. 북한은 더 이상 버텨 낼 수 있을까? 그들과 '한 민족 한 핏줄'이라고 입버릇처럼 가르쳐 온 이 나라에서도 이 오래된 전쟁의 실상은 거의 알려지지 않았다. 북한의 절대 권력 또한 지혜롭지 못했다. 그들은 자신들이 처한 최악의 고립과 봉쇄를 이를테면 쿠바와 같은 방식으로 전환하지 못했고, 그럴 의지 또한 없었던 것으로 보인다. 유격대형 병영국가를 넘어서려는 노력보다는 오직 '강성대국', '피의 보복' 따위 무망하기 짝이 없는 서슬퍼런 레토릭으로, 핵무기와 으름장으로, 대결하면서 인민들을 극한의 조건으로 밀어넣었고, 그들 자신 조금씩 막다른 곳으로 몰려오지 않았는가.

그나마 그 안정성을 지탱해 주던 버팀목마저 쓰러져 버리고 말았다. 거침없는 격류가 흘러들어올지도 모른다. 내가 김정일의 사망 소식을 들으며 느낀 가장 큰 생각은, 이 격류를 막아내는 일에도, 피해 가는 일에서도 우리는 사실상 아무것도 아닌 존재라는 깊은 무력감이었다. 돌이켜 보면 이 가련한 나라에서 살았던 우리는 지난 백 년이 넘는 시간 동안 각자의 운명을 지켜줄 그 어떤 보호막도 갖지 못했다.

김정일은 기차 안에서 심근경색으로 사망했다고 한다. 그의 부친 김일성이 1994년에 사망했을 때에도 사인은 심근경색이었다. 인간이 누릴 수 있는 권력의 극점에까지 가 보았을 이 부자도 생물학적 유전의 영향력 안에서 죽음을 맞아야 했다. 박정희가 죽었을 때, 김수환 추기경은 "이제는 대통령이 아니라, 한 인간으로 하느님 앞에 서게 된 박정희를 연민한다"고 했다 한다. 그 말씀을 하신 김수환 추기경 또한 추기경이 아닌 한 인간으로 하느님 앞에 섰을 것이다. 그리고 일생을 권력의 심장부에서 살면서, 무수한 권력적 촉각 속에서, 그 자신 무수한 목숨을 척살했을 것이며, 그래서 많이 고독했고 허무에 몸부림쳤을지도 모를 김정일도, 이제 온 민중의 숭배를 받는 신과 같은 절대권력자도, 혐오감 1위의 독재자도 아닌, 한 인간으로 하느님 앞에 서게 되었다. 이제 그는 그의 삶이 걸어온 길대로, 한 치의 오차 없는 인과因果의 법칙 속으로, 인간의 오해와 욕망이 틈입할 수 없는 자연의 질서 속으로 던져지게 되었다. 결국 그도 빈손으로 세상을 떠났고, 하느님 앞에 한 인간으로 서게 되었다.

떠난 것은 아무렇지도 않다. 다만 남은 자들의 세계, 우리 한반도, 으르렁거릴 극우의 이빨들, 계산기를 두드리다 수틀리면 "에잇" 하는 맘으로 극우와 손을 맞잡을 자본가, 정치인들, 그리고 그들이 두는 수대로 장기판의 졸로 역사의 격랑 앞에 맨몸으로 마주 서게 된 우리의 운명이, 북한의 인민들이 가련할 따름이다. (2011)

20년째 같은 방식

20년 동안 이렇게 살고 있다. 내가 지지한 정당은 언제나 지지율 2퍼센트, 3퍼센트에 그쳤고, 선거가 끝나면 법에 의해 해산되기도 했다. 내가 지지한 후보는 그 화려한 후일담과 논평들 속에 끼지 못하고 듣는 이 없는 낙선 사례를 읊조려야 했다. 1992년 총선의 민중당과 대선의 백기완, 1997년 대선의 국민승리21과 권영길, 2008년 총선의 진보신당, 그리고 2012년 총선의 녹색당과 진보신당. 이번 선거에서 녹색당과 진보신당이 받은 표는 도합 30여만 표, 득표율은 1.6퍼센트다.

과격하거나 특별히 생뚱맞은 이야기를 했던 것이 아니다. 후쿠시마 사고가 난 지 일 년밖에 되지 않았고, 지금도 이 전대미문의 재앙은 이웃 나라 열도의 동쪽을 거주 불능의 땅으로 서서히 오염시켜 가고 있음에도, 4천만의 시한폭탄 고리 1호기가 삐거덕거리는 소리가 지금 들려오고 있는데도, '탈핵'이라는 절체절명의 과제를 내걸고 싸우겠노라고 다짐하는 정당이 득표율 1.6퍼센트에 그친 두 정당 외에는 없었다. 선거 전의 기세로는 한미 FTA 재협상을 목 놓아 부르짖을 것 같던 민주통합당도 표 떨어질 거라 생각했는지 정작 선거 기간 내내 꿀 먹은 벙어리였다. 한국 사회를 이야기하면 '비정규직' 이야기를 빼놓는 사람이 없음에도 저 야당들은 비정규직 문제를 '굳이' 앞장세우려 하지 않았다.

이상하지 않은가. 누구나 이명박 5년을 심판해야 한다고 그렇게 목이 쉬도록 이야기했지만, 구체적으로 무엇을 어떻게 심판하겠노라고 말하지 않은 것이. 이미 저들이 선점해 버린 '복지'라는 선물 보따리를 풀겠다는 이야기, 온갖 지역 개발과 돈이 될 만한 거리를 던져 주겠노라는 이야기 말고, 막말 논란 말고, 이번 선거에 딱히 다른 무슨 쟁점이 있었는지를 생각해 보면 말이다. 시 청사를 이웃 선거구에 빼앗기지 않겠노라며 삼보일배를 하는 노동운동가 출신의 진보 정당 후보를 바라보는 일은 정말 심란했다.

1.6퍼센트의 두 정당이 내건 주장들을 두고, 현실성이 없다고 말한다. 탈핵과 비정규직 문제와 농업 부흥보다 더 현실적인 주제가 어디에 있는가. 이들의 주장이 알려지지 않았다고 한다. 알

리려 하니, 돈이 없다. 너무 원칙적이라고 말한다. 막말 논란을 일으킨 후보가 사퇴해야 한다고 생각하는 것은, 그것이 선거에 불리하게 작용해서가 아니라, 오래된 시절 구석진 곳에서 뇌까린 이야기라고 보기에는 도가 지나치기 때문이다. 정치가 도덕화되는 것은 당연히 경계해야 될 일이지만, 모두가 도덕을 넘어서려 할 때 도덕의 잣대를 누군가는 붙잡고 있지 않으면 만인 대 만인의 싸움을 이성과 도덕에 근거하여 해결해야 할 정치의 공론적 성격 자체가 무너져 버리기 때문이다. 너무 딱딱하고 재미없다고 말한다. 한국 사회에 넘쳐나는 이 사무치는 고통들과 그 너머의 세상을 어떻게 부드럽고 즐거운 언어로 표현할 수 있을는지, 정말 나도 답답할 따름이다.

정권의 형편없는 지체를 조롱하는 것은 쉽고 즐거운 일이다. 그러나, 경제성장을 이제는 멈추어야 한다는 것, 비정규직의 고통과 맞서 싸우고 연대해야 한다는 것, 농업의 부흥 외에 한국 사회의 다른 출구가 없다는 사실을 인정하는 것, 풍요에 '시달리고' 있는 오늘날 우리들의 익숙한 삶의 방식과 결별해야 한다는 주장을 펼치는 것은 언제나 힘겨운 일이었다. 이 일을 좀 더 힘 있게 공론의 장에서 펼치기 위해 정치를 선택하지만, 정치의 관문에서 우리가 만난 것은 이렇게 어이없는 막말 파문과 선거 여왕의 위력과 정치공학과 금전의 벽이었고, 우리는 이번 선거에도 지난 20년처럼 '사표'死票 입박 속에서 또 가슴 졸여야 했나.

벌써 20년째다. 고생한 모든 벗들에게, 그리고 나 자신에게, 위로의 술 한잔 건네고 싶다. (2012)

* 19대 총선에서 통합진보당은 13석을 획득하는 진보 정당 사상 최고의 성적표를 거두었으나, 진보 진영의 자중지란으로 분열과 이합집산이 이어졌다. 통합진보당은 끝내 강제 해산당하는 엄청난 폭거를 겪었다. 한국 정치에서 진보 정당의 필요성과 책무는 갈수록 막중해지는데, 그 자리는 빠르게 잠식당하는 것 같다.

19대 총선에서 0.48퍼센트 득표에 그쳤던 녹색당은 4년 내내 음지와 양지를 가리지 않고 헌신적으로 일했다. 세상이 얼마나 녹색당의 열정과 진정성을 인정해 줄까. 이제 성적표를 기다리고 있다.

세 자매 이야기

    공선옥 작가의 「그것은 인생」이라는 단편이 있다. 어머니는 집을 나가고, 알콜중독인 아버지는 "내가 없어야 니들이 산다"는 편지를 남기고 역시 집을 나간다. 전기도 수도도 끊어진 영구임대아파트에서 밤이면 창문에 비치는 불빛으로 사물을 분간하며 살아가는, 추위와 배고픔에 지친 남매. 오빠는 동생을 위해 소매치기를 결행한다. 〈그것은 인생〉이라는 노래를 흥얼거리면서. 그 시간, 오빠를 기다리던 동생은 가스가 샌 지도 모르고 촛불을 붙이다 폭발을 일으킨다. 아마도 동생은 죽었을 것이다.

    눈치 빠른 독자들은 내가 무슨 사건을 들먹이려는지 눈치 챘을 것이다. 얼마 전, 경기도 고양에서 영양실조 상태로 발견되었다는 세 자매 이야기. 잠깐 동안이겠지만, 온정이 줄을 이었다 한다. 어느 시민은 익명으로 쌀 50포를 기부하면서 편지를 보냈고, 고양시장은 트위터에 "그 편지를 읽으며 코끝이 찡해졌"노라면서 "목민관이 힘써 일해야 하는 이유를 느낀다"고 썼다. 시장님은 그 편지가 링크된 트위터 멘션을 한 번만 리트윗해 달라는 알뜰한 주문도 잊지 않았다.

사건은 이런 식으로 소비되고, 끝내 잊혀질 것이다. 목민관의 책임감을 말하는 민선 시장도, 단신으로만 흘려보내는 언론인들도, 이런 일에는 진력이 난 듯 무심한 공화국의 시민들도, 잘 알고 있을 것이다. 멀쩡한 보호자가 존재하지만, 오직 그 보호자들의 부재와 무관심 때문에 세 자매가 아사 직전에까지 이른, 이 가공할 사태는 기실 목민관의 책임감으로도, 리트윗으로도, 그 어떤 제도와 기구의 노력으로도 해결할 수 없는, 가공할 하나의 징후라는 사실을. '가족'이라는 보호막, '현금'이라는 수단, 우리 삶을 지탱하는 이 두 가닥의 동아줄이 끊어져 버린다면, 오늘날 그 어떤 아이든 곧장 세 자매의 상황으로 내던져 버린다는 사실을 우리는 잘 알고 있는 것이다.

소설 속 남매의 오빠는 소매치기를 해서 '현실의 자본'을 구하려 했다. 고양의 세 자매는 전단지와 우편물 겉봉을 모아 연습장을 만들어서는 그 처참한 상황에서도 공부를 했다. 그리고 검정고시를 통과하여 학력이라는 '상징 자본'을 구하려 했다. 오늘날 부모들이 그토록 고되게 일하고, 자녀들을 그토록 가혹하게 공부시키는 것도 자신들이 혹여 부재했을 때, '가족'이라는 동아줄이 뜻하지 않게 끊어지게 되었을 때, 자녀들에게 물려줄 그나마의 '현실의 자본'을 위해서, 자녀들이 학력이라는 '상징 자본'으로 그럭저럭 자립하게 하려는 필사의 노력이 아닌가.

대통령직 인수위원회가 이 사건을 어떻게 받아들이고 있는지, 이 사건을 두고 한 번이라도 자신들의 복지 공약의 빈자리를 검토해 보고, 지자체와 학교와 연계하는 청소년 복지의 틀을 구상하기 위한 노력을 했는지, 아무도 모르고, 알려진 바 없다. 제도와 기구가 작동을 멈추는 자리, 제도와 기구에게 아무런 기대를 할 수 없는 자리, 그 누구도 답을 말하지 못하는 자리, 세 자매 이야기는 바로 그 지점에 서 있다. '사각지대'로 명명되는 그 빈공간은 제도와 기구를 지탱하는 물적 토대가 갈수록 허약해질 이 '저성장 탈성장의 시대'에 더욱 넓어질 것이다.

나는 이 자리에서만큼은 "마을을 살려야 한다, 증여와 대면접촉의 인간관계를 넓혀야 한다"는 대안 담론을 건드리고 싶지 않다. 세 자매가 영양실조가 아니라 실제로 굶어 죽었을지라도 기실 우리는 별다른 수가 없었을 것이라는 참담한 사실을 이야기하고 싶었다. 그리고, 정치인들에게는 목민관이 어떻고 하는 식의 쓸데없는 허장성세를 떨지 말자고 권유하고 싶었다. 우리들 시민들이 이 제도와 기구들의 무기력과 무용함을, 오늘날 우리들의 이 위태로운 삶을 한번 정직하게 응시해 보자고 말하고 싶

었다. (2013)

* 그래서 대안은 '기본소득'이다. 이 책 곳곳에서 내가 부르짖고 있는, 세계 곳곳에서 서서히 정치의 중심으로 들어오고 있는 기본소득.

박근혜 5년 전망

우아함을 트레이드 마크로 삼아오던 보수정치가가 그날만은 몹시 설레었던 듯하다. 대통령은 뮤지컬 여주인공처럼 하루에 옷을 다섯 번이나 갈아입는 파격을 연출하면서 그 하루를 화사한 색감으로 장식했다. 그러나, 5년 내내 주홍 글씨처럼 따라다닐 48퍼센트의 상심과 균열을 품어 안아 줄 그 어떤 정책도, 화합의 '쇼'도 없이 역대 최저의 지지율로 박근혜 정부는 출범했다.

허니문은 짧고 현실은 엄혹하다. 국책연구기관들은 박근혜 정부가 건너가야 할 경제 현실을 '지뢰밭' 같을 것이라 예측하고 있다. 이명박 정부는 폭탄을 다음 정권으로 용케도 잘 넘겼다. 전 세계가 2008년 서브프라임 사태를 기점으로 수출 대신 내수 중심의 체제로 전환할 무렵에도 이명박 정부는 몇몇 수출 대기업들의 이익을 극대화하는 정책으로 역발상의 도박을 했다. 폭탄은 터지지 않았지만, 더욱 맹렬하게 불붙은 채로 다음 정권으로 넘겨졌다. 지금은 31조 원짜리 용산 역세권 개발이 주저앉을 조짐이고, 더 이상 토건 사업을 통한 경기 부양이 불가능하리라는 진단은 갈수록 꿋꿋해진다.

4대강 길로 자전거를 타고 다니며 환경운동가 행세를 하든, 많은 국민들이 예측하듯 여생을 '무상급식'으로 지내든, 이제 이명박 정부는 끝장났다. 이명박 정부 5년은 보수 정치의 기본 도식으로도 설명하기 어려운 황당하고 몽매한 행태로 범벅이 되어 버렸다. 그러므로, 박근혜 정부에 대한 기대치의 총합은 아마도 '보수 정치의 정상화'라는 표현으로 집약할 수 있을 것이다. 많은 이들은 '경제민주화'와 '복지'에 기대를 걸고 있다. 그러나, 당선 이후 취임까지의 두 달여 시간을 지켜보니, 갈 길이 멀다. 경제민주화와 복지로 덜컥 정권은 잡아 놓았는데, 저들을 누가 어떻게 구현할 수 있을 것인지, 내가 다 걱정이 될 지경이다.

5년 동안 저러는 꼴은 그럭저럭 참아 주었다. 그래도 아직은 저 '리버럴' 정치 엘리트들보다는 미더워 보여서 5년 더 해 보라고 맡겨 준 것이다. 그렇지만, 이 정부가 이런 행태를 이어 가다가는 보수와 진보를 막론하고 정치에 대한 인민들의 그나마의 옅은 신뢰마저 몽창 허물어져 버리지는 않을까. 보수 10년은 '정치의 종말'로 귀결될지도 모른다.

오늘날 정치에서 성장의 과실을 키우고 나눠 주는 기능은 사실상 불가능해졌다. 이제 정치는 '위험'을 배분하는 역량에서 좌우될 것이다. 이 나라 보수의 생존방식으로는 그저 "나만 아니면 되"기 때문에 '위험'은 대체로 약자들에게 전담될 것이다. 이와 같은 국가의 책임 방기로부터 출발하는 온갖 위험, 일탈, 폭력에 대하여 국가는 이제 '안전'을 빌미로 자신의 존재 증명을 하려 들 것이다. '안전'은 위험이 편만한 사회에서 좌파적 대중 민주주의보다는 우파적 카리스마에 기반한 통치가 훨씬 잘 먹히는 영역이다. 그리고, '안전'은 이 나라 보수에게는 지난 수십 년간의 노하우를 간직한 주 전공 분야이기도 하다. 예컨대, 박근혜 정부는 학교 폭력에 대한 엄정한 대처와 함께 학교에 종일 돌봄 기능을 부과할 것을 예고하고 있다. 그러기 위해서라도 학교는 더욱 안전한 공간이 되어야 할 것이다. 학교 폭력에 연루된 아이들은 까딱하면 잘리거나 다른 곳으로 쫓겨갈 것이며, 학교 안의 다양한 소수자들은 더욱더 기피 대상이 될 것이다. 학교에서 파시즘적인 반교육이 '안전'을 빌미로 자행될 것이다.

박근혜 정부 5년 안에 폭탄이 어떻게 터지든, 그로 인해 사회가 어떻게 격랑 속으로 빠져들든, 결국 문제는 민주주의인 것이다. 박근혜 5년 또한 민주주의를 위한 반복된 투쟁의 시간이 될 수밖에 없음을 예감하게 된다. 이 거듭된 반복을 사랑할 수 있어야 하리라. (2013)

히키코모리 정권

교사 초년생이던 시절, 『우리 교육』에서 주최한 '교사 아카데미'를 수강한 적이 있다. 아이들을 '장악'하는 데 무능하다는 윗사람들의 평판과, 담임을 호구로 아는 아이들의 틈바구니에서 퍽 괴롭던 시절이었다. 학급 운영으로 전국적인 명성을 얻은 어느 강사의 강의를 듣다가 나는 강의장을 나오고 말았다. 학급을 얼마나 일사불란하게 잘 이끄는지, 아이들에게 또 얼마나 헌신적인지, 나는 절대로 저렇게 할 수 없을 것 같다는 열패감으로 질려 버렸다. 그리고, 열패감의 언저리에서 나는 그 학급이 혹시 '민주주의'의 이름을 단 작은 왕국은 아닌지, 교사의 선의와 열정은 과연 교육적으로 좋은 결과만을 낳는 것인지를 또한 생각했다.

플라톤 시절부터 지금까지 민주주의란 온갖 주체들이 자신의 목소리를 내고, 그래서 시끄럽고 더딘 체제로 인식되어 왔다. 그러므로 독재를 사랑한다고 대놓고 말하는 사람은 잘 없지만, 내심 민주주의보다는 독재적 카리스마를 그리워한다. 민주주의는 한 바가지의 피를 흘린 뒤에야 겨우 한 걸음씩 전진하지만, 퇴행은 아주 재발라서 민주주의를 향한 투쟁은 진자운동처럼 언제나 반복되기만 한다. 그렇다면, 우리는 민주주의를 버려야 하는 것인가?

우리가 무엇을 이루기 위해 사는 것이 아니라면, 이 사회가 전진해서 도착해야 할 최종의 푯대가 있는 것도 아니라면, 남은 것이란 좋은 삶, 좋은 세상의 모습을 자기 당대의 어느 시점에 비록 짧은 시간일지라도 구현하는 것이리라. 그 과정은 무수한 시행착오와 갈등의 소용돌이를 피해 갈 수 없다. 다만, 그 과정에서 우리는 무수한 타자성을 체험한다. 거기서 얻게 될 어떤 깨달음의 기쁨을 위해, 함께 이 세상의 바다를 건너가고 있다는 뿌듯한 연대감을 얻기 위해 우리가 이 세상을 사는 것인지도 모른다.

나는 박근혜 정부의 최고위급 직책 대부분이 고시 출신으로 채워진 대목이 퍽 우려스럽다. 모든 공부는 설령 그것이 고시를 위한 학습 노동일지라도, 현실과 동료들과의 상호작용 속에서만 배움이 일어나게 되어 있다. 그들에게 의존하지 않으면 그 어떤 배움도 성장도 이루어지지 않는다. 지식이 '축적'될 뿐이다.

이런 맥락에서, "자기주도 학습의 끝은 히키코모리(은둔형 외톨이)"라는 문화학자 엄기호의 날카로운 진단은 안타깝게도 박근혜 정권의 성격을 규정하는 결정적인 주제어가 될 것이라고 본다. 칩거에 가까운, 독방에서 홀로 의사 결정을 내리고 수첩이라는 자신과의 소통 수단에만 의존하는 최고 권력자와 그에게 순한 짐승처럼 엎드린 고시 출신 장·차관들로 채워진, 이른바 히키코모리 정권. 타자성을 체험할 기회를 박탈당한 불행한 성장과정을 거쳤고, 그래서 남의 말을 좀처럼 듣지 않으며, 귀를 거스르는 충언을 듣는 것을 두려워하고 있을지도 모를 히키코모리형 지도자, 홀로 공부하여 성공했고, 지금도 그 누구에게도 의지할 필요 없이 단 한 사람의 말만 들으면 되는 히키코모리형 관료들로 채워진 나라의 미래를 생각하면 두렵지 않을 도리가 없다.

기실, 우리는 서로에게 깊이 의존하고 있다. 간디의 위대성은 영국의 식민통치가 만든 것이며, 일진은 셔틀에게 의존한다. 새누리당의 평온은 민주당의 무기력에, 정치인 안철수의 부상은 정치 혐오의 정서에 크게 기대고 있다. 타자성을 체험하지 못한 그 어떤 교육도, 타자성을 부정하는 그 어떤 정치도 반드시 실패할 수밖에 없다.

그러므로, 지금 우리 사회에, 그리고 이 정권에게 필요한 것은 무수한 말, 무수한 토론, 수없는 혼란의 소용돌이이며 거기서 얻게 될 타자성의 체험이다. 나라 망하게 하자는 소리냐고? 걱정하

지 마시라. 세상은 지배자들의 탐욕과 사치로 망했으면 망했지,
민주주의를 향한 분출과 혼란의 소용돌이 때문에 망했던 적은
없으니깐. (2013)

내란 음모의 뒷마당

'저 녀석만 없으면 내가 두 발을 뻗고 잠을 잘 텐데.' 부끄러운 고백이지만, 나는 십여 년 교직 생활 동안 몇 번 저런 생각에 골똘했던 적이 있다. '독특한 개성'의 소유자들, 공공질서의 교란자들, 물렁한 담임에게 '개기는' 녀석들 때문에 나는 골머리를 앓는다. 그렇게 지지고 볶으며 일 년을 부대끼고 났을 때야 문제는 겨우 해결의 가닥을 잡고, 그때서야 아이들과 나는 서로를 알게 된다.

아이도 나도 다들 서툴렀으며, 성질대로 하고 싶지만 실은 누구도 내칠 수 없다는 것, 그렇게 지지고 볶는 과정 그 자체가 교육이라는 사실을 깨닫는다. 이런 방식으로, 그 누구라도, 어떻게 되든, 내치지 말고 '함께 살자'는 최상의 사회적 합의가 바로 공화국의 이념이라는 것을 배웠다.

열흘 넘게 온 나라가 시끌시끌하지만, 여전히 나는 이해가 안 된다. 국정원이 왜 이 시점에서 이 사건을 터뜨린 것인지를, "전쟁 나면 비비탄총 개조해서 맞받아치자"는 잠꼬대 같은 소리가 이 체제에 대체 무슨 구체적인 위협이 될 것인지를 다들 모르지 않으면서도 이 소용돌이 속에 머물러 있다는 사실이 말이다. 그리고, 국정원이 놀랍다. 자신을 향해 죄어 오는 손길을 나꿔채 전혀 엉뚱한 방향으로 비틀어 버리는, 한 번도 아니고 벌써 두 번이나 정국을 엎어 버리는 그 능력과 배포가 놀랍다. 그리고, 저들은 의도했던 것 이상의 효과를 거두고 있다. 그것은 바로 '진짜 내란'을 은폐하는 이데올로기적 효과일 것이다.

4대강 사업은 내란 아닌가? 억겁의 세월을 흘러온 강을 한순간에 결딴내 버린, 거기 깃든 생명들 죽어 둥둥 떠오르게 만들고, 멀쩡하게 흐르던 강을 녹조 범벅의 시궁창으로 만들어버리는 데 22조의 혈세를 퍼부은 일은 내란 아닌가? 방학까지 빼앗으며 영문도 모르는 보충수업으로 초등학생·중학생 아이들 뺑뺑이 돌리고, '친구'를 '평균 깎아 먹는 존재'로 낙인찍는 일제고사는 아이들의 삶에 대한 내란 아닌가?

이석기 의원에 대한 체포동의안이 가결되던 9월 4일, 국회에서는 '전국 송전탑 반대 네트워크'가 국회의원 13인과 함께 주최한 '기존 765kV 송전선로 답사보고대회'가 열렸다. 비가 오는 날은 초고압 송전선에서 들려오는 지글지글 끓는 소리로 잠을 이룰 수 없고, 7억 2천만 원에 시작된 주택 경매가 1억 8천까지 떨어져도 사 가는 사람이 없다는 하소연, 보상금 나누는 일로 분란이 생겨 마을 공동체가 완전히 무너져 내렸다는 증언까지, 밀양 송전탑 문제가 불거지기 전까지는 거의 알려지지 않았던 765kV 송전선로 인근 주민들의 삶은 정말 '내란'이 따로 없었다. 그러나 그 자리에 참석한 국회의원 8인은 끝까지 자리를 지키지 못했다. 이석기 체포동의안 때문이다.

그날, 언제나 휑하던 국회 본회의장이 꽉꽉 들어차는 놀라운 출석률은 괜한 시빗거리에 휩쓸리지 않으려는 두려움의 표현 그 이상도 이하도 아니었을 것이라고 나는 본다. 반대와 기권이 25표나 나왔지만, 이석기 의원의 진보당 동료를 제외한 그 누구도 공개적으로 그 이유를 밝히지 못했다.

진짜 내란은 민중의 삶터 곳곳에서 벌어지고 있다. 공사 강행을 기다리고 있는 밀양송전탑 어르신들은 또 한번의 전쟁을 각오하고 있다. 시민들이 이런 일들에 수수방관하는 것은 각자에게도 내란 수준으로 떨어지지 않도록 방어해야 할 위태로운 삶의 진지가 있기 때문일 것이다.

내란 음모의 뒷마당은 이렇게들 웅성이고 있지만, 이 나라 민주주의의 앞마당은 여전히 저들의 차지임을 또 한번 확인한다. 수십 년 전진해 온 민주주의가 한번에 털린 것만 같다. 21세기에

비비탄총 내란 음모를 보아야 한다니……. 눈 뜨고 코 베이는 기분이다. (2013)

단 한 사람의 정치인

"어려울 때일수록 원칙을 지키고, 모든 문제를 국민 중심으로 풀어가야 한다." 경찰이 민주노총 본부를 아수라장으로 만든 다음날 대통령이 한 말이라고 한다. 나는 좀 우습기도 했고, 서글프기도 했고, 여러 가지로 복잡한 마음이 들었다.

사람들은 대통령을 두고 '수첩 공주'니 '100단어 공주'니 하며 비아냥거리지만, 그건 뭘 잘 모르고 하는 소리라고 생각한다. 내가 보기에 대통령은 우리 정치사에서 가장 뛰어난 언어전략을 구사하는 정치인이 아닐까 싶다. 이를테면 그가 지난 2006년 지방선거에서 전국을 싹쓸이하기 직전 불의의 테러를 당했을 때, 병원에서 깨어나면서 "대전은요?"라고 물었다던 그 순간, 유일하게 경합을 벌이던 대전이 뒤도 돌아보지 않고 한나라당

품으로 넘어왔던 일을 기억할 것이다. 2008년 총선에서도 그랬다. "저도 속았고, 국민도 속았습니다." 이 기막힌 한마디에 쟁점 없이 비척대던 선거판은 친박 대 친이의 깔끔한 구도를 찾았고, '강부자'도, 영어몰입교육도, 한반도 대운하도, 야당과 진보 정당의 입지도 묻혀 버리고 말았다.

이번에도 대통령은 나름대로 고도의 언어전략을 구사한다. 가장 돈이 되는 노선을 투자 자본에 내다 팔고, 적자로 누더기가 된 노선들만으로 이 거대한 공기업을 끌고 가겠다는 발상이 결국 무엇을 의도하는지는 누구나 알 법한데, 그는 이것을 '국민 중심'이라고 한다. 그리고 이를 관철하기 위해 영장도 없이 언론사가 소유한 건물 전체를 쑥대밭으로 만들어 놓고서도 '원칙'을 지키는 일이라고 한다. 어쨌든 절반가량의 국민은 아직도 그가 잘하고 있다고 믿고 있다. 50퍼센트 아래로 떨어진 지지율은 한복 예닐곱 벌 챙겨서 해외 순방 한번 다녀오면 다시 올라올 것이니 별 걱정은 없을 것이다.

딱 일 년 전 대통령 선거가 끝났을 때 진보진영 일각에서는 "이 정부가 통치를 잘하면 어떡하나?" 걱정들을 했다. 이른바 '보수정치의 정상화', 이명박 정부 5년 동안 정치에 대한 국민들의 기대치가 바닥으로 떨어져 버렸을 때, 복지라는 떡고물을 던져 주고, 경제민주화가 가시적인 성과를 내고, 땟국물 범벅인 인사들 대신에 참신하고 깨끗한 보수가 정치의 전면에 나서면 어떡

하나, "이러다 보수의 천년왕국이 열리는 것 아냐?" 뭐 이런 걱정들을 했다. 그러나 다 부질없는 것이었음은 일 년 만에 판명이 난 것 같다.

밀양송전탑 싸움으로 이 년 동안 싸움의 현장에 서 있었던 내가 정권 걱정을 할 계제는 아니지만, 이 정권이 더 추락하지 않기 위해서라도, 우리 사회가 더 나락으로 떨어지지 않기 위해서라도 정치가 제구실을 하는 것 말고는 달리 기대할 데가 없다는 사실을 깨닫게 되었다. 정치인이 잘나서가 아니라, 사회적 과정 자체가 정치를 통해서만 맺고 풀도록 그렇게 구조화되어 있기 때문이다. 결국, 정치가 질식할 것만 같은 수많은 현장들에 아주 작은 숨통이라도 틔워내야 하는 것이다. 그러나 지난 일 년간 정치는 오직 한 사람만이 하고 있었던 것이다. 대통령의 특별하고도 강력한 캐릭터, 고도의 언어전략, 그리고 패션 감각만이 정치의 무대에서 독주했을 뿐이다. 여당과 정부는 집사 노릇만 했으며, 모든 국가기구가 오직 그 한 사람만을 쳐다보고 있었다. 야당은 지리멸렬했으며, 언론은 기능부전 상태에 빠져 있다.

단언컨대 지금 이 나라에서 자유인은 대통령 한 사람뿐이다. 그런데 바로 그 한 사람이 '국민 중심'이라는 환상의 궁전에서 홀로 댓글만 들여다보고 있다는 사실이 오늘 이 나라의 가장 큰 비극이다. 결국 그 한 사람이 무너지는 길밖에는 다른 가능성은 없는 것인가? 그 많던 정치인들은 다 어디로 갔는가? (2013)

가만히 있으라

1986년 4월 26일 오전 1시 23분 체르노빌 핵발전소가 폭발했다. 화재가 났고, 어마어마한 방사능이 대기로 치솟아오르기 시작했다. 새벽 5시, 소련 공산당 서기장 고르바초프는 "폭발은 없었다"는 보고를 받았다. 그는 학술위원 알렉산드로프에게 전화를 걸었다. "모든 것이 정상적이다. 원자로는 절대적으로 안전하며, 거대한 사모바르(러시아식 주전자)를 붉은 광장에 세워 놓은 것과 같다"는 답을 받았다.

그날, 정상치보다 60만 배나 높은, 나흘 뒤면 치사량에 이르게 되는 끔찍한 방사능이 넘실거리는 체르노빌 인근 도시 프리피야트에서는 아무것도 모르는 아이들이 공놀이를 하고 있었다. 아이들은 사고가 발생한 지 30시간이 지나서야 대피할 수 있었다.

수많은 아이들이 암에 걸렸고, 형언할 수 없는 고통을 겪으며 죽었다.

바람의 방향이 체르노빌 인근 벨라루스 쪽으로 향했고, 그곳에도 대피령이 내려졌다. 농장의 책임자가 자동차 두 대에 가족과 세간을 모두 싣고 떠나려 했다. 초급 당 위원장이 차 한 대만이라도 양보하라고 했다. 탁아소의 아이들이 며칠째 대피를 못하고 있었기 때문이다. 농장 대표는 답했다. "집 안에 있는 물건에다 잼과 절임이 든 3리터짜리 유리병까지 다 싣고 가려면 차두 대로도 모자란다"고 했고, 그는 유유히 떠났다. 벨라루스의 다큐 작가 세르게이 구린의 증언이다.

세월호. 아무 말도 할 수가 없다. 침수가 시작된 지 한 시간이지나서야 구조 요청이 이루어졌다는 사실이 믿기지 않는다. 오전 9시에 조난 신호가 갔고, 10시 30분에 배가 침몰했는데, 잠수지원 장비를 갖춘 구난함이 다음날 새벽에 도착했다는 사실도 믿기지 않는다. 구명정 46개 가운데 2개만 작동했다는 소식을 듣고 나니, 마음이 꺼져 내리는 것 같다.

믿을 수 없는 일을 너무 많이 겪다 보니 가능과 불가능의 경계가 사라져 버렸다. 믿어야 할 것과 믿지 말아야 할 것들이 한 몸뚱어리로 엉켜 문드러져 버림으로 인하여 믿음 그 자체가 종말을 고하게 되었다. 저들도 다르지는 않았을 것이다. 다만, 하나의행동 윤리만이 존재했을 것이다. "나서지 않을 것, 개인이 져야 할 책임이라면 굳이 지지 않을 것, 인간의 고통보다 상부의 진노를 두려워할 것, 끝내 내 자리를 지킬 것." 그리하여, 우리는 '대충' 살게 되었다. 다만, 나와 내 가족만이라도 이 지뢰밭을 무사히 통과할 수 있기만을 기도하면서. 그러나 때때로 재앙은 이렇게 형언할 수 없는 실상으로 우리 앞을 찾아오곤 했다.

수백 명을 태운 배가 기울어 가는데 "가만히 있으라"고 했다 한다. 언제나 그러했다. "가만히 있으라. 기다려 달라." 우리는 가만히 있도록 교육받았고, 끝내 기다려야 했다. 목에 물이 차오를 때까지.

나는 지금 며칠 동안 산속 움막에서 잠을 자고 있다. 밀양송전탑 싸움의 마지막 남은 농성 움막 네 곳에 대한 철거 계고는 지금 시시각각 어르신들을 옥죄어 오고 있다. 지난 10년 정부와 한국전력은 그 세월 내내 이렇게 말했다. "우리를 믿어 달라! 가만히 있어 달라"고. 그리고 지난 2~3년 이래 전국적으로 알려진 어르신들의 격렬한 투쟁은 이 기다림과 신뢰의 언설에 대한 폭발이었다. 그러나 달라진 것은 없고, 싸움은 나날이 기울어져 목에는 물이 차오른다.

그럴 것이다. 이 나라에도, 우리들 삶에도, 사회적 정의와 공평에도, 공적 준칙과 신뢰의 가치에도 물이 목까지 차오르고 있는 것이다. 그러나 기울어져 가는 대한민국호의 승무원들은 언제나처럼 "가만히 있으라"고만 한다. 구명정은 쇠사슬에 묶여 있다.

그리고 여차하면 세월호의 그 누구들처럼 가장 먼저 탈출할 준비가 되어 있는 사람들이 어딘가에 있을 것이다. (2014)

선거 유감

선거가 끝나면 우리는 일상으로 돌아올 것이다. 선거 이전까지 비상했던 상황들은 선거를 통해서 갈무리될 것이다. 선거가 끝나면 저들은 어떤 식으로든 세월호 사태를 정리하려 할 것이다. 세월호를 우리 삶의 지평으로 끌어들임으로써 이 사회에 편만한 크고 작은 세월호를 호명하고, 그 '덧셈의 정치'로써 세월호를 추넘하는 것이 희생된 이들에 대한 도리라고 믿는 이들의 기운도 조금씩 스러져 갈 것이다.

우리가 6·4 지방선거에 세월호의 심판을 덧입히는 것은 이번 선거의 정치적 입지점과 무관한 우리의 희망 사항이 될 가능성이 높다. 이번 선거에 출마한 야당 후보들은 세월호에 대하여 무슨 이야기를 하였던가? 세월호를 심판해 달라며 표를 얻어 간 저들이 당선 이후에 세월호가 남긴 총체적인 의제들에 대하여 "그건 중앙 정부의 책임"이라고 하면 어떡하겠는가? 이를테면, 나는 핵없는사회공동행동이 광역단체장 후보들에게 보낸 탈핵 관련 설문 조사 결과를 보고 충격을 받았다. 야당 광역단체장 후보들 중에서도 가장 낮다는 평가를 받는 박원순 서울시장 후보가 '원전 제로'와 '고리 1호기 폐쇄' 등을 포함한 탈핵 관련 7가지 설문 중 6개항에 무응답했다는 사실은 놀라웠다. 그는 서울시장 재임 중에 '서울시 원전 하나 줄이기' 정책을 도입했던 사람이다. 서울을 위해 원전이 존재하는 것을 그가 모를 리 없다. 원전 안전이 세월호 사태 이후에 불거진 안전 담론의 최선두에 있다는 사실 또한 모르지 않을 것이다. 그의 무응답은 결국 "다된 밥에 재를 빠뜨리지 않겠다"는 뜻으로밖에 비춰지지 않는다. 그는 '세월호 심판 논리'에 기대고 있지만, 세월호가 남긴 중대한 정치적 사명을 극적으로 피해 가고자 한다. 그는 결국 '정몽준'으로 대표되는 경멸의 에너지에 힘입어 당선되고자 하는 것인가?

선거는 우리에게 주어진 선택지가 사실상 1번과 2번뿐이었음을 괴롭게 확인시켜 줄 것이다. 선거는 1번 2번 사이에 나 있을 미세한 차이로써 갑론을박과 일희일비를 반복하다 서서히 지쳐 가는 것이 오늘날 우리들의 정치적 운명임을 다시 한 번 확인시켜 줄 것이다. 저들을 심판할 제도적 공간이 선거밖에 없는데, 선거라도 잘 해서 뭔가 바꾸자는 절박한 대의가 배반과 무력감으로 되돌아오는 악순환이 또 한번 반복될 것이다. 그런데, 지금 모든 의제들은 선거를 통한 심판으로 수렴되고, 공론의 마당은 희망의 수사로 넘실댄다. 이 무슨 희망 고문이란 말인가?

밀양송전탑 국회진상조사단 구성을 위해 밀양 주민들이 총력을 기울이던 시기가 있었다. 18대 국회에서 구성했다가 얼마 뒤 치러진 총선 때문에 흐지부지되고, 19대 국회가 구성된 직후 다시 제기되었으므로 우리는 구성을 낙관했다. 그러나, 결과는 여당의 적극적인 반대와 야당의 방조로 인한 실패였다. 국회로 올라갔던 밀양 주민대표단은 크게 낙심했다. 국회 상임위 회의장을 나와 고개를 떨군 채 국회의사당 건물을 돌아나오던 무렵, 부북면의 '야전사령관' 한옥순 할매가 벼락같은 고함을 질렀다. "우리는 점마들 안 믿는다! 우리는 우리 자신을 믿는다!"

선거가 끝나면 저들은 밀양송전탑 4개 움막 농성장에 대한 행정대집행을 시도할 것이다. 당신들 스스로를 믿어서가 아니라, 실은 믿어야만 했던 노인들은 다시 공권력과 맨몸으로 부딪치게 된다. 십 년의 싸움 끝에 벼랑으로 내몰린 밀양의 노인들은 누가 지켜줄 것인가? 지금 온 나라에 가득 찬 크고 작은 세월호의 조각들은? 정치의 실종, 정치의 배반으로 국가권력과 맨몸으로 부딪쳐야 하는 수많은 힘없고 약한 사람들의 운명은? 아니, 선거가 지금 우리를 "가만히 있으라"고 주저앉히고 있는 것은 아닌가?

(2014)

72시간 송년회

이 나라에서 2014년 연말을 편안한 기분으로 맞을 사람은 대통령이 유일하지 않을까 싶다. 그는 '세월호 참사'라는 전대미문의 위기도 넘겼고, 주변에서 도사리고 있던 추문들이 불거지려 할 무렵 성공적으로 불을 껐다. 그 '초동진압'에 서열 9위 재벌가까지 매품팔이로 동원되는 것을 보며 새삼 그의 권력의 크기를 생각하게 된다. '다카기 마사오' 그 한마디만 하지 않았어도 통진당이 '강제 해산'이라는 실로 어처구니없는 일을 당하지는 않았을 것이라는 농담이 농담으로만 들리지는 않는다.

민주주의 체제는 사적인 것과 공적인 것, 개체의 이해관계와 공적인 대의가 적절한 균형을 찾을 때 성립할 수 있을 것일진대, 지금 이 나라는 그저 권력자 한 사람의 의중이 세상을 들었다 놨다 하고 있을 뿐이다.

10만의 당원을 가진 정당을 해산시키고, 국민이 직접 뽑은 국회의원을 다섯이나 떨어뜨린 헌법재판관들, 스물여섯 동료를 잃은 쌍용차 노동자들을 다시 굴뚝으로 올려 보낸 대법관들은 어떤 사람들일까. 측근들과 송년회를 하면서 6년 전 '광우병 쇠고기 사태'를 앙갚음하듯이 '미국산 쇠고기'를 메뉴로 채택하여 양껏 드신 전직 대통령의 마음은 또 어떤 것일까. 세상사가 소설처럼 흘러간다. 어떻게 이렇게 선악의 구도가 선명할 수 있을까. 너무 선명해서 뭔가 비현실적이라는 느낌마저 든다.

지난주에는 밀양과 청도 송전탑 반대 주민들과 함께 버스 한대로 전국 곳곳의 고난의 자리들을 순례하는 '72시간 송년회'를 가졌다. 거기서 만난 세월호 유가족들은 많이들 지쳐 보였고, 안산의 분향소는 썰렁했다. 저 막무가내의 버티기 앞에서는 기운이 빠지지 않을 도리가 없었을 것이다. 유가족들에게 목도리를 걸어 주고 오래도록 끌어안고 눈시울이 빨개지도록 울어 주던 어르신들은 버스에 올라 타고도 식사를 못 해서 대부분 도시락을 남겼다.

첫날 도착한 구미 스타케미컬 공장의 풍경이 생각난다. 회사는 수백 명 노동자들을 남긴 채 폐업을 해버렸고, 아무도 없는 공장을 지키는 것은 형광색 제복의 경찰들이었다. 마지막까지 남은 열한 명의 노동자는 고용승계를 외치며 농성하고 있었다.

천막은 초라했고, 거기서 젊은 해고노동자가 커다란 국솥에 어르신들을 대접할 김치찌개를 끓이고 있었다. 고등학교를 졸업하자마자 취업해서 이곳에서 20년을 일했다는 노동자는 쭈글쭈글한 노인들 앞에서 말을 잇지 못했다. 41일간 이어진 단식으로 위원장이 병원에 실려간 뒤 찾아간 코오롱 해고노동자들의 농성장은 어쩔 수 없이 착잡한 공기가 흘렀고, 어르신들은 농성장을 지키는 이들에게 목도리를 걸어 주었다. 굴뚝 위로 올라간 쌍용차 노동자들을 아래서 올려다보는 할머니들이 어찌 눈물을 참을 수 있었을까.

강원도 홍천 골프장 현장들을 눈 속을 뚫고 다녔다. 골프장이 공익시설이라고 공시지가의 30퍼센트만 받고 집과 땅을 강제수용당한 노인들이 있었다. 농기계 창고에 세간을 맡겨 놓고 원룸에서 기거하는 70대 노인은 화병을 얻었고, 지금은 시력마저 오락가락한다고 한다.

불행은 불행으로, 고통은 고통으로 위로가 되는 것인가. 그들은 서로 손을 잡고 얼싸안는 일만으로도 눈물들을 글썽였고, 떨어질 무렵 눈가는 붉게 젖어 있었다.

어이없는 시절을 지나가고 있다. 소설 같은 현실 안에서 실재의 죽음은 파노라마처럼 이어진다. 진실과 정의는 이제 공허한 소문이 되어버린 것 같다. 이런 시절, 불행과 불행이 고통과 고통이 손을 맞잡는 것 말고는 다른 희망은 없어 보인다. 이 추운 날,

굴뚝 위에서 거리에서 차디찬 농성장에서 외롭게 싸우는 이들을 기억하자. 지금, 이 땅을 떠난 것처럼 보이는 우리들의 '님'은 분명 그들 안에서 함께 떨며 훌쩍이고 있을 것이다. (2014)

국무총리 이완구

국무총리 이완구. 이렇게 써 놓고 보니 마음 한구석이 몹시 쓰
라리다. 인준안 국회 표결이 있었던 2월 16일자 아침 신문에 난
'청문회 이후 충청권 민심 돌변' 기사를 보면서 인준안이 통과될
것 같은 판단이 들었고, 실제로 그렇게 되었다. 좀 서글픈 고백
이지만, 나는 기사의 표제로 나오는 "충청 민심에 화들짝"이라는
표현만 보고서는 정반대의 상상을 했던 것이다. 청문회 첫날을
마친 뒤 충청권 민심이 "우리 지역의 대표 정치인이라는 사람이
이 정도였구나" 화들짝 놀라고, 전국적인 조롱거리가 되는 상황
이 부끄러워 돌변했다는 기사를 예상한 것이다. 그런데, 막상 기
사를 읽어 보니 정반대였던 것이다. 인사청문회 이전까지 충청
지역의 이완구 총리 인준 찬성 여론이 33.2퍼센트였다가 인사

청문회 하루 만에 66.1퍼센트로 돌변하는 민심의 변화는 도대체 어떻게 된 것일까? 지역 감정은 퇴행적이고 반민주적인 '정서'가 아니라 이 나라에서는 하나의 정치적 '오성'의 영역에까지 올라서 있는 것이 아닌가 하는 생각이 든다. 지금도 악몽 같은 '초원복국집 사건', 권력기관들이 정치 공작을 모의한 사건이 폭로되었는데, 거꾸로 이것이 영남권 민심을 결집시켰고, 정권을 창출했다. 그리고, 그 주역이 22년이 지난 지금 이 정권의 2인자 노릇을 하고 있다. 이명박을 대통령으로 만들어준 가장 강력한 동력은 아마도 그를 '장로'로 부르던 개신교 신자들로부터 나왔을 것이다. 박근혜의 당선에는 분명 '불행하게 죽은 부모를 둔 가련한 딸'의 이미지가 크게 작용했을 것이다.

지역색, 종교색, 이미지, 이들은 얼마든지 조작과 변형이 가능한 '가상의 실체'이다. 그런데, 이들에게 우리들 실제의 삶이 결정되고 유린당하고 있다. 김영삼 정권의 마지막을 장식한 IMF 구제금융 체제는 지금의 한국 사회와 우리들 삶의 양상을 근본적으로 규정하는 조건이 되어 있다. 이명박 시절 이루어진 민주주의의 거대한 손상과 결딴나 버린 4대강과 엉터리 자원외교에 쏟아 부은 천문학적인 세금을 어떻게 할 것인가. 그 '가련한 딸'은 지금 너무 무능해서 도무지 남은 3년 동안 펼쳐질 첩첩산중을 어떻게 돌파할지 가늠조차 하기 어렵다.

지금 내가 함께하고 있는 밀양송전탑 반대 주민들의 천막 농

성은 여러 차례 기습한파가 찾아온 올 겨울을 관통하여 53일째
를 지나고 있다. 한국전력은 우리가 내건 3대 요구안에 아무런
답이 없고, 주민들에 대한 사법처리는 속속 이어져 벌금폭탄과
집행유예의 행렬이 이어지고 있다.

　나는 지금 농성장에서 세월호 유가족들의 인터뷰를 담은 『금
요일엔 돌아오렴』을 드문드문 읽으며 어르신들과 소일하고 있
다. 촛불집회에서 이 책의 한 대목을 낭독할라치면 어르신들의
눈가가 빨개지고, 금세 눈물을 흘리곤 해서 소개하기가 쉽지
않다.

　아직 인양조차 하지 못한 세월호, 온갖 방해와 협잡으로 진상
조사의 첫걸음도 내딛지 못한 이 세월호를 어떻게 할 것인가. 굴
뚝에서 농성 중인 쌍용차 이창근, 김정욱과 스타케미컬의 차광
호, 청도 삼평리 농성장의 할머니들. 지역색과 종교색과 이미지
정치가 방기해 버림으로써 자본과 국가의 폭력에 직접 노출된
이 많은 일들을 정치가 어떻게 바로잡아 낼 것인가.

　국무총리 이완구를 '피와 살이 튀는' 민중들의 삶의 현장으로
데리고 다닐 책임은 야당에게 있다. '호남총리론'으로 총리 자리
에까지 지역색의 불을 지핀 문재인 대표는 여론조사로 승부를
보려 했지만, 바로 그 여론조사에서 '충청권 민심'에 발목이 잡혀
버렸다. 2015년이라는 시간대에도 지역색에 발목 잡혀 허우적
거리는 한국 정치를 지켜보는 것은 너무 슬픈 일이다. 정치는 이

런 것이 아니지 않은가. 정치에는 지금 수많은 이들의 실제의 목
숨이 걸려 있다. (2015)

관저의 100시간, 청와대의 7시간

『관저의 100시간』이라는 책이 있다. 『아사히신문』 기자가 3·11 대지진 직후부터 일본 정부와 도쿄전력의 사고대책통합본부가 세워질 때까지 100시간 동안 사태 수습을 지휘했던 총리 관저에서 벌어진 일들을 세밀하게 기록한 책이다.

어느 정도 짐작은 했지만, 이 책은 믿기 어려운 사실들로 빼곡하다. 이를테면, 사고가 발생한 지 7시간이 지나도록 도면이 없어서 현장에 몇 번 가본 원자력안전위원장의 오래 전 기억에 기대어 상황을 추측하는 대목은 평범하다. 원전의 수소폭발 가능성을 총리가 물으니 원자력안전위원장은 처음에는 "그럴 가능성은 없다. 수소는 없다"고 하다가, 좀 있으니 "수소가 있을 수도 있고 없을 수도 있다"고 하다가, 결국 텔레비전 뉴스로 폭발을 알게 된다.

정전으로 원자로 냉각계통이 상실되어 급히 발전차를 투입해야 할 상황이 있었다. 그 일을 누가 했을까. 간 나오토 총리가 직접 전화통을 붙들고 각지의 발전차량을 수배하여 노트에 기록하고 있었다. "일개 말단 직원이 해야 할 일"을 한 나라의 수장이 하는 모습을 보며 "나라 꼴이 이게 뭔가 싶어 오싹했다"고 당시 상황을 참모가 회상한다. 그런데, 점입가경은 그 다음이다. 발전차를 구해 왔지만 발전차에서 원전까지 연결할 케이블이 부족해서 발전차는 무용지물이 되고 만다. 관저에 와 있던 전문가들은 이미 의식 자체가 '멜트다운'된 뒤여서 당최 입을 떼지 않았기 때문이다. 믿고 의논할 만한 상대를 찾을 수 없었던 총리는 도쿄공업대 시절 학생운동의 동료였던 친구를 삼고초려 끝에 직접 관저로 불러 자문을 맡긴다. 그의 전공은 컴퓨터공학이었다.

사태가 더욱 악화되자, 도쿄전력은 본심을 드러내기 시작하는데, 그건 다름 아니라 '후쿠시마 철수'였다. 화가 난 총리는 도쿄전력을 직접 찾아가 다음과 같이 말한다. "여러분은 당사자입니다. 목숨을 거세요. 돈은 얼마가 들어도 좋습니다. 일본이 무너질지도 모르는 이때, 철수는 있을 수 없습니다. 60세 이상이 현지에 가면 됩니다. 나는 그런 각오로 하겠습니다."

이 책을 읽다 보면 일본뿐 아니라 동북아 전체가 결딴날 수도 있었을 아찔한 상황을 이만큼이라도 수습한 것도 그나마 총리

한 사람이 팔을 걷어 부치고 상황을 장악하고 있었기 때문이라고 생각하게 된다. 그리고, 자연스럽게 세월호 사태 당시 이 나라의 컨트롤타워를 떠올리게 된다. 후쿠시마 사고는 그나마 '관저의 100시간'을 분 단위로 세밀하게 기록한 자료라도 있다. 그러나, 이 나라에서는 대통령이 사고 당일 7시간 동안 어디서 무엇을 했는지를 아무도 모른다. 세월호가 사고 당시 급속하게 변침한 29초간의 항적도도, 탈출한 세월호 선장을 재웠던 경찰관의 아파트 CCTV도 삭제되어 있다. 세월호와 진도 VTS의 교신 기록은 조작 의혹을 받고 있다. 무엇 하나 밝혀진 게 없다.

그리고 일 년이 흘렀다. 일 년. "길거리에서 교복 입은 아이들의 얼굴을 똑바로 쳐다보지 못하겠다"는 방송인 허지웅 씨의 말을 존중한다. 내 마음이 그렇고, 이 나라 필부들의 마음이 지금 그렇다. 머리를 깎고 거리에서 투쟁하는 유족들의 몸부림을 지켜보는 일이 너무 괴롭다. 그리고, 대통령은 4월 16일, 해외 순방을 떠난다고 한다.

간 나오토 총리는 2011년 8월, 총리직에서 물러났다. 그는 자신의 퇴임을 조건으로 야당과 협상하여 재생에너지법을 통과시켰고, 일본 전역에서 태양광 패널을 설치하는 붐이 일었다. 대통령에게 간 나오토를 닮으라고 말하고 싶지는 않다. 인간 자체가 근본적으로 다른 것 같기 때문이다. 박근혜에게 벼룩의 간만큼이라도, '인간의 품위'를 주문하고 싶다. 4월 16일, 비행기 타고

유유히 떠나는 대통령의 모습을 상상하니, 화가 나고 분해서 미칠 것만 같다. (2015)

* 대체 무슨 일이 있었길래 '세월호 7시간' 이야기만 나오면 대통령이 저리 예민하게 반응하는지 나는 알 수가 없다. 그러니 민중들의 '선데이서울적 상상력'이 발동되는 것이다. 정말, 아무런 기록이 존재하지 않는 것인가. 그렇다면 이것이 나라인가?

어떤 3대, 구영필 구수만 구미현

나는 오늘 세상에 알려지지 않은 어느 '대단한 집안'의 이야기를 소개하고자 한다. 집회에 종종 참여하는 사람이라면 세월호 1주년 집회나 쌍용차 집회에서 밀양송전탑 반대 주민들을 대표하여 기품 있는 명연설로 청중을 사로잡던 초로의 단아한 어르신을 기억할 것이다. 단장면 용회마을 주민 구미현, 지난 4년간 송전탑 싸움 현장에서 함께 풍찬노숙했지만, 살아온 이력이나 집안에 대해서는 몰랐다. 누군가가 독립운동가 집안이라는 이야기를 전해 주었지만, 본인은 그런 기색을 일절 드러내지 않았다. 그러던 구미현이 내게 한 달여 전 "한번 읽어나 보라"며 두툼한 자료 뭉치를 주었다. 나는 그 자료를 읽으며 충격을 받았고, 자주 천장을 올려다보며 심호흡을 해야 했다.

구미현의 조부인 일우 구영필 선생은 구한말 영남 보부상 총책이었고, 당시 밀양의 부호였던 한씨 문중과 혼인한 구성백의 맏아들로 1891년 태어났다. 국권 상실 후 구영필의 본가와 외가는 우당 이회영 선생의 일가가 그러했듯 일가 식구 40여 명 전원이 만주로 이주하였고, 독립운동 기지 건설에 전 재산을 처분하여 바쳤다. 구영필은 일찍부터 비밀결사 운동에 뛰어들었고, 옥살이 이후 신흥무관학교를 거쳐 대부분 밀양 출신이었던 의열단의 선배 그룹으로 거사에 직·간접으로 참여했다. 1919년 상해 임시정부의 재무위원과 재무부장을 지냈으며, 만주 지역에서 독립운동가들의 자금을 조달하고 이동의 거점을 제공하는 역할을 했다. 그러나, 청산리 싸움 이후 일본군의 보복전이 전개될 때 무장세력은 피신하고, 북만주 지역의 조선인 양민들이 무자비하게 학살당하는 것을 보면서 무장투쟁 일변도의 노선을 회의하게 되었다. 구영필은 길림성 영안현 영고탑 지역에 이주해 오는 조선인들을 돌보고, 토지를 개간하여 정착하도록 돕는 자치운동으로 노선을 틀었다. 그는 공산주의자들과 교류하며 학교 설립과 좌익청년단체를 주도하였고, 뒤늦게 이곳으로 자리 잡은 김좌진 중심의 우파 민족주의자 그룹인 신민부가 걸어 온 주도권 싸움에 휘말렸다. 그는 신민부 보안대원들이 조선인들에게 의무금을 강제 징수하고 폭력까지 행사하는 것을 용납하지 못했고, 갈등 끝에 신민부 보안대원 문우천의 칼에 찔려 절명했다.

그의 아들 구수만 선생은 배재고보를 다니던 1930년, 광주학생운동으로 촉발된 전국적 항일 시위의 주모자로 몰려 검거되었다. 이후 조선공산당 영남 지역 대표로 활동했고, 조선공산당 재건 운동과 부산항만의 부두노동자 파업을 주도하다 검거되어 끔찍한 고문을 당했지만 지하 활동을 이어갔다. 제주 4·3항쟁 당시에는 학살의 진상을 알리는 전단지를 제작하여 배포하다 다시 검거되어 생사를 넘나드는 고문을 당했다. 청년 시절 수차례 이어진 옥살이와 고문으로 육신은 완전히 망가졌고, 40대 이후에는 끝내 실명하고 말았다.

그의 손녀 구미현의 유년 시절은 극빈을 벗어날 수 없었다. 독립유공자 서훈은 네 번이나 거부당했다. 구영필이 피살될 무렵, 말을 타고 집 주변을 밤새 빙빙 돌며 무력으로 시위하던 이가 나중에 초대 국무총리를 지낸 '족청'의 우두머리이자 히틀러 숭배자이기도 했던 철기 이범석이었다. 1970년대 이후 독립유공자 서훈 심사위원이자 광복회장을 역임하며 수십 년간 독립운동사의 '판관' 노릇을 하던 이강훈이 신민부 보안대원이었음을 생각하면 사정을 짐작할 수 있을 것이다.

유년기의 영양 결핍으로 일생 동안 병치레로 시달리던 구미현은 밀양으로 이주하여 겨우 건강을 회복했고, 편안한 노년을 누리려 할 무렵, 집 뒷산을 지나가는 초고압 송전탑으로 몸에 쇠사슬을 걸고 수천 명 경찰 병력에 맞서 싸우는 할머니 투사가 되어야 했다.

이 '대단한 집안'이 겪은 기막힌 수난사를 생각해 보라. 대한민국, 이 우울한 공화국의 '정통성'은 대체 누구의 것인가. (2015)

* 이후, 구미현 어머님 가족 3대의 이야기는 『한겨레21』 광복절 특집 기사를 포함해 두 차례에 걸쳐 특집으로 다루어졌고, 연극 상연도 준비되고 있다. 더디지만 진실을 향해 전진하고 있다.

인자요산 지자요수

2003년 9월, 태풍 매미가 지나가던 날 경남 의령군 가례면 갑을마을에는 거대한 산사태가 나서 여섯 명이 목숨을 잃었다. 박민자 할머니는 아홉 시간 뒤에 구조되어 겨우 목숨을 건졌지만, 남편은 흙을 너무 많이 먹어 위를 비롯한 장기에 구멍이 났고, 아무것도 드시지 못한 채 시름시름 앓다 결국 세상을 떠나고 말았다. 당시 한나라당 대표였던 박근혜 의원은 현장을 찾아 주민들을 위로하고 재발 방지를 약속했다. 그리고 2014년 3월, 박근혜 대통령은 "쓸데없는 규제는 우리가 쳐부술 원수"며 "우리 몸에서 제거하지 않으면 우리 몸이 죽는 암덩어리"로 "확확 들어내는 데 모든 역량을 집중하라"고 지시했다. "손톱 밑 가시는 몇백 개를 뽑기로 했는데, 아직도 뽑지 못한 게 많이 있죠? 그건 언제 하죠?"라며 표독하게 덧붙이기도 했다. 그리하여 대통령 앞에서 '규제 완화'를 읍소했던 풍력발전 사업자는 바로 그곳 산사태 현장에 대규모 풍력발전단지 인허가를 일사천리로 받아냈다. 4킬로미터에 이르는 산 정상은 벌목으로 민둥산이 되었고, 그 끔찍한 산사태를 겪었던 주민들은 '암덩어리, 쳐부수어야 할 원수, 손톱 밑 가시'와 다름없는 존재가 되어 지금도 기약 없는 싸움을 하고 있다.

이명박 정부는 강을 결딴냈다. 22조 원을 쏟아 부은 4대강 본류는 지금 녹조 범벅이고, 물고기 시체가 둥둥 떠다니는 곁으로 큰빗이끼벌레가 유유히 헤엄치는 거대한 물웅덩이가 되어 있다. 그리고 박근혜 정부는 산을 결딴내고 있다. 빗장이 풀린 산지개발허가는 전국 곳곳에 대규모 개발사업을 일으키고 있다. 설악산 케이블카 사업이 지난 28일 국립공원위원회의 심의를 통과했다. 멸종위기종 산양을 앞세운 이들의 눈물겨운 호소는 간단히 제압당했다.

설악산을 무너뜨린 저들은 이제 전국 곳곳의 명산에 케이블카를 박고, 관광호텔들을 지어댈 것이다. 나무를 베고, 댐을 막아 계곡들을 수장시킬 것이다. 언젠가 전임 대통령께서 지리산 아래를 내려다보며 "여기는 아직 개발이 덜 되었다"며 내려주신 무언의 '교지'를 지금 대통령이 충실하게 실천하고 있다. 그의 임기 내내 산을 결딴내는 개발 광풍이 몰아칠 것 같은데, 이번 설악산 케이블카 사업은 새정치연합 소속 도지사도, 대권을 꿈꾸는 문재인 대표도 적극 지지했다고 한다.

공자님은 '인자요산 지자요수'仁者樂山 知者樂水라 하였다. 어진 이는 산을 좋아하고, 지혜로운 이는 물을 좋아하니, 어짐이란 고요하고[靜] 지혜란 움직이는[動] 것이어서, 거기에 즐거움[樂]과 생존[壽]이 있다 하였다. 노년의 공자는 강가에 서서 "흐르는 것이여, 이와 같구나. 낮밤으로 쉬지도 않는구나"며 탄식하였다. 흐르는 물은 우리도 저와 같이 흐르고 흘러 언젠가 다른 세상으로 흘러갈 것임을 깨닫게 했다. 산은 거기 깃든 것들을 품어주는 자애로운 어머니이자, 엄하고 우뚝한 아버지를 표상했고, 인생사의 화탕지옥에 지친 이들은 산으로 숨어들었다. 강과 산은 인생을 살아가는 지혜와 사랑의 원천이었다.

그러나, 지금 우리는 무엇을 본보기 삼아 어떻게 살아야 하는지, 스스로를 되돌아볼 어떤 것도 없이 '그저' 산다. 물놀이는 워터파크에서 하는 것이고, 녹조로 썩어 가는 강은 쳐다보지 않으면 된다. 산사태가 나서 집이 떠내려가고 사람이 죽으면 보험사에서 보상금을 줄 것이며, 자연에서 얻었던 인생의 교훈은 텔레비전 화면으로 전해지는 목사님의 설교로 배우면 될 것이다.

마지막 나무가 사라진 후에야, 마지막 강이 더럽혀진 후에야, 마지막 남은 물고기가 잡힌 후에야, 그대들은 깨닫게 되리라. 돈을 먹고 살 수는 없다는 것을.

크리족 인디언 추장의 예언은 이 나라에서 문자 그대로 실현
될 것 같다. 우리는 행한 대로 돌려받을 것이다. (2015)

임시완, 황정민 님께

공개된 지면에 두 분을 불러들이게 되어 송구합니다. 짐작하시듯, 두 분이 출연하신 '노동시장 개혁' 공익 광고 이야기를 하기 위해서입니다. 올 봄이었나요, 〈국제시장〉의 '덕수'와 〈미생〉의 '장그래'가 정부의 노동 정책을 적극 옹호하는 그 광고는 논란을 불러일으켰습니다. 이제 좀 잠잠해질 만도 한데, 다시 이 문제를 제기하니 두 분은 불편하실 것도 같습니다. 이 이야기를 꺼내는 까닭을 먼저 말씀드리고자 합니다.

지난주, 어느 고등학교에서 강연을 할 기회가 있었습니다. '청년들의 세상 공부' 길잡이 삼아 썼던 제 책을 읽은 학생들의 초대였습니다. 드물게 진지하고 열띤 자리였습니다. 질의 응답 시간에 한 친구는 "청춘이라는 단어를 어떻게 생각하느냐? 나는 이 말이 역겹다"고 일갈했습니다. 다른 한 친구는 "아무리 생각해 봐도 지금 내가 할 수 있는 일은 공부뿐이다. 그러나 나는 매일 책상 앞에서 무기력한 나 자신을 확인한다"며 눈물을 흘리더군요. 저도 무어라 떠들긴 했습니다만, 기억이 나지 않습니다. 돌아오는 고속버스 안에서 내내 울적했습니다. 그러다가 문득 그런 상념에 빠져 있을 때가 아니라는 생각이 들었습니다. 올 연말, 정기국회에서 저들이 그 광고에 나오는 그대로 노동법을 확 고치려 들 것이기 때문입니다. 그리고 그것은 '청춘'이라는 단어가 싫고, 매일 무기력한 자신을 확인하면서도 '어쩔 수 없이' 목마른 사막 같은 나날을 살아가는 청소년들의 미래를 그야말로 '확인 사살'하는, 이른바 '헬조선의 완성'이라고 판단하기 때문입니다.

그런데, 많은 국민들은 '노동시장 구조개혁'을 좋은 것으로 알고 있습니다. 새누리당이 곳곳에 붙여 놓은 빨간 현수막에 써 놓았듯이 "노동시장 개혁해서 청년들에게 좋은 일자리 만들어 주겠다"는데, 누가 싫다고 하겠습니까? 이른바 '프레임 전쟁'에서 저들은 완승했습니다. 거기에는 두 분이 출연한 광고, 〈국제시장〉의 '덕수'가 〈미생〉의 '장그래' 어깨에 손을 얹고서는 "누구나 일할 수 있는 세상을 위해, 청년을 위해 노동시장을 개혁하자"는 그 광고가 굉장한 힘을 발휘했습니다. 한 여론조사에 따르면 응답자의 70퍼센트가 임금피크제 도입에 찬성한다고 합니다. 많은 국민들은 임금피크제를 '덕수'의 임금을 깎아 '장그래'들의 일자리를 만드는 것으로 알고 있습니다. 그러나, 과연 그렇게 될까요. '덕수'는 법정 정년이 되기도 전에 명예퇴직하거나 정리해고 당할 가능성이 훨씬 높습니다. 결국 '덕수'들의 임금만 깎일 것입니다. 저들이 내놓은 안대로라면, 비정규직 기간이 대폭 늘어나고 파견 업종이 확대됩니다. 해고 요건이 완화되어, '저성과자' 낙인은 곧 퇴출 신호가 될 것입니다. 그나마 누리던 '을'의 법적 권익을 빼앗아 '갑'의 칼자루로 쥐어 주는 것이 노동시장 구조개혁입니다.

그러므로, 두 분이 출연한 광고는 '공익' 광고가 아니었습니다. '갑'들의 프로파간다였습니다. 그 상징 조작에 '장그래'와 '덕수'가 동원되었습니다. 올 연말, 정기국회에서 다시 이 문제가 불거질 것입니다. '역사교과서 국정화'보다 실제 삶에 미치는 영향은 훨씬 더 막대한 사안입니다. 그때, '갑'들의 기선제압에 동원된 두 분이 다시 호명될 것입니다. 그것은 명예롭지 못한 일입니다.

임시완, 황정민 님께 부탁드립니다. 잠시라도 이 문제를 살펴봐주십시오. 지금 전국 곳곳에서 노동시장 개혁안에 대한 '을'들의 국민투표가 진행되고 있습니다. 굳이 따지자면, '덕수'와 '장그래'야말로 이 나라 '을'들의 상징이 되어 마땅하지요. '덕수'와 '장그래'를 연기한 배우이기 이전에 한 사람의 시민으로서, 이 투표에 참여해 주실 것을 간곡히 호소 드립니다. 정말, 큰일이 닥쳐오고 있습니다. (2015)

기륭의 10년, 믿음 소망 사랑

조금 흘러간 기억을 먼저 펼쳐 놓기로 한다. 2008년 여름이었다. 이명박 일 년차, 광우병 쇠고기 촛불이 사그라든 뒤 다들 헛헛한 심정으로 일상으로 복귀했을 무렵, 곳곳에서 비정규직 노동자들의 절규가 들려오기 시작했다. 노동법 날치기와 IMF 구조조정 10년, 이제 '비정규직'이라는 단어가 한국인의 생활 세계로 뿌리내릴 무렵의 이야기다. 이랜드, 기륭전자, KTX 여승무원 투쟁, 이들의 목소리가 내게 '들려오'기 시작했다. 이랜드 홈에버 마트 매장을 점거한 여성 노동자들의 농성장 입구를 용접해 버리는 공권력, 문자 메시지로 노동자를 해고하는 회사, 울고 싶어도 울 데가 없어 자다가 울고 샤워하다가 운다는 KTX 여승무원, 이미 그들에게 구현된 지옥이 그려졌다. 우리의 노동 세계가 갈

수록 끔찍해질 것이라는 분명한 자각이 일었다. '현대중공업, 골리앗 투쟁' 대공장 남성노동자들의 영웅 서사가 주저앉고 십수 년이 지난 뒤에 이루어진 '노동의 발견'이었다. 내게는 그랬다.

그해 여름방학 보충수업을 마치고 나는 여행 가방을 싸서 KTX 여승무원 노조, 코스콤, 기륭전자, GM대우, 이랜드, 장기 투쟁 중인 비정규직 노동자들을 인터뷰하기 위해 사흘간 서울을 다녔고, 그 기록을 『녹색평론』에 기고했다.

기록을 찾아 보니, 2008년 8월 16일이라고 되어 있다. 서울역의 후텁한 공기가 나를 맞았다. 사흘간 일정의 맨 처음으로 기륭전자를 찾았던 것은 수업 시간 아이들과 함께 보았던 〈지식채널e〉에서 다루었던 기륭의 이야기가 너무나 강렬했기 때문이고, 김소연 유흥희 두 사람이 그때까지 67일째 단식을 이어가고 있었기 때문이다. 67일이라니.

〈지식채널e〉에서 다룬 기륭전자는──그러고 보면 이 좋은 방송도 이미 기억의 저편으로 사라지고 말았다──한 해 220억 흑자를 내면서 파견직 노동자들에게는 법정 최저임금보다 10원 더 많은 64만 1,850원이라는 믿을 수 없는 임금을 지급했던 회사였다. 그래서 밤 10시, 11시 잔업에 휴일 특근으로 기절 직전까지 일해야 100만 원 남짓한 월급을 주었고, 문자 메시지를 써 본 적 없는 아주머니에게 문자로 해고를 통보해서 영문도 모르고 출근한 아주머니가 엉엉 울면서 집으로 돌아가게 한 곳이었다. 내가 갔던 날은 투쟁이 1,100일을 향해 가던 시점이었고, 단식 67일째를 맞은 유흥희 님이 병원으로 실려 간 날이었다. "르포를 쓰기 위해 온 고등학교 국어 선생"이라며 소개한 나를 마뜩잖은 눈길로 곁눈질하던 한 여성 노동자가 기억난다. 스물두 살이라고 했다. 고등학교 졸업하고 사회 나와서 세 번 직장을 구했는데, 세 번 다 파견직이었다고 했다. 비정규직보다 더 못한 처우를 받는 파견직, 봉고차에 태워져 '투입되'는 이들, 그래서 기륭으로 온 첫날 종일토록 아무도 자신에게 말을 걸지 않았다고 했다. 관리자한테 반말했다고 해고되고, 끼리끼리 잡담했다고 해고되고, 문자 메시지 한 통으로 해고되는 이들이 옆 자리에 새로 들어온 파견직에게 무슨 기척을 할 수가 있겠는가. 긴 대화 끝에 그이가 그랬다. 노동자들 투쟁, 대부분 지는 싸움이다, 그거 우리도 알고 있다, 그치만 우리 아줌마, 언니들 강하다, 그리고 밝다, 점거 농성하면서 공권력 들어오기 직전까지도 춤추고 놀았다, 연대 온 사람들이 놀란다고. 덧붙여 물을 필요가 없는, 받아 적기만 하면 되는 답이었다. "좀 예외적일 수도 있을 것 같은데, 기륭은 왜 강하고 밝을까요?" 깐족거릴 뜻이 있던 것은 아니었다. 나는 정말 궁금했고, 인터뷰의 기본을 몰랐다. 내 부박한 질문에 그이는 화를 냈다. 둘러앉은 자리에서 신발을 신고 뒤돌아서더니 붙잡는 아주머니 조합원에게 "뭔 개소리야!"라고 내지르는 소리를 들었다. 나는 깜짝 놀랐다. 가슴이 고동쳤다. "우리는 강하다, 밝다, 씩씩하다"는 언어에 서려 있을 슬픔을, 1,100일이라는 시간이 쌓아 올렸을 어찌할 수 없을 권태의 지층 위에 서 있는 그들의 내면을 헤아리지 못한 내 어이없는 질문, 그이를 달랜 뒤에 내게 담담하게 내뱉던 윤종희 님의 말씀을 잊을 수 없다.

강해서 투쟁하는 게 아니라, 희망이 없기 때문이에요. 비정규직은 노예보다 못해요. 기륭 안에서의 과정이, 정말 사람이 살아 있다라고 할 수도 없을 만큼 소외되고, 착취당하고, 일회용품 취급받는 삶을 살았고……. 1,000일을 버틴 것은 실은 더 이상 갈 데가 없었기 때문인지도 몰라요. 다른 길이 있다면 그 길을 찾아서 떠났을 거예요. 중소, 영세, 여성 사업장, 어딜 가도 비정규직이 반복되고, 늘 한 달, 삼 개월, 육 개월 일자리를 구걸하면서 노예로 소모품으로 살아야 하고……. 끝장내고 싶었어요. 어차피 다른 데로 가도 결국 이런 현실일 거라는 걸 우리가 이미 알고 있는데, 다른 곳에 가서 또 못 견뎌서 투쟁해야 할 거면 여기서 살아남아야겠다, 여기서 희망을 만들어가겠다, 그렇게 생각하면서 싸우는 거예요.

기륭 안에서의 '과정'이라는 단어가 박혔다. 운동권들이 회의 때 자주 쓰는 개념어를 1,100일의 투쟁 '과정'에서 무심결에 익힌 이 아주머니 노동자, 그의 곁에 있던 열 살배기라던 어린 아이. 얼치기 인터뷰어가 겪은 상심까지 염려하며 천천히 던지시던 그 말씀, 잊을 수 없다.

그리고 세월이 흘렀다. 그 사이 기륭이 겪었던 일들을 필설로 말할 수는 없다. 김소연 님은 94일 동안 단식해야 했다. 투쟁은 1,895일까지 이르렀을 때 이른바 '사회적 합의'로 종결되는 듯했다. 그러나 그렇게 되지 않았다. 회사는 유예기간을 달라 했고, 일감을 주지 않았고, 임금을 주지 않았으며, 끝내 '날랐다'. 최동렬, 얼굴은 모르지만 나도 기억하는 더럽고 졸렬한 그 이름.

그렇게 잊혀졌을 기륭의 노동자들을 5년 뒤 다시 만나게 되었다. 그때 그 얼치기 인터뷰어는 학교를 때려치고, 밀양 할매 할배들과 데모하는 전업활동가가 되어 있었다.

2013년 2월 한전 본사 앞에서 릴레이 단식 농성하던 때, 기륭의 유홍희와 그의 동료가 농성장을 찾았다. 최동렬이 '튀기' 얼마 전이었다. 밀양은 기륭을 위해서 아무것도 한 것이 없는데 그들이 먼저 밀양 할매의 손을 잡았다. 2008년 여름, 67일째 단식으로 실려 가던 그 자그마한 유홍희였다. 그는 나를 모르지만, 나는 그를 알아보았다. 5년 동안 나는 그들을 잊고 있었지만, 그들은 그 5년 내내 투쟁의 거리에 서 있었다. 그런 그들이 이제는 생면부지의 밀양 할매들, 곧 공사가 재개되면 다시 쇠사슬을 걸어야 할 할매들을 제발로 찾아왔다는 고마움과 비감함에 젖었다.

그날, 유흥희의 연설을 들으며 나는 잠시 눈물을 훔쳤다. 5년 전, 병원으로 실려 가던 유흥희와 그 뒤로 흘러간 그들의 5년을 생각하고, 다시 농성장에서 만나는 오늘을 생각하니 눈물이 났다. 그때부터 그들은 밀양 주민들의 상경 활동 때마다 어르신들을 찾아왔다. 기륭에게 받기만 했던 밀양이 준 것은 후원금과 농산물과 후원주점에서 쓸 밀양 막걸리 정도였다.

그리고, 2014년 겨울, 최동렬이 도망간 기륭전자 사옥, 세상에서 가장 서글픈 농성장을 밀양이 찾았다. 청도 송전탑 할매들과 함께. 그 시간이 얼마나 좋았던가. 우리는 한전 사장, 그들은 기륭 사장, 각자의 '사장'을 씹고 몇 놈을 말로써 비틀고 분질러 놓으며 하하호호 낄낄낄 웃었다. 한 시간 만에 몇 년을 알아 온 이들처럼 친구가 되었던 기륭과 밀양, 문자 그대로 '고난 받는 이들의 연대' 그 자체였다.

기륭도 밀양도 2005년부터 투쟁을 시작했다. 10년을 싸웠다. 둘 다 패배했다. 밀양에는 철탑이 들어섰고, 기륭의 최동렬은 '날랐다'. 그러나, 과연 패배한 것인가. 그래서 되지도 않을 싸움, 당하고 살거나, 꿇고 살아야 하나. 다 빼앗긴 채로? 누구도 투쟁을 바라지 않는다. 오르고 싶지 않은 10년 투쟁의 링으로 우리를 불러들인 것은 저들이었다. 살아남기 위해 시작한 싸움이었다. 그러나, 10년의 무례와 협잡, 권모와 술수, 그 끔찍한 폭력을 겪으며 배운 것은 인간의 존엄에 대한 믿음, 인간으로 살고 싶다는 소망, 인간에 대한 사랑이다.

오체투지로 한 매듭을 지은 기륭의 10년 투쟁, 일렬로 늘어선 하얀 옷의 행렬을 마주 보기 힘들었다. 우리를 보라! 우리는 이렇게 지난 10년을 기어 엎드려 전진해 왔다. 우리의 앞섶에 묻어 있는, 우리가 10년 투쟁으로 찍어낸 이 시커먼 세상의 때를 보라!

이제 기륭은 '비정규 노동자의 집'을 시작한다. 끓지 않는 이들을 기다리는 것은 기약 없는 풍찬노숙의 세월임을 누구보다 잘 아는 투쟁의 대선배들이 집을 떠나 온 투쟁의 후배들을 위해 따뜻한 밥과 잠자리를 내주는 집을 짓는다. 그 '비정규 노동자의 집'에 나도 이름을 올렸다. 일정한 수입이 없는 법적 백수지만, 나도 푼돈을 보태기로 한다. 기륭이 밀양에 주었던 우정에 대한 인사치레지만, 그것은 그들이 10년을 버티며 한국 사회에 베풀어 준 '믿음 소망 사랑'에 대한 좁쌀만 한 답례이다. (2016)

이계삼 칼럼집

고르게 가난한 사회

초판 1쇄 발행 2016년 2월 15일
초판 2쇄 발행 2016년 3월 28일

지은이 이계삼
펴낸이 오은지
책임편집 **변홍철**
펴낸곳 도서출판 한티재 등록 2010년 4월 12일 제2010-000010호
주소 42087 대구시 수성구 달구벌대로 492길 15
전화 053-743-8368 팩스 053-743-8367
전자우편 hantibooks@gmail.com 블로그 www.hantibooks.com

ⓒ 이계삼 2016
ISBN 978-89-97090-55-6 03810

이 도서의 국립중앙도서관 출판예정도서목록(CIP)은 서지정보유통지원시스템 홈페이지
(http://seoji.nl.go.kr)와 국가자료공동목록시스템(http://www.nl.go.kr/kolisnet)에서
이용하실 수 있습니다. (CIP제어번호: CIP2016002396)